Hortense Ullrich

1000 Gründe, ~~keinen~~ Liebeskummer zu haben

1000 Gründe, ~~keine~~ Liebesbriefe zu schreiben

Rowohlt Taschenbuch Verlag

Sonderausgabe
Veröffentlicht im Rowohlt Taschenbuch Verlag,
Reinbek bei Hamburg, Juli 2009
«1000 Gründe, keinen Liebeskummer zu haben»
Copyright © 2005 by Rowohlt Verlag GmbH,
Reinbek bei Hamburg
«1000 Gründe, keine Liebesbriefe zu schreiben»
Copyright © 2006 by Rowohlt Verlag GmbH,
Reinbek bei Hamburg
Lektorat Silke Kramer
Umschlag: Illustration und Reihengestaltung Birgit Schössow
Satz Minion PostScript
bei KCS GmbH, Buchholz bei Hamburg
Druck und Bindung Druckerei C. H. Beck, Nördlingen
Printed in Germany
ISBN 978 3 499 21430 1

1000 Gründe, ~~keinen~~ Liebeskummer zu haben

Für Leandra
und Allyssa

Inhalt

1. Kapitel, in dem
Sanny ihren ersten Kuss analysiert 9

2. Kapitel, in dem
Konny schon wieder in die Kuss-Falle getappt ist 15

3. Kapitel, in dem
Sanny ein neues Orakel entdeckt 24

4. Kapitel, in dem
Konnys Badehose vom Hund gefressen wird 33

5. Kapitel, in dem
Sanny Schwarze-Peter-Karten erbeutet 38

6. Kapitel, in dem
Konny statt eines Kusses einen Apfel bekommt 43

7. Kapitel, in dem
Sanny von ihren Orakel-Karten verwirrt wird 48

8. Kapitel, in dem
Konny zu viel Gel in seine Haare schmiert 57

9. Kapitel, in dem
Sanny einen unerwarteten Anruf bekommt 65

10. Kapitel, in dem
Konny sich nach Betonmischern umsehen will 74

11. Kapitel, in dem
Sannys Orakel-Fische immer noch streiken 79

12. Kapitel, in dem
Konny alles falsch macht 88

13. Kapitel, in dem
Sanny einen folgenschweren Zusammenprall hat 95

14. Kapitel, in dem
Konny von Sarah nichts mehr wissen will 105

15. Kapitel, in dem
Sanny einen Angelausflug macht 109

16. Kapitel, in dem
der große Konny ein Männergespräch
mit dem kleinen Konny führt 118

17. Kapitel, in dem
Sanny Liz einfach sitzen lässt 122

18. Kapitel, in dem
Konnys klärendes Gespräch alles schlimmer macht 128

19. Kapitel, in dem
sich Sanny Hals über Kopf verliebt 132

20. Kapitel, in dem
Konny mal wieder baden geht 140

21. Kapitel, in dem
Sanny ein Beutel Glückskekse nur Unglück bringt 145

22. Kapitel, in dem
bei Konny Liebeskummer diagnostiziert wird 155

23. Kapitel, in dem
Sanny Theo durch die halbe Stadt schleppt 159

24. Kapitel, in dem
Konny von Ludmilla die Leviten gelesen bekommt 164

25. Kapitel, in dem
Sanny eine romantische Geschichte erzählen will 170

26. Kapitel, in dem
Konny gewinnt, Sarah jedoch nur Zweite wird 176

27. Kapitel, in dem
Sanny den Nachmittag mit ihren Brüdern verbringt 181

1. Kapitel, in dem Sanny ihren ersten Kuss analysiert

«Oh mein Gott!», rief ich und zerrte Liz hinter ein Gebüsch.

Liz stolperte und hielt sich nur mit Mühe auf den Beinen. «Was ist los, Sanny? Spinnst du?»

«Er darf uns auf keinen Fall sehen!», stieß ich panisch hervor.

Liz schüttelte meine Hand ab und hielt sich einen Ast vom Gesicht weg.

«Wer denn? Und was ist überhaupt los?»

«Liz, er hat mich geküsst!»

«Wer?»

Was war das denn für ein Frage? Als ob die Jungs bei mir Schlange stehen würden, um mich zu küssen.

«Theo?», fragte Liz nach.

«Mensch, Liz!» Liz war wirklich perfekt darin, den Finger genau auf den wunden Punkt zu legen. «Vielen Dank, dass du mich daran erinnerst!»

Gerade hatte ich es einigermaßen überwunden, dass der Junge, den ich liebe, mich nicht liebt.

«Okay, Sanny, nicht aufregen. Wer war es denn?»

«Nick!»

«Nick?»

«Ja, doch!»

«Nick ...», überlegte Liz inzwischen laut vor sich hin. «Der Theater-Nick?»

«Ja. Und da drüben geht er gerade.»

Liz strahlte: «Mann, Sanny, das ist ja irre! Endlich passiert in deinem Leben mal was Gutes!»

Damit sprang sie hinter dem Gebüsch hervor und wedelte wie wild mit den Armen.

«Hey, Nick!», rief sie.

Ich erstarrte.

Nick kam zu ihr rübergelaufen.

«Hallo, wie geht's?» Liz überschlug sich fast vor Freundlichkeit.

«Oh, ich könnte nicht glücklicher sein», antwortete Nick. «Ist Sanny bei dir?»

«Klar. Äh ... Sanny ... hey, los, komm her!»

Ich stöhnte leise auf, drängte mich noch tiefer ins Gebüsch und hoffte auf ein Wunder.

Keine Chance. Zwei Sekunden später waren Liz und Nick hinter dem Gebüsch und schauten mich erwartungsvoll an.

«Hast du was verloren?», fragte Nick hilfsbereit und begann auch gleich den Boden abzusuchen. Ich warf Liz einen wütenden Blick zu und trat zwischen den Ästen hervor. Liz machte eine hilflose Geste und murmelte: «Was hast du denn?»

«Hör auf zu suchen, Nick, ich hab nichts verloren», stoppte ich Nick. Der richtete sich wieder auf und hielt mir triumphierend ein zertretenes Marzipanherz in rotem Papier entgegen. «Wer suchet, der findet. Darf ich es dir zu Füßen legen?»

Ich knurrte: «Es lag mir bereits zu Füßen, nein danke.»

Liz verbiss sich das Lachen.

Nick strahlte mich an. «Wir haben uns ja noch gar nicht begrüßt», meinte er und näherte sich zielstrebig.

«Und jetzt ist keine Zeit mehr dafür!», rief ich in Panik und rannte davon.

Ein paar Minuten später holte Liz mich ein. «Jetzt blieb doch mal stehen, Sanny!», rief sie atemlos.

Ich rannte weiter.

«Er ist nicht mehr da, er musste zur Theaterprobe.»

Ich stoppte.

«Ich soll dir seine ‹aus tiefstem Herzen empfundenen besten Wünsche› übermitteln», grinste Liz.

Ich verdrehte die Augen.

«Was war denn das eben?» Liz schaute mich besorgt an.

«Nick!»

«Das hab ich gesehen, ich meine, wieso verhältst du dich so merkwürdig?» Liz lächelte. «Dein erster Kuss, das ist doch klasse!»

«Eben nicht!»

«Also, das erklär mir jetzt mal bitte. Was ist wann wo und warum passiert? Nick hat dich geküsst. Wo?»

«Auf den Mund.»

«Blödsinn: Wo? An welchem Ort?»

«Im Theater. Wir standen auf der Bühne. Nick hat

mich dahin geschleppt. Es war eine Probe, und wir waren Statisten. Und nachdem mir Nick gesagt hat, dass er mich liebt, hat er mich geküsst! Vor allen anderen Schauspielern! Und bevor du fragst: Nein, es war nicht Bestandteil des Stückes, er hat mich ganz freiwillig geküsst.»

«Bei einer Theaterprobe?!»

«Ja.»

«Mitten auf der Bühne?!»

«Ja.»

«Vor allen Leuten?!!»

«Jaaa!»

«Also das ist echt schräg. Bei dir läuft wirklich nichts normal!»

Sie hatte Recht. Trotzdem versuchte ich mich zu verteidigen. «Aber es war mein erster Kuss!»

«Jaaa! Das ist sooo aufregend! Wie war es? Erzähl doch. War es romantisch? Wie hat es sich angefühlt?»

«Na ja, es hätte sich vielleicht etwas romantischer angefühlt, wenn Nick nicht diese alberne Strumpfhose angehabt hätte», überlegte ich.

«Strumpfhose? Über dem Kopf?»

«Nein, an den Beinen! Das Stück war ‹Romeo und Julia›, wir mussten so merkwürdige Kostüme tragen. Du weißt schon!»

«Ach, Strumpfhose hin, Strumpfhose her, dein erster Kuss! Hurra! Und wieso läufst du jetzt vor Nick davon?»

«Nick ist echt nett und so, aber ich glaube nicht, dass ich in ihn verliebt bin.»

«Hm.»

«Dabei wäre es so perfekt, wenn ich in ihn verliebt wäre», überlegte ich.

«Bist du sicher, dass du nicht vielleicht wenigstens ein kleines bisschen in ihn verliebt bist?»

«Wie meinst du denn das?»

«Na, vielleicht brauchst du nur etwas länger, bis du merkst, dass du verliebt bist.»

«Du meinst, ich bin schon in Nick verliebt, habe es aber noch nicht gemerkt?»

«Könnte doch sein, oder? Vielleicht hat dich der Kuss verwirrt.»

«Ich weiß nicht ...»

«Es soll schon Fälle gegeben haben, wo es einfach ein bisschen länger gedauert hat, bis man sich verliebt hat.»

«Und was willst du damit sagen?»

«Na, es muss ja nicht immer Liebe auf den ersten Blick sein.» Liz lachte. «... oder in deinem Fall auf den ersten Kuss. Das Verliebtsein kann ja auch ein bisschen später kommen.»

«Du meinst, wenn ich mir Mühe gebe, kann ich mich vielleicht doch noch in Nick verlieben?»

«Warum nicht?»

Liz ist nicht nur meine beste Freundin, sondern auch extrem pragmatisch und in Sachen Verlieben und erste Küsse wesentlich erfahrener als ich. Immerhin hatte sie schon zwei Freunde und wurde auch schon mehr als einmal geküsst. Ich beschloss also, mich ihrer Expertenmeinung zu unterwerfen.

«Ich versuch's.»

«Prima», lobte mich Liz. «Immerhin sind wir bisher noch nie so weit gekommen. Die Chance sollten wir uns nicht entgehen lassen!»

Da hatte sie allerdings Recht. Was hatten Liz und ich schon alles versucht, damit ich mich verliebe! Und als ich es dann endlich geschafft hatte und mich Hals über Kopf in Theo verliebte, war er nicht in mich verliebt. Die ganze Sache mit Liebe und Jungs war bei mir wirklich sehr mühsam.

«Los, Sanny, wir gehen zur Theaterprobe.»

«Nein! Ich will ihn nicht sehen!»

Liz stemmte empört die Arme in die Seite: «Also eben hatten wir uns doch noch geeinigt, dass du versuchen wirst, dich in ihn zu verlieben!»

«Muss ich ihn dafür treffen?»

Liz schaute mich nur böse an.

Ich seufzte. «Aber heute nicht. Und nicht wieder in der Nähe eines Theaters», versuchte ich zu verhandeln.

Liz ging darauf ein. «Okay, dann gehst du mit Nick ein Eis essen.»

«Und dann?»

«Dann wartest du ab, was passiert.»

«Und wenn nichts passiert?»

«Dann ... dann ... ach, irgendetwas wird schon passieren. Da bin ich mir bei dir ganz sicher.»

2. Kapitel, in dem Konny schon wieder in die Kuss-Falle getappt ist

«Ich war mit Sarah im Kino, ratet, was passiert ist!», schmetterte ich Felix und Kai entgegen, als sie kaum durch die Haustür waren.

Bevor die beiden reagieren konnten, schob mich mein kleiner Bruder zur Seite. «Ihr seid meine Gefangenen!», empfing er die beiden. «Ergebt euch!»

«Wuff!», machte Karl, die Mischung aus Bobtail und überdimensionalem Wischmopp. Der Hund war meinem fünfjährigen Bruder Kornelius treu ergeben und musste zu so ziemlich allem noch einen abschließenden «Wuff»-Kommentar abgeben. Die beiden steckten in ihrem Piraten-Outfit, denn mein Bruder hatte sich vor einiger Zeit entschieden, die Piraten-Laufbahn einzuschlagen.

Ich nahm meinem kleinen Bruder das Seil ab, das er bereits um Kai und Felix geschlungen hatte: «He, du Sonntags-Pirat, lass meine Gäste in Frieden, fang was anderes!»

Ich wandte mich wieder an meine Freunde: «Also, ratet! Sarah und ich im Kino. Was ist passiert?»

«Sie hat dir verboten, dich mit uns am Weiher zu treffen?», riet Kai.

«Ja, genau», fing nun auch Felix an, «was hat Sarah mit unserem Weihertreffen zu tun?! Wieso konnten wir uns nicht zum Angeln treffen, wie geplant? Geht das jetzt schon wieder los, bloß wegen eines blöden Mädchens?!»

«Was heißt hier ‹blödes Mädchen›?! Also hör mal ... ähm, ist ja auch egal, Tatsache ist, dass ich nicht zum Weiher kann, weil ich hier den Babysitter spielen muss», sagte ich und deutete auf meinen kleinen Bruder. Das heißt, ich wollte auf meinen Bruder deuten, aber der war nicht da.

«Verflixt! Vor einer Minute war er doch noch hier! Habt ihr gesehen, wo er hingegangen ist?»

Kai nickte: «Zur Haustür raus und rüber zum Garten von eurer Nachbarin.»

«Und du lässt ihn einfach weglaufen? Also wirklich, Kai, wo bleibt denn dein Verantwortungsbewusstsein?» Ich schüttelte den Kopf, ließ Kai und Felix stehen und ging auf Piratensuche.

Eigentlich hätte ja mein Vater auf Kornelius aufpassen müssen. Nach einem Streit mit meiner Mutter, bei dem es um das wundervolle und entspannte Leben ging, das sie seiner Meinung nach als Hausfrau führte, hatte sie kurzerhand einen Rollentausch vorgeschlagen und auch sofort in die Tat umgesetzt. Da meine Eltern beide Architekten mit eigenem Architektur-Büro sind, war das organisatorisch kein Problem. Nun ging sie ins Büro, und mein Vater versuchte, hier (definitiv mehr schlecht als recht) den Haushalt zu meistern.

Seitdem war nichts mehr in meinem Leben so, wie es

mal war. Ständig drückte mein Vater mir die Verantwortung für meinen kleinen Bruder aufs Auge, weil der sonst über alle Berge wäre und eine Schneise der Verwüstung und des Chaos hinter sich lassen würde. So ein Teenager-Leben ist weiß Gott anstrengend genug, jetzt kamen auch noch unbezahlte Babysitter-Pflichten dazu. Dabei wäre meine Zwillingsschwester Sanny wirklich besser für den Job geeignet, weil sie nämlich das total ereignislose Leben führt – also von ein paar verzweifelten Versuchen, sich zu verlieben, mal abgesehen – und jede Menge Zeit hat. Aber Kornelius hat mich zu seinem Helden auserkoren und will nur von mir beaufsichtigt werden. Zum Zeichen seiner Bewunderung hatte er eines Tages erklärt: «Ich will so heißen wie du!», und seitdem müssen wir Kornelius ebenfalls ‹Konny› nennen. Das nervt.

Eigentlich heiße ich Konstantin, meine Schwester heißt Kassandra, aber kein Mensch nennt uns so. Na ja, meine Mutter manchmal, wenn sie oberwütend ist. Jedenfalls gibt es also einen ‹großen› Konny und einen ‹kleinen› Konny, und damit die Namensverwirrung in der Familie Kornblum noch größer wird, nennt der kleine Konny unseren Hund Karl nicht ‹Karl›, sondern ‹Puschel›. Puschel der Piratenhund. Ganz toll!

Besagter Pirat mitsamt Hund war gerade mal wieder auf einer seiner Beute-Touren in Frau Flohmüllers Garten. Er bedrohte ein paar Blumen mit seinem Kochlöffel-Säbel.

«He, Kleiner, pass auf, da hinten rotten sich schon die Gänseblümchen zum Angriff zusammen. Komm, ich bring dich hier raus», flüsterte ich ihm zu, warf ihn mir dann über die Schulter und sprintete aus dem feindlichen Garten, bevor Frau Flohmüller davon Wind bekommen und sich wieder bei meiner Mutter beschweren konnte. Piraten-Puschel kam fröhlich bellend hinter uns hergesprungen.

Zurück im Flur, setzte ich den kleinen Konny ab.

«So, du hältst jetzt hier Wache. Pass auf, dass keine feindlichen Schiffe durch die Haustür reinkommen!», befahl ich Kornelius und drehte ihn in Richtung Haustür.

«Wie lange muss ich denn die Tür bewachen?»

«Bis ich wieder runterkomme.»

«Und was machst du oben?»

«Ich beobachte die Straße von oben und warne dich rechtzeitig, wenn Schiffe zu sehen sind.»

Der Kleine nickte ernsthaft und stellte sich in Positur. Gut, das wäre erledigt.

Kai und Felix setzten sich in Bewegung.

«Halt, ihr müsst hier bleiben, ihr seid doch meine Gefangenen.»

Oh Mann, wir sollten den Kleinen echt zur Adoption freigeben. «Ich übernehme die Gefangenen, du hast mit Haustürbewachen genug zu tun.»

«Stimmt.»

Ich schob Kai und Felix zur Treppe. «Also, ihr werdet nicht glauben, was passiert ist», begann ich.

«Ich glaub's, erzähl mal!», rief der kleine Konny und folgte uns.

«Wuff!», machte Karl und folgte uns ebenfalls.

Ich drehte mich zu dem Kleinen um. «Kornelius – die Tür!»

«Ich heiß Konny!»

«Konny, bewach die Tür.»

Konny nahm wieder seinen Posten ein, Kai schaute mich zweifelnd an: «Feindliche Schiffe, die durch die Haustür kommen?!»

Ich verlor langsam die Nerven, ich wollte meine Sensation loswerden, also blökte ich an Ort und Stelle:

«Sarah hat mich geküsst!»

«Waaaas?!», Kai konnte es nicht fassen.

«Dich? Einfach so?», fragte Felix.

«Is ja eklig!», rief der kleine Konny. «Piraten würden niemals küssen!»

Kai war erschüttert. «Mensch, Konny, dann müssen wir ja ab jetzt wieder Wache bei dir stehen und dürfen dich nicht aus den Augen lassen. Diese Küsserei tut dir ja nie gut. Womöglich wirst du jetzt wieder Blödsinn anstellen und so ...»

«Na, den hat er ja wohl schon angestellt», grinste Felix.

«Der stellt immer Blödsinn an», klärte ihn Kornelius auf. «Deshalb müssen Karl und ich ja auch auf ihn aufpassen!»

Ich fragte mich wirklich, warum ich ausgerechnet diesen beiden Quarkköpfen die Geschichte erzählte. Aber diese Quarkköpfe waren nun mal zufällig meine besten Freude.

Ich versuchte, möglichst cool und nebensächlich zu klingen. «Nein, nein, alles easy. Diesmal ist das alles ganz anders. Auf dem Heimweg wollte sie weder Händchen halten, noch musste ich den Arm um sie legen, und sie hat auch nicht geflötet, von wegen, dass wir beide uns jetzt täglich sehen müssen und so. Die Beziehung ist perfekt.»

Kai nickte ehrfürchtig. «Wow!»

«Redet ihr jetzt nur noch von küssen und verliebt sein?», maulte der kleine Konny gelangweilt. Wir ignorierten ihn.

Felix feixte. «Und du bist sicher, dass sie in dich verliebt ist?»

«Was soll das denn jetzt wieder?! Natürlich, du Schnarchschaf, was denn sonst?», erwiderte ich.

«Klingt aber nicht so», meinte Felix provozierend.

Nun meldete sich der Kleine wieder zu Wort: «Wenn das so ist, dann geh ich nämlich lieber mal wieder zu Frau Flohmüller und suche ein paar Piratenschätze.»

Ich nickte dem kleinen Konny kurz zu und wandte mich wieder an Felix: «Glaub mir, diesmal ist es ganz anders.»

Felix grinste: «Also kein Verstecken auf unserem Schulklo in den Pausen?»

Der Typ ist echt die Pest. Bei meiner letzten Freundin, Kim, war das etwas anstrengend. Sie wollte ständig Händchen halten und jede Sekunde mit mir verbringen. Und aus lauter Verzweiflung hatte ich mich tatsächlich in den Pausen auf dem Schulklo versteckt. Peinlich genug. Deshalb hab ich damals dann auch ganz schnell wieder Schluss gemacht.

«Nee, diesmal doch nicht», kam mir mein Kumpel Kai zu Hilfe.

Ich nickte ihm wohlwollend zu.

«Sarah ist doch gar nicht auf unserer Schule. Konny könnte sich höchstens auf dem Klo in ihrer Schule verstecken», überlegte der Intelligenzbolzen.

Ich seufzte auf, und mein Wohlwollen Kai gegenüber schwand wieder. Die Möglichkeit, mit dem Hund über Sarah zu reden und ihm zu erzählen, wie sie mich im Kino geküsst hatte, erschien mir immer reizvoller. Er würde mir wenigstens zuhören und keine blöden Kommentare abgeben. Außer einem Wuff, aber damit könnte ich leben.

«Also wirklich, Leute, ich weiß gar nicht, warum ihr so eine große Sache daraus macht.»

«Machen wir doch gar nicht. Aber du! Du hast wie ein total Durchgeknallter bei uns angerufen und uns hierher bestellt, hast wild rumgejapst und warst erst nach dem dritten Durchgang zu verstehen», grinste Felix.

«Stimmt!», nickte Kai. «Du warst total aufgeregt.»

In diesem Moment kam mein Vater zur Haustür rein.

«Konny», begrüßte er mich gut gelaunt. «Du ahnst nicht, was ich eben gefunden habe.»

Nein, ich ahnte es wirklich nicht. Das Einzige, was ich ahnte, war, dass es für mich bestimmt erst mal Arbeit bedeutete.

«Los, komm, hilf mal ausladen.»

Na bitte, sag ich doch: Arbeit. Jetzt sah mein Vater Kai und Felix. «Ihr könnt auch beim Ausladen helfen», bot er großzügig an.

Die beiden guckten mich an, Felix erklärte, dass sie leider keine Zeit hätten, weil sie noch was erledigen mussten.

«Was haben wir denn zu erledigen?», fragte Kai Felix leise beim Rausgehen.

Und weg waren sie. Ja, es geht doch nichts über Freunde in der Not.

An das Ausladen schloss sich dann noch ein Aufbauen beziehungsweise ein dreimaliges Aufbauen an. Mein Vater hatte nämlich ein Büro-Regal für Eigenmontage gekauft. Und als Architekt musste man natürlich keine Bauanleitungen lesen. Die ersten beiden Versuche endeten in moderner Kunst am Holz, und dann gab er endlich nach, und wir durften die Anleitung benutzen. Und am Ende stand es tatsächlich.

«Na, das ist doch auch eine richtig schöne Vater-Sohn-Aktivität, was?», freute sich mein Vater.

Ich war zu sehr außer Atem, um zu antworten.

«Apropos Vater-Sohn-Aktivität», überlegte mein Vater. «Wo ist eigentlich dein Bruder?»

«Keine Ahnung, aber jetzt ist sowieso nichts mehr zu tun», maulte ich und versuchte meinen Pulli aus dem Regal zu zerren, den ich wohl offensichtlich mit angeschraubt hatte.

Mein Vater schüttelte den Kopf. «Solltest du nicht auf deinen Bruder aufpassen?»

Ich zuckte die Schultern. «Sollte ich?»

Mein Vater sah mich bedeutungsvoll an.

«Okay, ich sollte.» Das war der Moment, in dem sowohl meinem Vater als auch mir klar wurde, was das bedeutete: Der Kleine war schon wieder weg!

Wir rannten hektisch durch das Haus, drehten jeden Teppich um und durchwühlten jeden Piratenschlupfwinkel. Nichts.

Mein Vater wurde panisch.

Vermutlich dachte er daran, was meine Mutter ihm erzählen würde, wenn sie herausbekam, dass der Kleine schon wieder weg war.

«Und du hast keine Ahnung, wo er sein könnte?», fragte mein Vater.

Ich zuckte die Schultern. Dunkel erinnerte ich mich an etwas. Aber es fiel mir nicht ein.

«Du läufst die Straße rechts runter, und ich suche in der anderen Richtung», gab mein Vater atemlos den Einsatzplan durch.

Wir stürmten aus dem Haus, und ich vergaß tatsächlich für einen Moment Sarah und den Kino-Kuss.

3. Kapitel, in dem Sanny ein neues Orakel entdeckt

«Das ist gemein! So gemein!» Der kleine Konny lief schimpfend auf der Treppe an mir vorbei.

«Wuff!», bellte Karl mit Nachdruck und lief hinter Konny her.

«Hey, was ist los?», wollte ich wissen.

«Mami hat mich einfach gefangen genommen. Ich bin ein gefährlicher Pirat. Sie muss Angst vor mir haben und darf mich nicht ausschimpfen!», wetterte der kleine Konny empört.

«Wuff!» Ein großes strubbeliges schmutziges Fell folgte Konny hoch erhobenen Hauptes in sein Zimmer. Die Tür flog zu.

Ich ging zu meiner Mutter. «Was ist denn mit dem Kleinen los?»

«Ich habe ihm den Piraten-Status entzogen. Frau Flohmüllers Garten sieht aus, als ob eine ganze Piraten-Armada ihre Schätze dort vergraben hätte. Sie hat mich wieder im Büro angerufen, damit ich ihn aus seinem Piratenschatz-Loch hole. Wieso fällt es keinem von euch auf, dass der Kleine dort seit Wochen den Garten verwüstet?»

Ich hob abwehrend die Hände. «Hey, das ist nicht

mein Job. Paps ist für ihn zuständig. Warum entziehst du ihm nicht seinen Hausfrauenstatus?»

«Pfff», machte meine Mutter nur, und dann begann sie: «Ich erlöse ihn erst, wenn er zugibt, dass Haushalt und Kinder sich nicht so nebenbei und sowieso von selbst erledigen. Ich habe ... Ach was, ich reg mich jetzt nicht auf. Wo ist dein Vater?»

Das klang nicht so, als wolle sie sich nicht aufregen.

«Keine Ahnung.»

Für mein Empfinden war mein Vater absolut nicht für diesen Hausfrauenjob geeignet. Aber meine Mutter bestand darauf, die Sache so lange durchzuziehen, bis mein Vater zugab, dass er sich geirrt hatte und dass Hausfrauendasein durchaus echte Knochenarbeit war.

Bislang hatte uns dieser Rollentausch jede Menge Chaos, eine russische Haushälterin und einen Anbau ans Wohnzimmer gebracht. Ach ja, und unserer Nachbarin Frau Flohmüller einen verwüsteten Garten.

Meine Mutter atmetet tief ein und verdrehte die Augen. Sie stampfte in Richtung Küche. Allerdings machte sie in der Tür gleich wieder kehrt. Mein Vater hatte sich wieder mal am Kochen versucht. Seit Ludmilla unsere Haushälterin war, versuchte er sie in puncto Kochkunst zu übertreffen. Wirklich punkten konnte er dabei allerdings nur in Sachen Küchenverwüstung.

«Ich bin wirklich froh, wenn Ludmilla morgen wieder kommt», seufzte meine Mutter.

In dem Moment kamen mein Vater und mein zweifellos unterbelichteter großer Bruder hereingestürzt.

«Hallo, Sanny, hast du vielleicht ...?» Mein Vater erblickte meine Mutter und verstummte erst mal.

«Na, was verloren?», fragte meine Mutter unschuldig.

«Äh, also ...», stotterte mein Vater.

Meine Mutter hielt die Hand auf die Höhe, die der kleine Konny etwa besaß. «Ungefähr so hoch, unheimlich begabt im Löchergraben und in ständiger Begleitung eines bellenden Flokati-Teppichs?»

«Ist er da?», wollte mein Vater wissen.

Meine Mutter deutete über ihre Schulter nach oben. «In seinem Zimmer. Ich habe ihn mal wieder aus Frau Flohmüllers Garten abgeholt.»

Konny schlug sich an die Stirn. «Natürlich! Der Garten von Frau Flohmüller. Hat er doch gesagt.» Mein Vater deutet mit dem Daumen auf Konny. «Er war schuld, er sollte auf ihn aufpassen!»

«Na, wie auch immer. Der Kleine ist wieder da, und ich muss bestimmt noch Hausaufgaben machen oder so was», startete Konny einen Fluchtversuch.

«Wir sprechen uns noch!», rief ihm mein Vater hinterher.

«Dass der Junge kein Verantwortungsbewusstsein hat, kann man ihm bei dem Vater wohl nicht vorwerfen», fauchte meine Mutter meinen Vater an.

«Also jetzt übertreibst du aber!», schmollte mein Vater. «Ich tue hier, was ich kann. Stell dir das bloß nicht so einfach vor.»

Das war das Stichwort für meine Mutter. Lauernd fragte sie: «Soll das heißen, dass das Hausfrauendasein doch nicht ganz so einfach und locker ist?»

Mein Vater zuckte zusammen und biss sich auf die Lippen. «Das hab überhaupt nicht gesagt. Das ist alles nur ein Frage der Organisation. Und ich bin dabei. Es hat hier immerhin einige Veränderungen gegeben, seit ich das Ruder im Haushalt übernommen habe.»

«Ja, eine Haushälterin, und statt den kleinen Konny von Frau Flohmüllers Bäumen zu pflücken, muss ich ihn jetzt aus Erdlöchern in ihrem Garten ziehen», antwortete meine Mutter spöttisch.

Ich überließ die beiden ihrer Diskussion. Auf absehbare Zeit würde mein Vater garantiert nicht zugeben, dass meine Mutter Recht hatte. Also würde dieses Chaos weiterhin unseren Alltag bestimmen.

Ich ging in mein Zimmer und beschloss, meine beiden Orakel-Fische Pixi und Dixi in Sachen Nick um Rat zu fragen. Die Fische und ich waren ein eingespieltes Team. Seit Jahren halfen sie mir, wichtige Entscheidungen zu treffen.

Als ich an Konnys Zimmertür vorbeiging, stand er plötzlich im Türrahmen.

«Sie hat mich geküsst», strahlte mich Konny an.

«Wer? Frau Flohmüller?»

«Yeiiiks», Konny verzog erschrocken das Gesicht. «Sarah. Sarah hat mich im Kino geküsst.» Das dümmliche Strahlen schlich sich wieder auf sein Gesicht.

«Und du meinst, das interessiert irgendjemanden?»

Ich war zu verwirrt mit meiner eigenen Kuss-Geschichte, um mich für fremde Küsse begeistern zu können. «Wahrscheinlich lag es daran, dass es im Kino dunkel war und sie dich mit jemand verwechselt hat.»

Konny klopfte mir gönnerhaft auf die Schulter. «Wenn du selbst erst mal in die Situation kommst, wirst du wissen, wovon ich hier rede.»

«Ich weiß genau, wovon du redest! Nick hat mich auch geküsst.»

«Wie viel musstest du ihm denn dafür bezahlen? Oder hatte er 'ne Wette verloren?»

«Dämlicher Neandertaler! Kriech zurück in deine Höhle.»

Ich ging in mein Zimmer und knallte die Tür hinter mir zu. Konstantin war wirklich nicht zu ertragen. Kaum zu glauben, dass ihn ein Mädchen freiwillig geküsst haben soll. Ich schüttelte angewidert den Kopf.

Dann zog ich mir einen Stuhl vor mein Aquarium, setzte mich und suchte nach Pixi und Dixi. Orakel-Fische sind etwas Wunderbares. Ich hatte ihre besonderen Fähigkeiten durch Zufall entdeckt, und seither waren sie mir unersetzliche und wertvolle Ratgeber, wenn es um Liebesangelegenheiten in meinem Leben ging. Alle anderen Bereiche in meinem Leben konnte ich alleine regeln. Nur alles, was mit Liebe zu tun hatte, war mir ein Rätsel. Da musste ich jede Hilfe in Anspruch nehmen, die ich kriegen konnte. Deshalb war ich mit Pixi und Dixi so glücklich. Mit all meinem Problem und Sorgen konnte ich zu ihnen gehen und sie um Rat fragen.

Ich musste bloß eine Ja-oder-nein-Frage stellen, Futter ins Wasser streuen und abwarten. Wenn Pixi und Dixi das Futter fraßen, bedeutete es ‹Ja›. Fraßen sie nicht, lautete ihre Antwort ‹Nein›.

Ich konnte mich hundertprozentig auf die beiden verlassen. Außerdem waren sie verschwiegen.

Ich konzentrierte mich auf meine Frage. «Wird es mir gelingen, mich in Nick zu verlieben?» Einfache Frage, oder? Ich streute Futter ins Wasser.

Kein Fisch war zu sehen.

Ich klopfte an die Scheibe. Immer noch nichts. Was bedeutet das denn jetzt?

Würde ich mich nicht in ihn verlieben?

Zumindest nicht so schnell?

Vielleicht erst morgen?

Oder nächste Woche?

War das vielleicht die falsche Frage?

Oder das falsche Fischfutter?

Ich beschloss, es morgen noch einmal zu versuchen.

Jetzt ertönte erst mal der Ruf zum Essen. Da der Kochversuch meines Vaters vor den Augen meiner Mutter keine Gnade gefunden hatte – übrigens zu Recht, wie sich herausstellte, als mein Vater Karl sein misslungenes Essen anbot, denn selbst der Hund jaulte und machte einen großen Bogen um seinen Futternapf – rief mein Vater schnell beim Lieblings-Chinesen meiner Mutter an und ließ Essen liefern.

Wir versammelten uns alle, bis auf den Piraten, um den Küchentisch. Kornelius war nicht aus seinem Zimmer zu bewegen – er hatte nämlich Konnys Satz: «Oh toll, Chinesen-Essen», falsch verstanden und weigerte sich, ‹Chinesen zu essen›. Und trotz aller Bemühungen konnten wir ihm nicht klar machen, dass es sich bei dem Essen nicht um ‹Chinesen›, sondern um ‹chinesisches Essen› handelte. Meine Mutter machte ihm ein Himbeermarmelade-Brot, und er machte uns von oben herab lautstark Vorwürfe.

«Und wie schmeckt es euch?», fragte mein Vater.

«Definitiv besser, als wenn du kochst», verkündete mein Bruder mit vollem Mund.

«Ja, können wir nicht eine Standleitung ins Restaurant legen lassen? Oder in die Nähe ziehen?», schloss ich mich an.

Mein Vater sah gekränkt zu uns herüber. «Ihr könntet ja auch selbst kochen.»

Erstaunlicherweise nahm ihn meine Mutter heute in Schutz.

«Allerdings», rief sie gleich, «es ist unglaublich, dass ihr euch in eurem Alter immer noch bedienen lasst. Ihr kennt ja wohl den Weg zur Küche und wisst, wie man den Kühlschrank öffnet. Ich kann es nicht fassen, dass ich euch ständig bedient habe!»

Mein Vater bekam Oberwasser. «Genau! Das hättest du von Anfang an nicht tun sollen, dann wärst du auch viel besser mit dem Haushalt zurechtgekommen. Sieh mich jetzt an: Ich hab alles im Griff.»

Meine Mutter schwieg.

Und alle gingen in Deckung.

Meine Mutter zog tief Luft ein und sah meinen Vater eisig an: «Erstens ist es, glaube ich, gesetzlich verboten, Kinder im Krabbelalter an den Herd zu lassen, damit sie sich Karottenpüree selbst zubereiten, und zweitens ...», und nun brüllte sie, «... hast du nichts im Griff! Und ich bin mir nicht mal sicher, ob du mir auf Anhieb die Anzahl unserer Kinder sagen könntest! Zumindest verlierst du regelmäßig eins!»

Mein Vater guckte in leichter Panik am Tisch umher und murmelte erschrocken: «Sag nur, er ist schon wieder weg?!»

«Der Kleine ist in seinem Zimmer», flüsterte ich meinem Vater zu. Er tat mir Leid. Gegen unsere Mutter hatte er keine Chance.

Meine Mutter verdrehte die Augen, mein Vater entspannte sich wieder, fragte: «Wie wäre es mit ein paar Glückskeksen?», und wühlte in der Tüte. «Ich habe extra welche mitbestellt.»

«Um aus dieser Situation wieder rauszukommen, brauchst du schon mehr als Glückskekse», zischte meine Mutter.

«Oh nein, dieser Orakel-Blödsinn. Wer braucht denn so was?», meinte Konny.

Moment mal, hatte er da gerade was von Orakel gesagt?

«Ich nehm einen», erklärte ich sofort und schnappte mir einen Keks.

Mein Vater war froh über das Interesse und das neue Thema. «Lies dir den Spruch auf dem Zettel durch. Wer weiß, vielleicht wird er ja wahr.»

Auf meinem Zettel stand: ‹Der kluge Hund bleibt stehen und erkennt, der dumme läuft vorbei.›

Aha. Das klang doch ziemlich orakelig. Es gefiel mir.

Vielleicht sollte ich Pixi und Dixi mal eine kleine Pause gönnen und mich nach anderen Orakel-Möglichkeiten umsehen. Nur erst mal sollte ich rauskriegen, was der Spruch eigentlich zu bedeuten hat.

4. Kapitel, in dem Konnys Badehose vom Hund gefressen wird

Ich durchwühlte jetzt schon zum 78. Mal meine Schubladen und den Klamotten-Berg, der sich vor meinem Schrank türmte.

Irgendwo musste diese dämliche Badehose doch sein! Ich war mit Sarah und den beiden Oberchaoten zum Schwimmen verabredet. Sarah trainierte nämlich für irgendeinen Schwimmwettbewerb und musste deshalb ziemlich oft ins Schwimmbad. Sie hatte mich gefragt, ob ich nicht mal mit ihr kommen wolle, und ich fand, das sei doch die perfekte Gelegenheit, den Jungs zu beweisen, dass Sarah völlig anders ist als die anderen Mädchen. Also hatte ich die Jungs überredet, mitzukommen. Ich wollte, dass die beiden einsahen, dass es mit Sarah keine Probleme geben würde, dass sie perfekt zu uns passte. Die beiden versuchten immer noch, mich vor Sarah ‹zu retten›. Daran war ich selbst schuld, ich hatte nämlich die Parole ausgegeben, dass wir drei uns gegenseitig davor schützen müssen, uns zu verlieben. Aber mit Sarah war das eben alles anders. Sie war keine von den quietschigen hirnlosen aufgedonnerten Hühnern, die immer Händchen halten und mit einem Jungen allein sein wollen. Sie war ein echter

Kumpel. Ich konnte in sie verliebt sein, mit ihr zusammen sein und Zeit mit meinen besten Freunden verbringen. Zum Beispiel heute gemeinsam im Schwimmbad.

Ohne Badehose würde das aber schlecht gehen. Also fing ich an, zum 79. Mal alles zu durchwühlen.

Plötzlich sah ich aus den Augenwinkel, wie sich etwas bewegte. Ich erstarrte. Ludmilla, unsere Furcht einflößende Haushälterin aus Minsk, hatte sich in der Tür aufgebaut, verschränkte die Arme vor der Brust und blickte mich finster an.

«Was du machen?!»

Irgendwie klang das weniger wie ein Hilfsangebot als vielmehr wie eine Anklage bezüglich meiner Existenz. Und zwar nicht nur in diesem Zimmer, sondern überhaupt auf der Welt.

«Äh, ich suche etwas.»

«Das ich sehen! Und ich sehen auch große Berg von Unordnung, und ich das nicht machen weg!» Ihr Blick wechselte von finster zu bedrohlich.

«Oh sicher, klar. Das mach ich.»

«*Da!* Und bevor du gehen, ich kontrollieren!»

Und damit drehte sie sich wieder um.

«Äh, Ludmilla, Sie haben nicht zufällig meine Badehose gesehen?»

«*Da*», sagte sie und ging weiter.

«Ja? Und wo?»

«Kleine Pirat aus Chose Piratenflagge machen», sie zuckte die Schultern. «Dann Chund Chose fressen.»

«Das darf doch nicht war sein. Und überhaupt: Er ist kein Pirat mehr.»

«Das Chose nicht bringen zurick.» Und damit verschwand sie wieder.

Na toll. Die Frau meines Lebens wartete auf mich, und der Hund hatte meine Badehose gefressen. Ich überlegte fieberhaft, wo ich jetzt auf die Schnelle eine Badehose herbekommen sollte, während ich die Unordnung auf dem Boden in meinen Schrank stopfte und ihn schnell zumachte. Sicherheitshalber schob ich noch meinen Schreibtisch vor die Schranktür. Dann lief ich zum Kleiderschrank meines Vaters und ließ mich von einer tiefen Depression überrollen: Nie im Leben würde ich hier was finden. Wer hatte bloß diese dämliche Idee mit dem Schwimmbad gehabt!

Natürlich kam ich zu spät, und Sarah und die Jungs warteten schon auf mich.

«Na, verlaufen?», fragte mich Sarah grinsend zur Begrüßung. Jetzt wäre ein Kuss nicht schlecht, dachte ich mir und trat nah an Sarah heran. Aber gerade als ich mich zu ihr beugte, bückte sie sich, um ihre Tasche mit den Badesachen hochzuheben, und mein Kuss ging ins Leere.

«Hoppla», kommentierte Kai, Felix grinste nur.

Sarah kam wieder hoch und meinte: «Is' was?»

Kai nickte: «Konny wollte dich ...»

«... gerade fragen, ob wir vielleicht lieber woanders hingehen», fiel ich dieser Schnarchnase ins Wort. Mit meiner Ersatz-Badehose war ich nämlich nicht sehr glücklich. Die Auswahl an Badehosen meines Vaters war erbärmlich. Er besaß nur eine einzige, die groß und weit und Shorts-ähnlich war, alle anderen waren diese kleinen knappen Schwimmweltmeister-Badehosen, und mit so was würde ich mich nicht mal zu Hause in der Badewanne erwischen lassen. Und seine einzigen Shorts hatten leider den kleinen Schönheitsfehler, dass sie himmelblau und mit kleinen gelben Quietsche-Entchen übersät war.

«Na, ich denke zum Schwimmen ist ein Schwimmbad schon der beste Platz», klärte mich Sarah auf.

Mag ja sein, aber nicht mit dieser Badehose.

Die Jungs lachten. Wenn sie jetzt schon lachten, wie würden sie dann erst wiehern, wenn sie mich in meiner Enten-Hose sehen werden. Na bravo.

Sarah ging los. «Also, was ist jetzt? Irgendjemand hier wasserscheu?»

Felix und Kai dackelten auf der Stelle hinter ihr her. Ich seufzte und folgte in Richtung Schwimmbadkasse.

Ich kam als Letzter aus der Umkleidekabine. Meine Strategie war klar: Solche Hosen trägt man jetzt. Sie sind total cool, Hollywood schwört darauf.

Die beiden Jungs und Sarah warteten schon wieder auf mich. Es hatte wohl etwas länger gedauert, bis ich meine Strategie zusammenhatte.

Natürlich starrten alle drei sofort auf meine Hose.

Sarah grinste und sah mich fragend an.

«Die ist von meinem Vater», warf ich meine Strategie über den Haufen.

«Was ist denn mit deiner Hose passiert?», wollte Kai wissen.

«Der Hund hat sie gefressen.»

«Hast du da noch dringesteckt?», wollte Sarah wissen.

Die Jungs grölten.

Sarah legte mir die Hand auf die Schulter. «Komm, lass uns die Entlein ins Wasser bringen.»

Erneutes Gejohle meiner besten Freunde. Danke auch, Idioten! Wo blieb denn hier die männliche Solidarität?

Sarah grinste schon wieder. «Unter Wasser sieht man die Hose auch nicht so genau.»

Danke, Sarah, sehr nett. Wieso fand ich Sarah nochmal so toll?

Sie ging auf das Becken zu.

«Sarah ist echt klasse», flüsterte Kai mir zu.

Felix nickte bestätigend und sah Sarah hinterher.

«Da muss was schief gelaufen sein», kommentierte nun auch Felix, «Sarah ist ein paar Nummern zu gut für dich.»

Ich strahlte: Meine beiden besten Freunde waren von Sarah hin und weg. Wunderbar, nun konnte nichts mehr schief gehen.

5. Kapitel, in dem Sanny Schwarze-Peter-Karten erbeutet

«Hey, ich hab's doch versucht. Aber irgendwie hat es eben noch nicht geklappt», verteidigte ich mich.

Liz hatte mir die Aufgabe gestellt, Nicks Namen fünfzigmal auf ein Blatt Papier zu schreiben und anschließend Herzchen darum zu malen. Ich sollte pro Stunde für fünf Minuten die Augen schließen und intensiv an Nick denken. Danach sollte ich mir vorstellen, was wir uns zu unserem Jahrestag schenken würden. Dazu musste ich mir allerdings erst mal vorstellen, dass wir überhaupt einen Jahrestag hätten.

Ich musste zehn Vorteile nennen, die Nick gegenüber anderen Jungs hatte.

Und ich musste aus der Erinnerung Nicks Augenfarbe und Haarfarbe bestimmen.

Liz meinte, das würde mir helfen, mich in Nick zu verlieben.

Aber alle Versuche blieben ohne Erfolg. Ich hatte nicht die Bohne ein verliebtes Gefühl bekommen.

«Wir brauchen einen neuen Plan!» So schnell wollte ich nicht aufgeben.

«Dann probieren wir jetzt noch etwas richtig Romantisches, damit du dich in ihn verliebst», meinte

Liz kämpferisch. Ich wollte etwas sagen, aber Liz ließ mich nicht zu Wort kommen. «Mondlicht. Mondlicht wäre perfekt. Meinst du, du bekommst wohl abends mal Ausgang?»

«Ehrlich gesagt stehen die Chancen dafür ziemlich schlecht. Außerdem bin ich dann unter Garantie auch viel zu müde, um mich zu verlieben.»

Liz überlegte weiter. «Vielleicht kennst du ihn einfach zu wenig. Du müsstest ihn besser kennen lernen und schwupp – schon bist du in ihn verliebt!» Liz strahlte mich an.

Ach was, so einfach war das? Ich war skeptisch, aber ich wollte es mir nicht mit meiner einzigen Expertin in Sachen Liebe verderben.

«Du triffst dich doch mit ihm in der Eisdiele, und dabei versuchst du so viel wie möglich über ihn herauszubekommen. Am besten er bringt auch gleich ein paar Kinderfotos von sich mit. Kinderfotos sind immer total süß.»

«Ich weiß nicht, Kinderfotos?!», stöhnte ich.

«Doch, glaub mir. Auf Kinderfotos sehen alle immer total niedlich aus, und wenn du Fotos vom kleinen Nick siehst, schmilzt du bestimmt dahin!»

«Glaub ich nicht.»

«Hast du einen besseren Plan?»

Ich musste verneinen.

«Irgendeine andere Idee?»

Ich schüttelte den Kopf.

«Meinst du, dir fällt auf absehbare Zeit was ein?»

«Nein, wahrscheinlich nicht», musste ich zugeben.

«Los, ruf ihn an!»

Ich seufzte. Wie lautete mein Glückskeksspruch? ‹Der kluge Hund steht auf und telefoniert›? Im übertragenen Sinne jedenfalls.

«Okay, schon gut. Ich ruf ihn an.»

«Gut», lobte mich Liz. «Ich muss jetzt auch los. Ich bin noch mit David verabredet.»

David war Liz' Freund, und bei ihr lief natürlich wie immer alles wie am Schnürchen: Sehen, verlieben, küssen.

«Seit du mit David zusammen bist, hast du echt ganz schön wenig Zeit.»

«Gib dir ein bisschen Mühe, und dann hast du auch weniger Zeit.»

Ich rief Nick an und verabredete mich mit ihm. Nick war hoch erfreut und zitierte gleich ein paar Dankesworte aus einer Ballade. Bei meinem Wunsch, er möge Kinderfotos von sich mitbringen, stutzte er zunächst, dann rief er: «Dein Wunsch ist mir Befehl, Mylady!»

Oh Gott! Konnte er nicht einfach ‹okay› oder ‹okey-dokey› sagen wie alle anderen?!

Mit gedämpfter Hoffnung auf ein Happy End setzte ich mich wieder vor mein Aquarium. Mal sehen, ob sich meine Orakel-Fische immer noch im Streik befanden.

Ich versuchte es mit einer Testfrage. «Werde ich mich morgen mit Nick treffen?» Und dann streute ich Futter ins Aquarium. Nichts. Wie dämlich Pixi und Dixi doch sind! Diese Frage konnte ich mir ja selbst beantworten, die beiden hätten doch bloß zuhören müssen, als ich mit Liz gesprochen hatte.

«Okay, bitte. Es ist ja nicht so, dass ich auf euch angewiesen wäre.»

Ich hatte mir in einem chinesischen Import-Export-Laden eine Tüte Glückskekse gekauft. Die wollte ich jetzt zurate ziehen.

Das heißt, ich hätte sie zurate ziehen können, wenn mein Chinesisch etwas besser wäre. Die Sprüche waren nämlich in chinesischen Schriftzeichen geschrieben.

Die einzige Voraussage, die ich aus diesen Glückskeksen lesen konnte, war, in Zukunft meine Glückskekse nicht mehr in chinesischen Läden zu kaufen, wo selbst der Kassenzettel in Chinesisch ausgedruckt wurde.

Gut, dann musste ich mir eben etwas anderes überlegen.

Wie wäre es zum Beispiel mit Tarotkarten?

Ich durchstöberte unsere Wohnung nach solchen Karten, wobei ich in eine akute Schlechtwetter-Front geriet. Ausgelöst durch die ewige Frage, was mit dem neu angebauten Zimmer geschehen sollte. Mein Vater wollte ein Büro für sich daraus machen, aber Ludmilla war der festen Überzeugung, dass dieses Haus dringend ein Bügelzimmer brauchte.

«Was Sie wollen anziehen? Gebiegelte Hemd? Ah, also ich brauchen Biegelzimmer. Mit richtige Biegeltisch.»

«Aber Ludmilla, Sie bügeln doch auch jetzt schon ganz wunderbar ohne Bügeltisch», versuchte mein Vater verzweifelt sein Büro zu verteidigen.

«*Da!* Auf Kiechentisch. Wo Brot und Käse liegen rum. Ich Ihnen nächste Mal Stäbchen von Fisch mit einbiegele, dann Sie wissen, wie ist, auf Kiechentisch zu biegeln!»

«Aber das kann man doch einfach zur Seite räumen», kämpfte mein Vater tapfer.

Ich suchte weiter, kehrte aber nur mit einem Päckchen Schwarzer-Peter-Karten von meinem kleinen Bruder zurück. Und für die musste ich dem Kleinen auch noch meinen Nachtisch der ganzen kommenden Woche versprechen. Aber wenigstens war ich jetzt dem Leben nicht mehr hilflos ausgeliefert, sondern konnte erfahren, was für Überraschungen sich das Schicksal für mich ausgedacht hatte.

Gut, wie ging das noch gleich? Mischen, drei Karten ziehen und deuten.

Ich mischte, zog drei Karten und starrte auf ein Eichhörnchen, das eine Nuss in der Hand hatte, einen Affen, der auf einem Seil balancierte, und ein frierendes Häschen, in eine Decke gewickelt. Ach du meine Güte, was sollte denn das bedeuten?!

Plötzlich war es völlig klar. Karte Nummer eins: Ich hatte eine harte Nuss zu knacken – Nick und mich. Karte Nummer zwei: Das würde ich jedoch mit traumwandlerischer Eleganz wie ein seiltanzender Affe meistern. Dritte Karte: Es würde ein harter Winter werden.

Was Letzteres zu bedeuten hatte, war mir schleierhaft. Aber eins war doch wohl klar: Alles würde gut ausgehen. Schließlich konnten ein Affe, ein Hase und ein Eichhörnchen doch nicht irren, oder?!

6. Kapitel, in dem Konny statt eines Kusses einen Apfel bekommt

«Und? Wie findet ihr sie?» Eigentlich sollte meine Stimme bei dieser Frage nicht unbedingt so quieken.

«Sarah ist echt cool.»

Ich versuchte, möglichst lässig und nebensächlich zu nicken.

«Was ist los?» Felix sah mich von der Seite an. «Haben sie dir heute Morgen den Kopf nicht richtig angeschraubt? Wenn du so weiternickst, fällt er dir gleich runter.»

«Ich war noch nie mit einem Mädchen im Schwimmbad, das so klasse schwimmen konnte», schwärmte Kai.

«Du warst sowieso noch nie mit einem Mädchen im Schwimmbad», korrigierte Felix ihn grinsend.

Kai überlegte: «Und sie hat sogar Felix im Schwimmen besiegt.»

«Blödsinn, ich hab einfach 'nen Krampf bekommen, deshalb hat sie gewonnen. Ich verliere doch nicht gegen ein Mädchen», murmelte Felix.

«Sarah ist eben nicht irgendein Mädchen», tröstete ich Felix voller Stolz. «Und es hat bestimmt auch kaum einer mitbekommen, dass du verloren hast.»

«Nö, wie auch, die standen ja alle noch im Bann deiner supercoolen Badehose», feixte Felix.

Na prima, war das der Dank, dass ich ihm beistehen wollte mit seinem angeblichen Krampf?!

«Aber das Mädchen ist echt in Ordnung.» Felix klopfte mir auf den Rücken. «Wahrscheinlich müssen wir wirklich nicht eingreifen.»

Gut, damit war der Eingriffspakt im Falle einer akuten Verliebtheitsattacke aufgehoben.

«Also ich finde sie total super. Sie kennt sich bei Alien-Filmen aus und ist auch total witzig», meldete sich Kai wieder zu Wort.

Ich nickte. «Danke!»

Kai sah mich irritiert an, Felix schüttelte nur den Kopf.

Inzwischen waren wir am Weiher angekommen, wo wir nach alter Männertradition angeln wollten. Ich stellte meinen Rucksack ab und legte die Angel hin.

«Wir können aber nicht hier angeln», sagte Kai im Brustton der Überzeugung.

Ich sah mich um. «Wieso nicht? Hier ist es doch genauso gut wie überall.»

«Hier findet uns Sarah aber nicht.»

Ich sah Kai fragend an.

«Ich war eben noch schnell bei ihr am Kiosk und hab sie zum Angeln eingeladen. Ich hab ihr gesagt, wir sind da drüben bei dem alten Baum.»

«Okay», Felix sammelte sofort sein Zeug zusammen und ging in Richtung alter Baum.

Wow, Sarah musste die beiden Jungs ja wirklich ganz schön beeindruckt haben.

Ich trabte hinter den beiden her. Plötzlich fiel mir etwas ein. «Du hast sie zum Angeln eingeladen? Heißt das, wir müssen jetzt allen Ernstes was fangen?!»

Mit dem Angeln war es nämlich so, dass wir es liebten, uns zu dieser absolut coolen Männerbeschäftigung zu verabreden und auch unsere Angeln ins Wasser zu hängen. Allerdings versuchten wir immer zu vermeiden, etwas an den Schnüren aus dem Wasser ziehen zu müssen, was nicht nach Plastiktüte oder Gummistiefel aussah, da es uns anekelte, Fische zu töten, und wir deshalb immer so was wie Fischstäbchen auf den Grill warfen. Letzteres war aber unser Geheimnis.

Kai winkte ab, während er seinen Rucksack auspackte und allen Ernstes richtige Porzellanteller und Besteck hervorzog. «Keine Panik, ich hab ihr gesagt, wie wir angeln.»

«Du hast was?!»

«Und außerdem wusste sie es sowieso schon, sie hatte doch neulich beobachtet, wie wir einen Fisch wieder befreien mussten.» Kai fing an, Servietten zu falten.

«Was wird das denn?», wollte Felix wissen und deutete auf die Teller.

«Hey, wir haben ein Mädchen hier. Willst du da mit den Fingern essen?!», rief Kai.

Felix nickte und sagte nichts mehr.

«Und Sarah sieht auch echt total klasse aus», resümierte Kai weiter.

«Danke!» Ich lächelte geschmeichelt.

«Wieso bedankst du dich eigentlich dauernd?», wunderte sich Felix. «Kai hat gesagt, Sarah sieht gut aus, nicht du.»

«Hey, aber sie ist meine Freundin!»

«Na und?»

Darüber musste ich erst mal nachdenken. Felix anscheinend auch.

«Ich frag mich ja echt, wie so eine Schnarchnase wie du an so ein tolles Mädchen kommt. Eigentlich die reinste Verschwendung», nörgelte Felix.

Jetzt musste ich aber mal langsam Felix in seine Schranken verweisen, ich war schließlich der Coolste von uns dreien. «Tja, die Kleine weiß eben, was Qualität ist.»

Felix zog die Augenbrauen hoch.

«Ich glaube, über so einen Spruch würde sie sich aber nicht unbedingt freuen», gab Kai zu bedenken und sah an mir vorbei.

«Hey», erwiderte ich lässig. «Man frisst mir aus der Hand. Klar?!»

«Ach ja?», hörte ich eine Stimme hinter mir.

Ich drehte mich schnell um. Murks, Sarah stand hinter mir. Sie biss in einen Apfel und musterte mich aufmerksam.

«Ähm, nichts weiter», versuchte ich mich herauszureden. «Wir haben nur über ... die Fische meiner Schwester geredet.»

«Und die fressen dir aus der Hand?»

Ich zuckte mit den Schultern und versuchte gleichzeitig zu nicken.

«Echt?», mischte sich jetzt auch noch der Nullraffer Kai ein. «Darf ich da das nächste Mal dabei sein?»

«Schnauze!», zischte ich ihm zu.

«Hoffentlich hat deine Schwester keine Piranhas», grinste Sarah. Die Jungs lachten sich halb tot, wie üblich, wenn Sarah was sagte. Was war los mit denen?!

Eigentlich wollte ich Sarah zur Begrüßung küssen, aber sie hatte inzwischen damit angefangen, die Jungs zu begrüßen, und das ging mit einigem Geknuffe und Gepuffe einher, sodass sie leider für einen lässigen Begrüßungskuss nicht lange genug stillstand. Ich stand etwas dumm rum, als Sarah das sah, hielt sie mir ihren Apfel hin. «Magst du?»

Ich nahm den Apfel und biss rein. Fast so gut wie ein Kuss. Aber eigentlich könnte sie sich schon ein bisschen mehr um mich kümmern. Schließlich war ich ihr Freund. Das sollte ich bei Gelegenheit mal klarstellen.

Dann schwenkte Sarah eine Tüte. «Ich habe ein paar Brötchen mitgebracht. Esst ihr sie auch so, oder soll ich sie erst noch an eure Angeln knoten?»

Ich war irgendwie sauer, als Kai und Felix sich wieder halb totlachten. So witzig war das doch nun auch nicht, oder?

7. Kapitel, in dem Sanny von ihren Orakel-Karten verwirrt wird

Der entscheidende Tag war da.

Nachdem sich meine Fische nicht mehr zu meiner Frage geäußert hatten, ob es mir gelingen wird, mich in Nick zu verlieben, und ich auch noch keine neuen Glückskekse hatte auftreiben können, mussten meine Orakel-Karten wieder herhalten.

Okay, was hatten wir da? Eine Gans mit Blumen-Hut, ein Schwein, das einen Wurst-Kringel um den Hals trägt, und Frau Pudel mit einem Kuchen auf einem Teller. Hm, was wollten mir die Karten sagen? Keine Ahnung. Kuchen und Wurst? Die Verabredung schien irgendwie nahrhaft zu werden. Und was hatte es mit dem Hut von Frau Gans auf sich? Also ich würde zu der Verabredung bestimmt keinen Hut tragen, falls das damit gemeint war! Die Karten sagten mir nichts, sie verwirrten mich.

Ich seufzte. Womöglich eigneten sich Schwarzer-Peter-Karten nicht wirklich für zuverlässige Voraussagen in Liebesangelegenheiten?

Liz hatte mir eingetrichtert, nichts Unüberlegtes zu tun. Und – sie hatte Selbsthypnose vorgeschlagen. Seit einer halben Stunde sagte ich also immer wieder: «Ich bin in Nick verliebt» laut vor mich hin.

Ich suchte in der Küche nach einer Tüte Chips. Wenn ich nervös bin, muss ich immer Chips essen.

«Du besser verliebt in Schule, noch keine Hausaufgabe machen heute!»

Ich fuhr erschrocken herum, ich hatte Ludmilla gar nicht gesehen.

«Das ist ... ich muss das für ein Theaterstück lernen», stammelte ich erschrocken.

Es klingelte an der Haustür. Ich zuckte zusammen und schaute unglücklich. «Das ist Nick, oh mein Gott!»

Ludmilla war mir einen kritischen Blick zu. «Hach», rief sie, «du nix verliebt in Nick.»

Ich schaute Ludmilla herausfordernd an: «Ich werde mich aber in ihn verlieben! Er ist schließlich auch in mich verliebt!»

Ludmilla schüttelte den Kopf. «Geht nix. Er sich suchen andere Mädchen, du suchen andere Junge!»

Tzz, wenn das so einfach wäre.

Es klingelte erneut, ich konnte mich nicht dazu bringen, zur Tür zu gehen.

Ludmilla schob mich zur Tür: «Du gleich Nikita sagen, dann alles wieder gut.»

Ich öffnete die Haustür, Nick stand strahlend da und gab mir ein kleines Päckchen. Als er mich das letzte Mal abgeholt hatte, hatte er mir eine Ausgabe von Goethes ‹Faust› mitgebracht.

«Shakespeare?», fragte ich daher zaghaft.

«Schokolade», antwortete Nick etwas irritiert. «Aber wenn du lieber ...»

«Nein, nein, schon gut, das ist prima.»

Hey, die Karten hatten nicht gelogen: Es gab etwas zu essen. «Frau Pudel mit Kuchen», murmelte ich vor mich hin, «oder das Schwein mit Wurstkringel?» Wer symbolisierte wohl Nick mit Schokolade?

«Was?», wollte Nick wissen.

«Schon gut», winkte ich ab. «Einen Hut trage ich aber trotzdem nicht.»

Nick schaute nun hilflos zu Ludmilla.

Ludmilla schubste mich an. Ich drehte mich zu ihr um und zischte: «Nein, jetzt nicht!»

Sie zuckte die Schultern und zog sich zurück in die Küche.

Ich atmete tief durch und ging aus der Haustür. Nick machte einen Versuch, mir einen Begrüßungskuss zu geben, aber ich konnte rechtzeitig ausweichen.

«Ich bin erkältet», rief ich.

«Macht nichts», meinte er.

«Doch», widersprach ich.

Wir gingen in die Eisdiele. Schweigend. Wir setzten uns an einen Tisch und schwiegen immer noch. Gott, das war ja so peinlich. Alle Tipps, die Liz mir gegeben hatte, waren wie aus meinem Kopf weggeblasen.

Bestimmt eine unangenehme Nebenwirkung der Selbsthypnose. Man sollte wirklich vorsichtig mit solchen Sachen sein.

«Also, was möchtest du?», riss mich Nick aus meinen Gedanken.

Ich sah ihn fragend an.

«Welchen Eisbecher?», versuchte Nick mir auf die Sprünge zu helfen. «Einen Tropical-Becher oder den Eisbären-Gletscher?»

Ich überlegte und starrte dabei auf die Eiskarte. Gibt es eine Eissorte, die dabei behilflich sein könnte, sich zu verlieben? Vielleicht den Paris-Becher? Paris, die Stadt der Verliebten. Toujours l'amour ...

Oder den «Ausbrechenden Vulkan auf Vanilleeis»?

Oder den Copacabana-Cup? Nein, den wohl nur, wenn ich mich in Barry Manilow verlieben wollte.

«Sanny?!» Nick sah mich besorgt an.

Neben ihm stand die Servierin und kaute gelangweilt an ihrem Kaugummi.

Ich beschloss, es mit einem Fachgespräch unter Frauen zu versuchen. «Was würden Sie denn am liebsten bestellen?», fragte ich die Bedienung und hoffte, dass sie das Besondere meiner Situation und meine Frage intuitiv verstehen würde.

«Schnitzel mit Bratkartoffeln.»

«Was?!» Ich sah völlig irritiert auf die Eiskarte, dann wieder zu ihr.

Sie zuckte die Schultern. «Ich habe heute noch keine Mittagspause gemacht.»

Gut, sie würde mir also keine Hilfe sein. Ich bestellte einen Eiskaffee, dann wäre zumindest gewährleistet, dass ich wach bliebe.

Ich wandte mich an Nick. «Lass uns über Liebe reden», fing ich an.

«Was?»

«Na, wie verliebt man sich zum Beispiel? Was genau passiert da?»

«Oh, das ist einfach. Ein Blick, ein Wort, eine Geste ... Als ich dich zum ersten Mal gesehen habe, fand ich dich unheimlich toll, ich wollte dich unbedingt kennen lernen ...»

Hm, als ich Nick zum ersten Mal gesehen habe, wollte ich eigentlich nur, dass er mir möglichst schnell aus dem Blickfeld geht, weil ich in Theo verliebt war und der hinter Nick stand.

«... und als du mit mir geredet hast, sind meine Knie weich geworden und mir wurde ein bisschen schwummerig ...»

Meine Knie waren auch weich, als ich mit Nick zum ersten Mal geredet hatte, weil Theo mir nämlich gerade fröhlich zuwinkte.

«... und deine Stimme, die hat mir auch gleich gefallen. Die klang wie Glocken in meinen Ohren.»

Jawohl, der Junge war verliebt. Ich hatte dasselbe Problem, damals, als ich noch mit Theo durch den Park spazieren ging.

Okay, das half nicht. Ach ja, das Kinderfoto. Meine Chance, Nick in einem ganz neuen Licht zu sehen. Und wenn ich Glück hatte, würde ich Nick in verliebtem rosarotem Licht sehen.

«Hast du das Kinderfoto von dir dabei?»

«Aber natürlich. Das war doch dein Wunsch, und ich würde dir jeden Wunsch erfüllen!»

Er kramte in seiner Jackentasche.

«Aber wieso willst du eigentlich ein Kinderfoto von mir sehen?»

«Ich wollte dich besser kennen lernen.»

Nick strahlte und hielt mir ein kleines Bild in Schwarzweiß hin.

«Oh mein Gott», entfuhr es mir. Auf dem Foto war ein Affe zu sehen, der ums Gesicht herum Ähnlichkeit mit Nick hatte. Ich blickte zwischen dem Foto und Nick hin und her und versuchte mir einen Reim darauf zu machen.

«Du warst früher ein Affe?», fragte ich entsetzt.

«Ja. Es gibt bessere Fotos, aber das war das einzige Foto, das ich auf die Schnelle finden konnte», erklärte Nick. «Da habe ich meinen ersten Auftritt als Statist. Als fliegender Affe in ‹Der Zauberer von Oz›. Damit fing meine Liebe zur Bühne an. Und sieh doch nur, wohin sie mich geführt hat.» Nick sah mich liebevoll an.

Ich sah mich um. «In eine Eisdiele?»

«Nein», Nick schüttelte den Kopf und sah mir in die Augen. «Zu dir.»

Ich schluckte schwer.

Ich warf noch einen letzten Blick auf das Foto und reichte es Nick zurück. Zwar war ich beruhigt, dass es sich um ein Affen-Kostüm handelte, aber leider war die Foto-Aktion schief gelaufen. Wie sollte man sich aber auch in einen fünfjährigen Affen in Schwarzweiß verlieben können?!

Also weiter im Plan. Ich musste Nick näher kennen lernen.

«Los, erzähl mir was von dir», bat ich ihn.

«Was denn?»

«Keine Ahnung, irgendwas aus deiner Kindheit oder so, was weiß ich, irgendwas Besonderes.»

«Och, da gibt es eigentlich nichts Besonderes», wehrte Nick ab.

«Doch! Es muss etwas geben», sagte ich trotzig. Ich wollte diesen Kampf nicht so ohne weiteres verloren geben.

Nick zuckte die Schultern. «Okay, also meine erste Rolle kennst du ja schon. Ich war damals unheimlich aufgeregt und bin aus Versehen auf der Bühne während der Aufführung dem feigen Löwen auf den Schwanz getreten, und der Schwanz ist abgerissen. Aber die Leute haben ziemlich gelacht. Na ja, und als Nächstes bin ich bei einem Weihnachtsmärchen aufgetreten. Ich war eine Schneewolke, die dritte von rechts ...»

Nick redete fröhlich, und ich beobachtete ihn dabei. Er sah nicht schlecht aus. Genau genommen fand ich ja, dass er gut aussah. Wirklich gut. Er war nett, aufmerksam, fröhlich und immer gut gelaunt. Und er war in mich verliebt! Ich hätte schwören können, es genügt, wenn sich jemand in mich verliebt – dann würde ich mich zurückverlieben. Aber nichts, keine Chance.

Fünfzehn Minuten und fünf weitere Rollen später gab ich auf. Er war wirklich nett, und es war auch nicht so, dass mich seine Geschichten gelangweilt hätten, aber es funkte einfach nicht. Niente. Nada. Rien. Nothing.

«Nick, es tut mir Leid. Es hat einfach keinen Sinn!»

«Was?!» Nick sah mich völlig baff an.

«Na, ich meine, ich bin einfach nicht in dich verliebt. Es tut mir wirklich Leid. Du bist nett und alles, aber ich habe weder wackelige Knie noch Pudding in meinem Hirn, noch klingeln meine Ohren.»

«Hätte ich das mit meiner Rolle als fiebriger Bazillus in der Biologie-Show nicht erzählen sollen?»

«Nein. Nick! Das hat gar nichts damit zu tun. Ehrlich. Aber das klappt nicht mit uns beiden!»

Ich fühlte mich furchtbar, das war alles so zum Sterben peinlich. Schluss zu machen war überhaupt nicht einfach. Auch wenn man vorher noch nicht mal richtig zusammen war.

«Aber ich bin doch in dich verliebt!», meinte Nick, so als ob das jetzt natürlich was ganz anderes wäre und ich ihn daraufhin heiraten würde.

Ich musste deutlicher werden. «Aber ich nicht in dich.»

«Ich würde dir wie Orpheus seiner Eurydike in die Unterwelt folgen, um dich wieder zurückzuholen. Und ich würde mich auch nicht umdrehen, um dich nicht zu verlieren ...»

Irgendwie überlegte ich langsam, ob bei Nick wohl eine Schraube locker war. Ich warf ihm einen Seitenblick zu. Nein, er war sicher ganz normal, nur unheimlich verzweifelt. Und das tat mir Leid. Ich wusste ja, wie es war, Liebeskummer zu haben. Und den hatte er oder er würde ihn zumindest haben, wenn ich gleich aufstehen und gehen würde.

Nick sah mich unglücklich an. «Es ist wirklich aus und vorbei?»

«Nick, es hatte noch nicht mal richtig angefangen.»

Au, Mann, fühlte ich mich elend.

Wieso verliebe ich mich den Falschen?

Und wieso verliebt sich der Falsche in mich?

Macht das Schicksal sich hier über mich lustig?

Und wenn ja, wie verhindert man das?

Und wieso lassen mich meine Orakel-Fische im Stich, wenn ich sie am nötigsten brauche?!

8. Kapitel, in dem Konny zu viel Gel in seine Haare schmiert

Ich stand vorm Spiegel und versuchte eine besonders coole Frisur hinzukriegen. Aber meine Haare hatten ihre Aufnahmefähigkeit an Haargel wohl schon längst überschritten, denn ich sah aus wie ein begossener Pudel. Na klasse, und gleich wollte ich mich mit Sarah treffen. Ich suchte hektisch nach einer Mütze.

Das Telefon klingelte.

«Sarah», quiekte ich ins Telefon.

«Oh, sorry, ich wollte Konny sprechen», hörte ich Kais Stimme durchs Telefon.

«Hey, schon gut, ich bin's doch», rief ich.

Schweigen.

«Also ich, Konny!», setzte ich sicherheitshalber noch hinzu.

«Und warum meldest du dich mit ‹Sarah›?»

«Ich hab mich nicht ..., ich hab nur ... Ach, egal. Was gibt's? Ich hab's eilig.»

«Was machen wir denn heute?»

«Tut mir Leid, ihr müsst ohne mich auskommen. Ich bin mit Sarah verabredet.»

«Hey, klasse, wir kommen mit.» Kai klang ehrlich erfreut.

«Nein!»

«Doch, keine Sorge, Sarah ist echt in Ordnung. Ich mag sie.»

«Ja, schon, aber ...»

«Felix kann sie auch gut leiden. Garantiert. Auch wenn er blöde Sprüche macht. Der ist eben einfach so. Das darfst du nicht so ernst nehmen.»

«Nein, darum geht es nicht. Ich ...»

«Okay, alles klar, dann kommen wir. Wann und wo?»

Ich legte auf. Das fiel unter Notwehr. Ich wollte allein mit Sarah sein. Endlich mal wieder, nachdem die Jungs die letzten Male dauernd dabei waren. Seit dem Kino hatte sie mich nämlich nicht mehr geküsst, und das lag bestimmt daran, dass Kai und Felix immer in der Nähe waren.

Als das Telefon kurz darauf wieder klingelte, ging ich nicht ran.

Keine Minute später stand mein kleiner Bruder in meinem Zimmer. «Kai will dich sprechen.»

«Ich bin schon weg», flüsterte ich.

«Ich sehe dich aber noch, auch wenn ich dich ein bisschen schlecht verstehe, weil du so flüsterst», widersprach der Kleine.

Ich seufzte. «Sag ihm, dass ich schon gegangen bin.»

Kornelius lief zurück auf den Flur und meldete ins Telefon: «Ich soll dir sagen, dass Konny schon gegangen ist.» Er hörte einen Moment zu, dann wandte er sich wieder an mich. «Ich soll dich fragen, wohin du gegangen bist.»

«Das weißt du nicht.»

«Du könntest es mir sagen, dann weiß ich es», schlug der halbe Meter vor.

«Aber dann würdest du es Kai sagen», argumentierte ich.

«Kann sein.» Konny wiegte den Kopf hin und her. Dann wandte er sich wieder seinem Telefon-Partner zu. «Ich krieg nichts raus», gestand er und legte auf.

«Und wohin gehst du jetzt wirklich?», versuchte Konny es erneut, während ich ein paar Mützen aufprobierte und mich schließlich für eine Baseball-Cap entschied.

«Geht dich echt nichts an, Kleiner.»

«Kannst du mir einen Betonmischer mitbringen?»

«Was?!»

«Oder so ein Ding, mit dem man die Wände und den Boden kaputtmachen kann.»

«Was hast du denn vor?»

«Ich bin jetzt Bauarbeiter», erklärte mir der Knirps ernsthaft. «Und dafür brauch ich das.»

«Weiß Mam was davon?»

«Nein, und du darfst auch nix sagen, es soll eine Überraschung werden.»

Das würde es bestimmt. Offensichtlich war es keine gute Idee, dem Kleinen den Piratenstatus zu entziehen. Wer weiß, was er als Bauarbeiter erst alles anstellen würde. Jemand musste ihn stoppen. Oder meiner Mutter Bescheid sagen. Hoffentlich kam dieser Jemand bald.

Ich hatte mich mit Sarah in der CD-Abteilung vom Kaufhaus verabredet. Wir wollten uns ein paar CDs anhören und dann noch ein bisschen bummeln oder so. Mir war alles egal. Hauptsache, ich war mit Sarah zusammen. Und zwar alleine. Vielleicht sollte ich ihr das mal so sanft andeuten.

Sarah war schon da und hatte sich auch schon einen Platz an den Kopfhörern erkämpft.

Ich stellte mich zu ihr, Sarah lächelte und zwinkerte mir zu.

«Endlich allein», meinte ich. «War gar nicht leicht, die Jungs abzuschütteln. Wenn die Kerle immer bei uns rumhängen, kommen wir ja gar nicht mehr zum ... äh, Reden. Ich bin nämlich lieber mit dir allein.» Ich schluckte, mehr Offenheit und Ehrlichkeit war nicht drin, aber für meine Verhältnisse war das schon hervorragend.

Sarah zog sich die Kopfhörer von den Ohren. «Was hast du gesagt?»

Oh Mann, ganz toll!

Ich deutete auf ihre Kopfhörer, «Steht dir gut.» Ich kam mir völlig bescheuert vor und betrachtete eingehend den Boden.

Sarah erlöste mich: Sie umarmte und begrüßte mich mit einem Kuss. Na endlich!

«Lass mich mal wieder los», meinte Sarah nach einer Weile, «du umklammerst mich ja wie ein Ertrinkender.»

Bitte? Hm, offensichtlich hatte sie Recht, ich musste meinen Armen wiederholt das Kommando geben, Sarah wieder freizugeben.

«Danke», meinte Sarah und rieb sich die Oberarme. An meiner Umarmungstechnik würde ich wohl noch etwas arbeiten müssen, das wirkte ja absolut bedürftig und verzweifelt.

Sarah hielt mir den Kopfhörer hin. «Hör mal, wie findest du die?»

Sarah hielt ihren Kopf ganz dicht an meinen, sodass wir beide die Musik hören konnten.

«Ganz toll!», sagte ich, und meine Stimme klang etwas rau. Aber ich meinte nicht die Musik, denn von der hörte ich gar nichts, weil es in meinen Ohren so doll rauschte. Ich schloss die Augen und genoss einfach, mit Sarah so eng zusammenzustehen.

Nach kurzer Zeit ließ das Rauschen in meinen Ohren auch nach. Ja, die Musik war nicht schlecht. Allerdings mischte sich ständig Kais Stimme in die Melodie und rief so etwas wie: «Hallo, Konny! Halloho!» Ob das mein schlechtes Gewissen war, weil ich meinen Freund vorhin zu schnöde abgehängt hatte? Ach was, bisher hatte ich noch nicht einmal so etwas wie ein Gewissen besessen, und jetzt sollte es sogar mit mir reden? Und dann auch noch mit der Stimme von Kai?!

Ein Schlag auf die Schulter holte mich aus meinen Überlegungen.

Ich öffnete die Augen und sah direkt in Kais Gesicht, das sich keine fünf Zentimeter vor meinem befand. Ich schrie auf und machte einen Satz nach hinten. Dummerweise zerrte ich Sarah dabei mit, die ja noch am selben Kopfhörer hing. Felix fing die taumelnde Sarah auf, Kai schaute mich erschrocken an: «Konny, alles okay?»

Alles okay?! Da denkt man an die Frau seiner Träume neben sich, und wenn man die Augen aufmacht, sieht man Kais Gesicht. Das ist ein Schock fürs Leben. Und vermutlich auch ein blauer Fleck fürs Leben. Beim Zurückspringen war ich nämlich gegen ein Sonder-CD-Regal geknallt und hätte es fast umgerissen. Ich sammelte die runtergefallenen CDs auf, während mein Oberschenkel langsam immer tauber wurde. Und Felix hätte verdammt nochmal endlich Sarah loslassen können. Ah, da befreite sie sich auch schon aus seinem Griff.

«Wie kommt ihr denn hierher?», fauchte ich Kai an.

«Nachdem dein Bruder etwas komisch drauf war, hab ich Sarah angerufen und gefragt, wo ihr euch trefft», erklärte Kai. «Und dann hab ich Felix angerufen, und dann sind wir hergekommen», beendete er die Aufzählung. Ich war echt froh, dass er mir nicht noch die Busverbindungen genannt hatte, die sie nehmen mussten.

«Na klasse», murmelte ich vor mich hin, während ich Felix und Sarah beäugte, die sich inzwischen fröhlich begrüßten. Was hatte der Kerl eigentlich mit meiner Freundin zu bereden? Und überhaupt, warum ließen Felix und Kai mich nicht einfach mal in Ruhe? Hatten die kein eigenes Leben?

«Tja, Freunde, nett, dass ihr mal vorbeigeschaut habt, aber dann müsst ihr wohl jetzt wieder gehen.»

«Nö, müssen wir nicht», erklärte Kai.

«Ja, wo wir doch eben erst gekommen sind», grinste mich Felix an.

«Doch, ihr müsst!», versuchte ich es diesmal mit ziemlichem Nachdruck und warf beiden dabei bedeutungsvolle Blicke zu.

Felix sah zu Kai. «Musst du schon wieder weg?»

Kai überlegte einen Moment, schüttelte dann den Kopf.

Felix deutete auf meine Baseball-Cap. «Was nicht in Ordnung mit deinen Haaren?»

«Du nervst!», zischte ich Felix zu und boxte ihm in die Rippen.

«Bleib locker, Konny», gab Felix mit betont coolem Gehabe zurück und fing einen spielerischen Ringkampf mit mir an. «Entspann dich.»

«Mach ich. Sobald ihr hier den Abgang gemacht habt», fauchte ich ihn an, während ich mich aus seinem Schwitzkasten-Griff befreite, was nicht sehr souverän aussah, weil ich ja mit einer Hand meine Mütze festhalten musste.

«Freust du dich denn gar nicht, uns zu sehen?», grinste Felix herausfordernd. Allerdings in Sarahs Richtung.

Die lachte und klopfte ihm auf die Schulter. «Schon okay, wir können auch was zu viert machen.»

Felix boxte ihr leicht auf den Arm. «Na bitte, sag ich doch. Also, was steht an?»

Ich wollte doch mit meiner Freundin allein sein! Und warum ließ sich Sarah sofort darauf ein?! War sie lieber mit den Jungs zusammen als mit mir allein?

Ich hielt von meinem Regal-Zusammenstoß immer noch zwei CDs in der Hand, die ich nun vor lauter Wut aufmerksam betrachtete. Sarah nahm mir die CDs aus der Hand.

«Du stehst auf die Sternstunden der Volksmusik?»

Felix grölte, dass es im ganzen Laden, vermutlich sogar in der ganzen Straße widerhallte. Kai sah mich erstaunt an. «Hey, das wusste ich gar nicht.»

«Ist ein Geschenk für Felix. Bei seinem Musikgeschmack kann das nur 'ne Verbesserung sein», knurrte ich.

«Hey, pass auf!» Felix fing schon wieder eine Prügelei mit mir an.

«Hört auf mit dem Blödsinn, lasst uns zum Sandwich-Shop gehen, ich hab Hunger», beendete Sarah unser Gerangel.

Felix stoppte auf der Stelle und murmelte: «Sorry.»

Was war denn in den gefahren?!

9. Kapitel, in dem Sanny einen unerwarteten Anruf bekommt

«Ich fühl mich einfach schlecht», erklärte ich Liz auf dem Nachhauseweg von der Schule.

«Vielleicht, weil du ihn doch liebst?» In Liz' Stimme klang Hoffnung mit.

Wir waren vor unserm Haus angekommen.

«Nein. Aber er sah so unheimlich traurig aus.»

Liz wurde durch eine merkwürdige Szene in unserem Vorgarten an einer Antwort gehindert.

«Das Tisch nix gut fir Biegeln!»

Ludmilla stand wie ein Fels vor den beiden Möbelpackern, die einen riesigen schweren Schreibtisch an ihr vorbeitragen wollten. Neben ihr stand mein Vater und redete auf sie ein.

«Aber auf dem Tisch soll doch auch nicht gebügelt werden», erklärte er verzweifelt.

«Warum dann kaufen? Tisch für Biegelzimmer muss sein Tisch zum Biegeln!» Sie wandte sich an die Möbelpacker. «Du wieder nehmen mit und kommen zurick mit verninftige Tisch!»

Damit drehte sie sich um und verschwand im Haus. «Also, Chef, was is' nu? Wir ham nich' den ganzen Tach Zeit.»

Mein Vater überlegte. «Sie müssen den Tisch *heimlich* in mein Arbeitszimmer bringen. Meinen Sie, Sie kriegen ihn durch ein Fenster?»

«Das meinen Sie aber jetzt nicht ernst!»

«Es ist ein großes Fenster.»

«Hey, Paps!», begrüßte ich ihn. Er sah mich an, als würde er mich nicht erkennen, und wandte sich dann wieder unglücklich dem Möbelpacker zu.

«Also, was is' jetzt? Entweder Tür oder gar nicht», brummte der Möbelpacker nur, bevor mein Vater was sagen konnte.

«Tag, Herr Kornblum», meinte Liz.

«Oh, hallo, Liz.» Na toll, ihren Namen wusste er auf Anhieb.

Er wandte sich an mich: «Hör mal, ähm ... äh ...»

«Sanny», half ich ihm.

«Ich weiß, wie du heißt», sagte er ärgerlich. «Du musst mir mal helfen, kannst du Ludmilla ein paar Minuten ablenken? Ich krieg hier sonst den Tisch nicht ins Haus.»

In dem Moment kam Ludmilla mit Jacke und Hut wieder aus dem Haus. Sie blickte meinen Vater und den Schreibtisch an, schüttelte den Kopf und wandte sich an Liz und mich.

«Essen stehen in Backofen. Und du sagen kleine Pirat, er mir geben mein Fleischhauer zurick.»

«Er ist doch kein Pirat mehr.»

«Einmal Pirat, immer Pirat, fir mich bleibe kleine Pirat, egal, was jetzt machen.»

Dann warf sie meinem Vater einen bitterbösen Blick zu. «In ganz Minsk gibt kein schlächteres Biegeltisch als diese Tisch!»

Mein Vater schaute wieder ganz unglücklich, aber nachdem Ludmilla um die Ecke verschwunden war, seufzte er erleichtert: «Die Luft ist rein», und gab den Möbelpackern ein Zeichen, ihm zu folgen.

Liz und ich huschten schnell vorher ins Haus.

«Und die Sache mit Nick hängt dir echt nach?», wollte Liz wissen, während wir es uns am Küchentisch gemütlich machten und über Ludmillas russischen Hackfleischtopf herfielen.

«Er tut mir einfach Leid. Ich kann es total gut nachempfinden, wie er sich fühlt. Schließlich ging es mir mit Theo auch so...»

«Hey, Moment mal!», rief Liz plötzlich fröhlich. «Du musst das mal von der positiven Seite sehen: Jetzt kennst du dich aus in puncto Liebe.»

«Wo ist die positive Seite?»

«Na, einmal warst du in jemand verliebt, und dann war jemand in dich verliebt.»

Ich knurrte: «Die Sache macht aber nur Spaß, wenn diese beiden Situationen zeitlich übereinstimmen und es sich um dieselben Personen handelt.»

«Was willst du denn damit sagen? Mach doch die Sache nicht so kompliziert!», schüttelte Liz verständnislos den Kopf.

An dem Punkt wurde unsere Unterhaltung erst mal gestört, weil mein Vater die Möbelpacker mit dem

Schreibtisch in unser neu angebautes Zimmer dirigieren wollte, sich der Schreibtisch aber bereits in unserem Flur verkeilt hatte. Die Möbelpacker beschimpften lautstark erst sich gegenseitig, dann meinen Vater.

Liz und ich flüchteten in mein Zimmer.

Wir setzten uns auf den Boden und starrten beide vor uns hin.

Dann sah mich Liz nachdenklich an. «Und das mit Nick ist ganz sicher nicht nur deshalb schief gegangen, weil du noch an Theo hängst?»

«Theo?! Ach was, das ist endgültig vorbei. Ehrlich, der Gedanke lässt mich völlig kalt. Wenn er jetzt anrufen würde, dann würde mich das genauso berühren wie ... ein Telefonat mit meinem Zahnarzt.»

«Du telefonierst mit deinem Zahnarzt?»

«Nein. Aber wenn, dann würde mich das ganz sicher nicht davon abbringen, mich in Nick zu verlieben, wenn ich in ihn verliebt wäre. Klar?!»

«Nicht die Bohne.» Liz sah mich völlig verwirrt an. «Aber seit wann bist du in deinen Zahnarzt verliebt?!»

«Blödsinn, ich bin doch gar nicht in den verliebt! Dann beantworte ich deine Frage mit einem einfachen ‹Nein›. Ist das klarer?»

«Damit kann ich schon eher etwas anfangen.»

«Theo hat wirklich nichts damit zu tun.»

Ich stutzte. «Hörst du eigentlich auch dieses Hämmern?»

Liz lauschte einen Moment. «Ja, aber ich dachte, das wäre dein Vater mit seinem Tisch.»

«Hast du meinen kleinen Bruder irgendwo gesehen?»

Das Hämmern hörte plötzlich auf, und kurz darauf stand der kleine Konny in meinem Zimmer. Er hatte eine Art Schutzhelm auf, der sich beim zweiten Hinschauen als Sieb entpuppte, und einen Fleischklopfer in der Hand. Er war ins Baugeschäft eingestiegen.

Karl, sein unentbehrlicher Begleiter, hatte ebenfalls ein Sicherheitssieb auf dem Kopf und eine kleine Kinderschaufel zwischen den Zähnen.

«Ludmilla möchte ihren Fleischklopfer wiederhaben», teilte ich meinem kleinen Bruder mit.

Kornelius sah auf den Fleischklopfer. «Kriegt sie ja. Sobald mir Konny diesen lauten elektrischen Hammer mitgebracht hat.»

Liz sah ihn zweifelnd an. «Du meinst jetzt aber nicht einen Presslufthammer, oder?»

Der Kleine strahlte sie an. «Genau! Du bist gut, Liz. Wenn du willst, mach ich auch in deinem Zimmer Löcher», bot er ihr an. Dann überlegte er kurz. «Das wird aber etwas schwierig, weil ich nicht aus dem Haus darf.»

«Schon gut. Ich glaube, die Löcher in meinem Zimmer sind völlig ausreichend.»

«Okay. Aber wenn du es dir anders überlegst, sag Bescheid.»

«Geht in Ordnung.»

«Gibt es eigentlich einen Grund, warum du hier auftauchst?», mischte ich mich ein.

«Ja. Da ist ein Junge für dich am Telefon, und wo möchtest du das Loch haben?»

«Was für ein Junge und welches Loch?»

«Das mit dem Jungen musst du schon selbst rauskriegen und das Loch, das ich für dich mache.»

Ich sah Liz Hilfe suchend an.

«Am besten, du gehst ans Telefon, und ich kläre die Löcherfrage», bot sie an.

«Okay.» Ich stand auf und ging zur Tür.

«Du musst zu dem Mann mit dem Schreibtisch, der hat das Telefon.»

«Wieso das denn?»

Der kleine Konny zuckte die Schultern. «Er war gerade sowieso an der Wand neben dem Telefon eingeklemmt, als es geklingelt hat.»

Das klang ja abenteuerlich. Ich machte mich auf den Weg. Der Anrufer war bestimmt Nick, um nochmal über alles zu reden. Der Arme konnte einem wirklich Leid tun. Es war schon echt blöde, wenn man so sehr in jemand verknallt war, dass man ein ‹Nein› einfach nicht akzeptieren konnte. Bestimmt klammerte er sich jetzt an irgendeinen Strohhalm und hoffte, dass ich es mir doch noch anders überlege. Oje.

Im Flur herrschte ein völliges Chaos. Irgendwie hatten die beiden Möbelpacker und mein Vater es geschafft, den Tisch so im Flur zu verkeilen, dass nichts mehr vor- oder rückwärts ging.

Als ich kam, hielt der eine Möbelpacker den Telefonhörer hoch, und ich musste erst mal unter dem Tisch durchklettern und mich zwischen Tisch und Wand klemmen.

«Hallo, Nick.»

Schweigen.

«Bist du noch dran?»

«Nicht wirklich. Hier ist Theo. Erwartest du einen Anruf von Nick?»

«Wer ist Nick?!»

Theo lachte. «Also, das solltest du aber schon wissen.»

Mein Blut verkroch sich aus meinem Hirn, machte meine Beine und Füße ganz schwer, und ich nahm die Farbe der Wand an. Theo rief mich an! Theo! Mich! Oh mein Gott!

Hey, halt, Moment. Ich war doch über ihn hinweg. Wir waren bestenfalls nur noch gute Freunde. Sonst nichts. Er war ja nicht in mich verliebt. Oder doch?

«Sanny?»

«Äh, ja.» Ich räusperte mich. «Hallo, Theo. Wie geht's denn so?»

«Na, wenn ich ehrlich bin, dann fehlst du mir.»

Mein Blut musste den Weg zu meinem Herzen gefunden haben, denn das vollführte gerade einen 77fachen Salto.

«Ach, echt?», krächzte ich.

«Ja, irgendwie schon. Vielleicht können wir ja mal wieder spazieren gehen?» Theo zögerte. «Da wäre nämlich noch was.»

«Was denn?»

«Na, da wäre noch was zu besprechen. Also, es wäre echt klasse, wenn du mal wieder Zeit hättest.»

Wow, er vermisste unsere Spaziergänge und mich!

Und Doppel-Wow, er hatte was mit mir zu besprechen! Das konnte nur eins bedeuten ...

«Sanny? Was ist? Hast du Lust, dich mal wieder mit mir zu treffen?»

«Ja, sicher. Klar, logisch. Total gerne. Prima.»

Theo lachte. «Super, dann müssen wir uns nur noch einigen, wann.»

«Sofort!»

«Ähm, also ...», Theo klang ein wenig überrascht.

«Also morgen könnte ich. Heute muss ich noch was für die Schule erledigen. Aber wir können uns morgen um drei im Park treffen», schlug Theo vor.

«Okay!»

«Gut, dann bis morgen.»

Theo legte auf, ich schaute noch eine Weile auf den Hörer. Dann drückte ich dem Möbelpacker das Telefon in die Hand, kroch wieder unter dem Tisch hervor und sprintete zu Liz.

«Er will wieder mit mir spazieren gehen!», jubelte ich.

«Wer?»

«Und er hat mich vermisst!»

«Wer?»

«Und er muss etwas mit mir besprechen.»

«Hat es Sinn, zum dritten Mal ‹wer› zu fragen?»

Der kleine Konny klopfte Liz auf die Schulter. «Ich glaube, sie redet von dem Typen am Telefon.»

«Danke, aber hatte der Junge auch einen Namen?»

«Den Schönsten von allen», hauchte ich.

Liz sah mich erwartungsvoll an.

«Theo!»

Liz machte große Augen.

«Ich finde Puschel schöner», reklamierte Kornelius.

«Wuff», stimmte unser Hund zu.

«Wie wäre es, wenn du mal in eurem neuen Zimmer weiterhämmerst?» Liz schob den kleinen Konny zur Tür raus und schaute mich dann entsetzt an: «Sanny!»

«Was?»

«Du darfst dich nicht mit Theo treffen!»

«Wieso denn?»

«Weil du immer noch in ihn verliebt bist!»

«Und?»

«Na wenn er nach wie vor nicht in dich verliebt ist, dann hast du die Bescherung.»

«Was für 'ne Bescherung?»

«Dann kriegst du Liebeskummer!»

«Na und?»

«Also hör mal, Liebeskummer ist auf alle Fälle zu vermeiden.»

«Liebeskummer kenn ich, glaub mir. Darin bin ich gut. Ich könnte 'ne Liste schreiben …»

Liz winkte ab: «Hör bloß auf mit deinen Listen.»

«Wie auch immer, ich werde mich morgen mit ihm treffen, und dann sehen wir weiter.»

Ich bat Liz freundlich zu gehen, denn ich musste dringend orakeltechnisch überprüfen, wie die Chancen für mich und Theo standen.

Liz ging kopfschüttelnd zur Tür. «Sanny, du machst einen Fehler.»

10. Kapitel, in dem Konny sich nach Betonmischern umsehen will

Sarah hatte mich um fünf zum Weiher bestellt und ganz geheimnisvoll getan.

Ich hasse Geheimnisse!

Und ich liebe Sarah!

Und es war erst drei Uhr.

Und deshalb hatte ich keine Lust, darauf zu warten, bis so ein blöder Zeiger auf einer Uhr mir gestattet, meine Freundin zu sehen. Ich würde jetzt einfach zu ihr gehen.

Oder sie doch lieber erst anrufen.

«Tuut – tuut – tuut.» Niemand da. Ich wählte erneut.

Konny und seinen Hilfsbauarbeiter Karl hatte ich ins Bad verfrachtet. Was immer er anstellen wollte, dort konnte man anschließend am besten wieder sauber machen. Meine Eltern und Ludmilla würden mir dankbar sein.

Und jetzt lauschte ich abwechselnd seinem Gehämmer aus dem Bad und dem Klingelton im Telefon.

Ich wählte zum siebten Mal Sarahs Nummer, und zum siebten Mal ging keiner ran.

Und jetzt? Es waren gerade mal vier Minuten und 26 Sekunden vergangen. 27. 28.

Brauchte ich eine Erlaubnis, um meine Freundin zu sehen?! Pah! Auf der anderen Seite, wenn sie vorher keine Zeit hatte ...

Am besten, ich fragte bei meinem Kumpel Felix mal nach. Manchmal hatte er ganz brauchbare Tipps.

Und an manchen Tagen war er auch zu Hause, wenn ich einen Tipp brauchte. Leider war heute keiner dieser Tage. Nachdem ich wieder dem Klang des Freizeichens gelauscht hatte, legte ich auf.

Merkwürdig. Vielleicht war ja unsere Telefonleitung kaputt. Bei Handwerkern im Haus kann so was leicht passieren. Und wenn die Handwerker unter einem Meter sind und vor acht ins Bett müssen, erst recht. Ich musste überprüfen, ob die Leitung prinzipiell funktionierte. Die einzige Nummer, die mir auf Anhieb einfiel, war die Büronummer meiner Mutter. Allerdings fiel sie mir vielleicht auch deshalb ein, weil ein Zettel mit der Nummer neben dem Telefon lag.

«Kornblum?», meldet sich meine Mutter sofort.

«Okay, danke, Mama. Ich wollte nur wissen, ob unser Telefon geht.» Ich legte wieder auf. Gut, daran lag es also nicht. Felix war wohl auch unterwegs. Und jetzt?

Kai? Hm, nicht meine erste Wahl, wenn es um Tipps ging, aber besser als nichts.

Nachdem es so lange klingelte, dass ich auch schon fast aufgeben wollte, meldete sich eine schroffe Stimme: «*Da?*»

«Oh, hallo, Ludmilla.» Ludmilla arbeitet auch bei Kais Mutter. «Haben Sie Kai gesehen?»

«Wer da?», fragte die Stimme misstrauisch.

«Hier ist Konny. Konny Kornblum.»

«Ah, du schon Hausaufgaben gemacht?»

«Äh, ja, irgendwie schon. Haben Sie Kai gesehen?», versuchte ich das Thema zu wechseln.

«*Da*, er hier wohnen.»

«Gut, und wohnt er auch im Moment da? Also, ich meine, ist er da?»

«Nein. Er gehen mit Freind.»

«Mit Felix?»

«*Da.*»

«Und wohin sind sie gegangen?»

«Was da hämmern in Grund hinten?»

«Was?»

«Lärm! Wo kommen her Lärm? Das sein kleine Pirat?»

«Ja, vermutlich, aber der kleine Pirat ist kein Pirat mehr. Er ist Bauarbeiter.»

«Was er jetzt bauarbeiten?»

«Ich hab keine Ahnung. Ludmilla, bitte, wo sind Kai und Felix hin?»

«Wer aufpassen auf kleine Bauarbeiter? Vater?»

«Nein, ich.»

«Dann du sollen wissen, was er macht für Lärm!»

«Okay, ich kümmere mich sofort darum.»

«*Da*, und du auch besser machen Bauarbeiten-Dreck weg.»

«Gut, mach ich. Aber bitte sagen Sie mir doch, wo ich die beiden Jungs finden kann.»

«Was das sollen werden? Verheer?»

«Nein, kein Verhör. Ludmilla, bitte! Wissen Sie, wo die beiden hingegangen sind?»

«Woher ich sollen wissen? Sie mich nicht gefragt, ob ich will kommen mit.» Ludmilla lachte herzhaft und legte auf.

Ich musste Sarah wirklich lieben, wenn ich das alles über mich ergehen ließ. Trotzdem reichte es mir jetzt. Ich brauchte weder einen Rat noch eine Erlaubnis. Ich wollte zu ihr. Jetzt sofort.

Ich ging gerade die Treppe runter, da erinnerte mich ein besonders lautes Hämmern, gefolgt von einem noch lauteren Bellen an mein Bauarbeiter-Problem. Murks, ich sollte ja auf Kornelius aufpassen. Aber ich wollte jetzt zu Sarah. Ich könnte den Kleinen natürlich mitnehmen, mitsamt Hund. Aber das brauchte ich wie 'n Pickel auf der Nase, was machte das denn für einen Eindruck?!

Aber Moment mal, das war eigentlich gar nicht übel, sondern würde doch einen coolen Eindruck machen: Ich laufe nicht hinter Sarah her, ich muss mit meinem Bruder und dem Hund spazieren gehen, und so ganz rein zufällig treffe ich auf Sarah. Bestens.

Ich sprintete die Treppe wieder hoch und riss die Badezimmertür auf.

Es ist wirklich erstaunlich, was man in so kurzer Zeit für ein Chaos anrichten kann. Konnys Hämmern waren schon jede Menge Kacheln zum Opfer und auf den Boden gefallen. Oh, damit hatte ich irgendwie nicht gerechnet.

«Auweia!», murmelte ich.

«Wenn ich erst den Betonmischer habe, mache ich alles wieder zu!», teilte mir Konny mit.

«Okay, aber bis dahin sollten wir vielleicht ... hm, irgendwas tun.» Ich überlegte kurz und schaute mich um. «Leg das große Badetuch über den Schutt da hinten», gab ich Konny Anweisungen. Die Kacheln direkt neben der Tür schob ich unter den Badevorleger. Ja, so konnte es gehen. «Los, Kleiner, wir machen einen Ausflug.»

«Ich darf aber nicht aus dem Haus», gab Konny zu bedenken.

«Du darfst nicht außerhalb des Hauses Bauarbeiten durchführen», berichtigte ich. «Das heißt, wenn du keine Bauarbeiten durchführst, darfst du aus dem Haus. Klar?»

Der Kleine strahlte. «Klar!» Er machte ein Daumen-hoch-Zeichen. «Du bist echt gut, Konny. Von dir kann ich 'ne Menge lernen.»

Wenigstens einer, der meine Qualitäten zu schätzen wusste. Konny setzte sich wieder hin. «Ich will doch lieber hier weitermachen. Ich muss fertig werden.»

Ich überlegte kurz, ob ich ihm einfach das Versprechen abnehmen sollte, nicht noch mehr kaputtzumachen während meiner Abwesenheit, verwarf den Gedanken aber sofort wieder. «Ich dachte, wir sehen uns ein paar prima Baustellen und Betonmischer an», bot ich ihm an.

Konny sprang auf und lief in Richtung Tür.

In Sachen Psychologie war mir niemand gewachsen!

11. Kapitel, in dem Sannys Orakel-Fische immer noch streiken

So ein bisschen hatte Liz mich doch mit ihrer Warnung beunruhigt, ich solle mich von Theo fern halten.

Also beschloss ich, meinen Orakel-Fischen noch eine Chance zu geben und nachzufragen, was mir wohl bevorstand. Wozu hatte man schließlich Orakel-Fische! Ich hatte neues Fischfutter besorgt, streute es ins Aquarium und stellte meine Frage: «Hat sich Theo nun doch in mich verliebt?»

Ich starrte verzweifelt in mein Aquarium, wo sich schon langsam ein Futterteppich auf der Oberfläche bildete, Pixi und Dixi aber sichtlich unbeeindruckt weiter den Boden umgruben.

«Kommt schon, ich hab nicht den ganzen Nachmittag Zeit.» Ich klopfte ungeduldig an das Glas. «Was ist bloß los mit euch?! Ihr könnt mich doch jetzt nicht im Stich lassen!»

Eine Futterflocke schwebte nach unten und landete auf Pixis Kopf. Ob das wohl als ‹Ja› zählte?

Ich war unsicher. Meine Orakel-Fische konnte ich erst mal abhaken. Die waren auf Urlaub. Murks!

Ich brauchte eine aussagekräftigere Methode.

Also wieder meine Orakel-Karten. Ich zog drei Karten

und legte sie vor mich hin: Frau Igel stand mit ihrem Kind und einem Korb auf dem Markt, Frau Mieze wartete an der Bushaltestelle, und Herr Frosch sang ein Lied. Hm.

Alles klar. Die ersten beiden Karten standen für das Warten. Ja, ich hatte auf Theo gewartet, die Karten hatten Recht, ihnen entging nichts. Und die letzte Karte, der singende Frosch, gab mir entweder den Hinweis, doch in den Schulchor einzutreten, oder sie stand für Theo, der mir nun endlich seine Liebe erklären würde. Ich entschied mich für Theos Liebeserklärung, das machte mehr Sinn.

Gut, also die Karten waren auch auf meiner Seite.

Ein letzter Blick auf meine Orakel-Fische ... Sie waren immer noch im Streik. Pixi schien heimlich zu futtern, was ganz entschieden gegen die Regel war. Aber bitte, laut Schwarzem-Peter-Orakel war ja alles in Butter.

Als ich in den Park kam, klopfte mein Herz so laut, dass selbst die Eichhörnchen erschreckt Reißaus nahmen, wenn ich in ihre Nähe kam.

Hinter mir bellte es. Oh Gott! Jetzt war es so weit. «Hey, hallo, Sanny!», rief Theo hinter mir.

Ich drehte mich um und dachte, dass eine herzliche Umarmung doch vielleicht alles ein wenig einfacher machen würde. Ich breitete also die Arme leicht aus – und Theos Hund sprang mich fröhlich an.

«Wow, mein Hund freut sich ja wirklich, dich zu sehen», meinte Theo und klopfte mir freundlich auf den Rücken.

«Scheint so», murmelte ich, während ich damit beschäftigt war, den Hund abzuwehren.

«Tja», Theo lächelte mich an. «Nachdem wir die Begrüßung hinter uns gebracht hätten, kann es ja losgehen.»

Na, der hatte es aber eilig. Und ‹Begrüßung hinter uns gebracht› – was soll denn das?

«Mir geht es übrigens blendend», meinte ich etwas spitz, um ihm anzudeuten, dass ein höfliches: ‹Na, wie geht's denn so?› durchaus angebracht gewesen wäre.

Theo lächelte: «Das freut mich, ehrlich.»

«Hm», machte ich, wenig überzeugt.

«Mir geht's nicht besonders», meinte er dann.

Mein Herz krampfte sich zusammen: Der Arme, das war ja furchtbar.

«Was ist denn?», fragte ich ganz liebevoll und mitleidig.

Theo seufzte. «Deshalb wollte ich ja mal mit dir reden.»

«Okay, ich bin hier, also worum geht's?» Ich bemühte mich, ganz sachlich zu klingen, damit ich später, wenn er mir sagte, dass er sich nun doch in mich verliebt hatte, überrascht klingen konnte.

«Hm, also weißt du ...», Theo sah zu Boden. Er schien sichtlich geknickt und druckste herum. Dann lächelte er mich scheu an. ‹Ich weiß gar nicht so recht, wie ich anfangen soll.»

Meine Güte, er musste doch nicht so übertreiben – er brauchte doch einfach nur zu sagen, dass er mir damals die falsche Antwort gegeben hatte und doch in mich verliebt war. Dann würde ich ihm sagen, dass ich sowieso schon ewig in ihn verliebt wäre, und wir könnten auf 'ner rosa Wolke entschweben.

«Sag's einfach», schlug ich vor.

Theo knuffte mich freundschaftlich. «Siehst du, deshalb wollte ich mit dir sprechen. Du bist einfach klasse.»

Okay, er tastete sich langsam vor.

«Irgendwie ist es mir jetzt doch peinlich», meinte er.

Ich konnte nur hoffen, dass ich für meine Geduld belohnt würde. Ich lächelte ihn aufmunternd an.

Er schaute betreten zu Boden.

«Moment, warte mal.» Ich nahm einen Stock und warf ihn für Theos Hund. Der startete auch gleich durch, hinter dem Stock her. «So, jetzt sind wir allein, Jetzt kannst du reden.»

Theo lachte, dann wurde er wieder ernst und druckste erneut herum.

«Ich will dich ja nicht hetzen, aber wenn sich dein Hund nicht verläuft, ist er gleich wieder hier», ermutigte ich ihn.

«Okay, also...», er holte tief Luft, «ich habe mich verliebt!»

«Hurra!»

«Was?»

«Ich hab's gewusst!»

«Wie meinst du das?» Theo schien ziemlich verwirrt. Wahrscheinlich hatte er nicht damit gerechnet, dass es so einfach für ihn werden würde. Klar, woher sollte er auch wissen, dass ich in ihn verliebt war.

«Seit deinem Anruf gestern war mir klar, wieso du mich treffen wolltest», half ich ihm.

«Wie kannst du denn so was wissen?!» Theo schien fast entsetzt.

Das bremste mich ein wenig.

«Na ja ... weibliche Intuition?»

«Wow.»

Ich wurde wieder mutiger. «Alles passt einfach perfekt.»

«Aber du kennst Leonie doch gar nicht.» Theo konnte es nicht fassen.

Ich auch nicht. «Wer ist Leonie?!»

«Na, das Mädchen, in das ich mich unsterblich verliebt habe. Du solltest sie mal sehen ...» Theos Augen nahmen einen träumerischen Ausdruck an, und seine Stimme klang unendlich zärtlich.

Verliebt?! Leonie?! So ein Absturz aus dem siebten Himmel konnte ganz schön steil ausfallen, und der Aufschlag war hart. Meine Gedanken rotierten. Genauso wie mein Magen. Warum nur?! Leonie! Was für ein total bescheuerter Name und was für eine noch bescheuertere Idee, sich in sie zu verlieben. Wo er sich doch auch in mich hätte verlieben können!

Zum Glück ließ ihn sein träumerischer Blick mein Entsetzen übersehen. Während er weiter von ihr schwärmte, versuchte ich meine Gedanken und Gesichtszüge wieder einigermaßen unter Kontrolle zu bekommen.

«Du, Theo, es war echt klasse, dich mal wieder gesehen zu haben. Freut mich für dich und Leonie.» Ich schaute auf die Uhr. «Ich muss jetzt los. Mein ... mein kleiner Bruder, weißt du ...»

«Musst du wirklich so schnell schon wieder heim?»

«Ja, tut mir Leid. Da ist diese Bauarbeitersache ...» Ich drehte mich um und ging los. Ich war völlig überfordert. Ich musste erst mal in Ruhe meine Gedanken sortieren.

Theo kam hinter mir hergelaufen. «Hör mal, wenn du willst, dann kann ich doch mit zu dir nach Hause kommen, und wir reden weiter. Ich hab echt das Gefühl, dass du mir helfen kannst ... Ich meine, wo du das alles ja sogar schon eh wusstest und so ...»

Ach, das war alles so furchtbar. Ich musste mich ganz doll konzentrieren, dass ich nicht anfing zu heulen. Vor allem musste ich Theo jetzt blitzschnell loswerden, denn ich war mir nicht sicher, ob ich mit der Erklärung: ‹Ich freu mich so für dich› durchkäme, wenn ich gleich anfing zu flennen.

«Geht nicht, ich hab Stubenarrest ...», schüttelte ich den Kopf.

«Aber ...»

«Nein, was ich meine, ist, der Stubenarrest gilt für meine Freunde, also, ich darf keine Leute mit nach Hause bringen, tut mir Leid», korrigierte ich mich verzweifelt.

«Oh, deine Eltern haben ja merkwürdige Ideen.»

Nun fing ich an zu laufen, es wurde kritisch, meine

Kehle war wie zugeschnürt, bald würde ich anfangen zu heulen.

«... aber ich hab dir doch noch gar nicht von meinem Problem erzählt ...», rief Theo, der inzwischen in Trab verfallen war, um mit mir Schritt halten zu können.

«Die meisten Probleme lösen sich von selbst», quetschte ich mühsam hervor.

«Ich glaube nicht», meinte Theo, «Leonie ist nämlich nicht in mich verliebt!»

«Echt?» Ich blieb auf der Stelle stehen.

Ein Gedanke raste mir durch den Kopf. «Aber das ist ja hervorragend ...»

Hatte ich das eben laut gesagt?

Offensichtlich, den Theo guckte mich ziemlich irritiert an.

«Wieso denn das?»

«Äh, weil ... also, alle großen Liebesgeschichten fangen so an.» Kam ich damit durch?

Theo starrte mich an. «Wirklich?»

Ich nickte sicherheitshalber heftig.

«Woher weißt du überhaupt, dass sie nicht in dich verliebt ist?», fiel mir dann ein.

Theo zuckte die Schultern. «Ich hab sie gefragt, ob sie mit mir Eis essen möchte. Und sie hat nein gesagt.» Theo dachte nach. «Gut, vielleicht hatte sie auch einfach keine Zeit. Dann hab ich sie noch gefragt, ob sie mal mit mir und meinem Hund spazieren gehen möchte. Da hat sie auch nein gesagt. Könnte natürlich sein, dass sie gegen Hunde allergisch ist. Na ja, und gestern hat sie mein

Angebot abgelehnt, sie nach der Theaterprobe nach Hause zu begleiten. Aber vielleicht haben ihre Eltern ihr verboten, sich nach Hause begleiten zu lassen?»

«Und daraus schließt du, dass sie nicht in dich verliebt ist?», frohlockte ich.

Theo machte eine Pause und überlegte. «Na, und außerdem hab ich sie gefragt, und sie hat nein gesagt.»

Moment, dieser Teil klang interessant. «Du hast sie gefragt, ob sie in dich verliebt ist, und sie hat nein gesagt?»

Theo nickte. «Hm, sie meinte, sie ist in Nick verliebt. Ihren Statisten-Kollegen.»

«Nick?!», quietschte ich. In *meinen* Nick? «Das glaub ich nicht.»

Theo nickte: «Ich eigentlich auch nicht. Vielleicht muss sie mich einfach nur besser kennen lernen, und dann verliebt sie sich in mich. Sie braucht bestimmt nur etwas Zeit.»

Ich winkte ab. «Vergiss es. So was funktioniert nicht. Entweder sofort oder gar nicht. Ich weiß das.»

Theo ließ wieder den Kopf hängen. «Was soll ich denn machen?»

«Am besten Shakespeare rezitieren», knurrte ich. Das hatte mir bei Nick den Rest gegeben.

Dann konzentrierte ich mich wieder. «Du solltest versuchen, dich in ein anderes Mädchen zu verlieben.» *In mich! In mich!*

«Wieso das?»

«Na, dann wirst du bestimmt für … die … Dingsda interessant.»

«Leonie», murmelte Theo etwas pikiert.

Ich zuckte die Schultern. «Wie auch immer.»

«Nein, das kann ich nicht.» Theo schüttelte traurig den Kopf. «Du hast ja keine Ahnung, wie sehr es mich erwischt hat. Leonie ist einfach genau das, was ich immer wollte.»

Oh Gott, sülz, sülz, dieses liebeskranke Gejammer war nicht zu ertragen.

Theo war ein Ober-Idiot, was fiel ihm eigentlich ein, ausgerechnet mich mit seinen Liebesproblemen zu belästigen?!

«Ich muss jetzt wirklich nach Hause, tschüss, Theo.»

«Ich ruf dich morgen an, okay, dann können wir weiterreden», rief mir Theo hinterher.

Ich verdrehte die Augen und winkte, ohne mich umzudrehen. Ich war sauer.

«Hey, Sanny, Moment mal. Ich hab 'ne Idee. Vielleicht kannst du ja mal mit Leonie reden?»

Jetzt fing ich an zu rennen.

12. Kapitel, in dem Konny alles falsch macht

Ich steuerte im Laufschritt zielstrebig auf den Kiosk zu.
Zumindest versuchte ich es.

Karl hatte allerdings nicht den geradlinigen Weg im Sinn. Er bellte fröhlich und zerrte den kleinen Konny und mich kreuz und quer zu sämtlichen Bäumen.

Als wir uns endlich zum Kiosk vorgekämpft hatten, sah ich sie schon von weitem: Sarah stand im Kiosk. Ah, mein Herz schlug schneller, und ich schwebte etwa drei Zentimeter über dem Boden. Sarah hatte diese Wirkung auf mich, und ich fing an, mich daran zu gewöhnen. Sie war definitiv das tollste Mädchen, das ich je kennen gelernt hatte.

Sarah rief etwas in Richtung Kiosk, woraufhin zwei Typen erschienen. Was wollte sie denn von diesen Pappnasen? Hey, Moment mal, diese Pappnasen waren ja *meine* Pappnasen: Felix und Kai!

Die drei steckten ihre Köpfe zusammen und palaverten. Mein Schwebezustand verflüchtigte sich, und mein Magen krampfte sich zusammen. Was hatten diese Idioten mit Sarah zu schaffen? Sarah war meine Freundin!

Okay, jetzt war ein möglichst cooler Auftritt wichtig.
Aber leider nicht möglich.

Karl hatte Kai entdeckt und raste freudig bellend los,

um ihn zu begrüßen. Und mich schleppte er an der Leine hinterher. Dass ich dabei auch noch stolperte und mich zu Sarahs Füßen wiederfand, als Karl endlich stehen blieb, war nicht gerade Teil des Plans.

«Ach, du bist schon da?» Sarah sah mich erstaunt an, während ich mich schnell aufrappelte.

«Konntest es wohl nicht erwarten, was?», zog mich Felix auf.

Kai schlug mir freundschaftlich auf den Arm. «Wir sind aber schon eher fertig geworden.»

Ich sah ihn verwirrt an, fing mich aber wieder und machte auf ultralässig. «Waren wir verabredet? Ich wollte nur was mit meinem Bruder unternehmen. Deshalb bin ich hier», dabei wuschelte ich Kornelius lässig übers Haar. Leider blieb ich dabei in einem klebrigen Gummibären-Nest hängen. Yeiks!

Die drei sahen mich fragend an.

«Und der Hund brauchte Auslauf», bemühte ich mich, meine Glaubwürdigkeit zu erhöhen, während ich versuchte, die Finger möglichst unauffällig an Kornelius' Hemd abzuwischen.

«Tja, den hatte er wohl», grinste Sarah, während sie mir noch ein paar Grashalme von der Jacke klopfte.

«Und was läuft bei euch so?», fragte ich

«Nicht viel, wir gehen dann jetzt mal», grinste Felix.

«Eigentlich schade», maunzte Kai, bekam aber einen Rippenstoß von Felix.

Die beiden zogen ab. Mann, war ich wütend! Ich konnte es nicht fassen, dass meine besten Freunde sich hinter meinem Rücken mit Sarah treffen. Idioten! Alles Idioten!

«Schön, dass du da bist», strahlte mich Sarah an.

«Hmmm.» Ich schaute Kai und Felix hinterher.

Sarah nahm meine Hand.

«Ich hab was vorbereitet für uns beide.»

Ich schaute immer noch hinter Kai und Felix her. «Wieso waren die beiden hier?»

«Die haben mir geholfen.»

Ich schaute Sarah an und verzog spöttisch das Gesicht. «Ach, *hilfsbereit* sind die beiden seit neustem?»

Sarah legte die Stirn in Falten und sah mich streng an. «Allerdings! Das sind sie wirklich.»

«Pfff», machte ich nur.

«Sag mal, Konny, was ist bloß mit dir los?! Du warst schon die ganze letzte Zeit immer so schlecht gelaunt, wenn wir beide uns getroffen haben ...»

«Ach ja, wann haben *wir beide* uns denn getroffen?! Das waren ja wohl eher Betriebsversammlungen, die wir abgehalten haben!», fiel ich ihr ins Wort.

Sarah grinste und nickte: «Also hatte ich doch Recht: Du warst sauer, weil wir nicht allein waren.»

Ich war empört: «Ich? Sauer?»

Sarah winkte ab. «Jedenfalls hab ich gedacht, es wär doch mal schön, wenn nur wir beide uns mal einen gemütlichen Nachmittag machen. Und deshalb ...»

«... hast du dich mit Kai und Felix getroffen», fiel ich Sarah ins Wort.

Sarah stemmte die Arme in die Hüfte: «Weißt du was,

gleich werde *ich* sauer. Aber ehrlich! Die beiden haben mir geholfen, etwas für dich vorzubereiten!»

Ich guckte Sarah etwas schwachhirnig an und schluckte. Oh, das war natürlich ... also, wenn das so war, dann ... ach, auch egal. Ich war mit Sarah allein, das war alles, was ich wollte. Ich strahlte sie an.

«Das ist echt ...», stammelte ich und wusste nicht so genau, was ich sagen sollte.

«Echt nett von mir», lächelte Sarah, «ich weiß. Und ja, ich nehme deine Entschuldigung an.»

Ich legte den Arm um Sarah und flüsterte: «Endlich allein!»

«Puschel kann Menschen retten», krähte der kleine Konny plötzlich und drängelte zwischen uns. «Los, Puschel, zeig mal: Rette Konny!»

Bevor ich etwas sagen oder tun konnte, sprang Karl-Puschel an mir hoch, warf mich zu Boden, setzte sich auf mich und leckte mir quer übers Gesicht. Toller Rettungshund, er hatte mir mindestens drei Rippen gebrochen.

Sarah grinste. «Irgendwie scheint uns das wohl doch nicht vergönnt zu sein.»

Murks, Murks, Murks, Murks! Da war ich tatsächlich endlich mal mit meiner Freundin allein, und jetzt hatte ich meinen kleinen Bruder und einen sabbernden Hund an der Backe! Na toll, dass hatte ich ja prächtig hingekriegt. Wenn ich zu Hause geblieben wäre und abgewartet hätte bis zum verabredeten Zeitpunkt, dann wäre mein Vater wieder zurück gewesen, und ich hätte nicht meinen Bruder und den Hund mitschleppen müssen.

«Was hattest du denn vorbereitet?», erkundigte ich mich bei Sarah, nachdem ich mich vor meinem ‹Retter› in Sicherheit gebracht hatte. «Vielleicht kann ich Karl und Kornelius ja irgendwie loswerden?»

«Das hab ich gehört! Und er heißt Puschel!», krähte Kornelius und sah mich empört an. «Und ich will hier bleiben. Und Puschel auch!»

Sarah lachte und zuckte die Schultern. «Das ist schon okay, ich hab ein Angel-Picknick vorbereitet, es ist genug für uns alle da. Kommt mit.»

Ich lief neben Sarah her und sah Kornelius wütend an. Der schaute ebenso böse zurück. «Du wolltest unbedingt mit mir spazieren gehen. Und du hast mir einen Betonmischer versprochen und Baustellen und ...»

«Weißt du was», fiel Sarah dem Kleinen ins Wort, «ich glaube, ich hab etwas, was dir noch besser gefällt als ein Betonmischer.»

Kornelius schüttelte den Kopf: «Glaub ich nicht. Außerdem hab ich meinen Bau-Hammer dabei, also muss ich irgendwo arbeiten.»

Er hielt den Fleischklopfer in die Höhe. Sarah grinste, ich verdrehte die Augen.

Wir gingen zum Weiher. Dort sah es aus, als habe gerade die Invasion der Angelruten stattgefunden.

Am Ufer waren jede Menge Stöcke in den Boden gesteckt, mit Schnüren dran, die ins Wasser hingen.

«Habt ihr beide vielleicht Lust auf 'ne Weiher-Limo?»

Der Kleine nickte.

«Na, dann nimm mal diese Angel hier und guck nach, ob du was gefangen hast ...»

Kornelius nahm die Angel und zog. Aus dem Weiher tauchte eine Flasche Limo auf. Kornelius jauchzte begeistert. Auch Karl bellte fröhlich.

Und ich bekam schlechte Laune.

Sarah drehte sich zu mir: «Los, Konny, probier doch auch mal 'ne Angel aus.»

«Keine Lust», knurrte ich.

Kornelius zog an der nächsten Angel eine Tüte Gummifrösche aus dem Wasser. Er war ganz aus dem Häuschen.

An einer anderen Angel waren in einer wasserdichten Tüte zwei Kinokarten und ein Zettel.

«Das kann ich nicht lesen», rief der Kleine und reichte Sarah den Zettel, «lies mal vor.»

Sarah wurde etwas verlegen und meinte: «Der Zettel war eigentlich für jemand anders», und schaute mich dabei an.

Na toll, Sarah hatte sich ja wirklich Mühe gegeben, aber so ganz sah ich nicht ein, wieso sie dafür eigentlich die Hilfe von Felix und Kai brauchte. Und noch weniger sah ich ein, wieso Kornelius jetzt den ganzen Spaß hatte und ich hier bloß dumm daneben stand.

«Schön, dass ihr euch so gut versteht», rief ich Sarah beleidigt zu.

Sie sah mich verwirrt an. «Was meinst du?»

Ich nickte mit dem Kopf zu Kornelius und Karl. «Du

bist ja ein Herz und ein Hund mit den beiden», meinte ich sarkastisch. «Genau wie mit Kai und Felix.»

Sarah kam zu mir rüber und senkte die Stimme. «Er ist dein Bruder, und du hast ihn mitgebracht. Und was meinst du mit Felix und Kai?»

«Nichts, nur dass du dich super mit den beiden verstehst.»

«Und was willst du damit sagen?»

«Nichts. Ich wundere mich bloß, dass du dich mit diesem Flachhirn Felix so prima verstehst und so», brummte ich verärgert.

«Konny, was soll das?! Felix ist doch dein Freund. Und außerdem ist er kein Flachhirn. Das Flachhirn bist wohl eher du.»

«Ach, so ist das?»

«Ja, allerdings. Ich gebe mir hier alle Mühe, bereite das hier vor, kümmere mich um deinen kleinen Bruder, den *du* mitgebracht hast – und der, nebenbei bemerkt, momentan auch ein wesentlich interessanterer Gesprächspartner ist als du –, und du bist nur am Meckern und Nörgeln.»

«Na prima, weißt du was? Dann unterhalte dich doch weiter mit dem Kleinen und seinem Hund – und Felix kannst du obendrein auch noch haben!»

«Konny!»

«Ach, lass mich doch in Ruhe!» Ich sprang auf und ging.

«Konny!»

13. Kapitel, in dem Sanny einen folgenschweren Zusammenprall hat

Theo ist ein Idiot!

Ach was, ich bin ein Idiot!

Wie kam ich nur darauf, dass Theo mir sagen wollte, er habe sich in mich verliebt? Theo hatte mir ja schon vorher gesagt, dass er *nicht* in mich verliebt sei! Und wie um alles in der Welt kam dieser Typ darauf, ausgerechnet mit mir über seinen Liebeskummer zu reden?!

Ich rannte völlig blind durch die Gegend, sah alles nur verschwommen wegen der Tränen in meinen Augen. Plötzlich wurde ich unsanft gestoppt und landete auf meinem Hintern.

«Hey, Vorsicht», sagte eine Jungenstimme, und das gab mir den Rest. Oh klasse, wieder einer von der Sorte. Es gibt eindeutig zu viele Jungs auf der Welt!

«Seid ihr eigentlich überall?!», fauchte ich ihn an, und die Tränen strömten noch heftiger.

«Tut mir Leid, hast du dir wehgetan?» Er kniete sich neben mich und nahm sanft meinen Arm.

«Seit wann interessiert ihr euch denn dafür?», heulte ich ihn an.

Durch meinen Tränenschleier hindurch konnte ich

sehen, wie er sich umdrehte. «Wen meinst du? Ich bin allein, und du brauchst mich wirklich nicht in der Mehrzahl anzureden.»

«Ach, red dich nicht raus. Ich hab echt genug von euch. Ihr seid doch alle gleich! Erst tut ihr so, als würdet ihr euch in einen verlieben, dann seid ihr plötzlich doch nicht verliebt, dann tut ihr wieder so, als ob, und das alles, um uns dann mitzuteilen, dass ihr in eine andere verliebt seid!»

So, dem hatte ich es aber gegeben.

Er sah mich verwirrt und besorgt an. «Soll ich eine Freundin anrufen?»

«Na prima, nur zu. Ruf deine Freundin an. Schön, dass du eine Freundin hast. Irgendwie hat ja jeder eine Freundin!»

Ich fing wieder an zu schniefen.

«Nein, ich meinte, soll ich vielleicht eine Freundin von dir anrufen?»

«Das wird ja immer besser! Jetzt soll ich dir die Freundin auch noch liefern, was?!»

Er schüttelte den Kopf. «Mann, du bist ja voll durch den Wind. Ich wollte eine Freundin von *dir* für *dich* anrufen, damit sie sich um dich kümmert. Komm, ich helf dir erst mal hoch.»

Ich ließ es zu und stand bald wieder auf den Füßen. Er reichte mir ein Taschentuch und klopfte mir beruhigend auf die Schulter.

Ich schnaubte mir ordentlich die Nase und wollte ihm sein Taschentuch zurückgeben.

Er wich leicht zurück. «Nein, danke. Lernst du Jungs immer so kennen, indem du sie einfach umrennst?»

«Also erstens: Wenn du die Augen aufgemacht hättest, hättest du mich ja wohl gesehen und hättest mir einfach aus dem Weg gehen können – aber wahrscheinlich hast du gerade ein Mädchen im Kopf gehabt und bist blind vor Liebe hier den Weg entlanggetorkelt.»

«Wow! Und zweitens?»

«Hab ich von Jungs sowieso die Schnauze voll. Und zwar gestrichen und für immer. Dieser ganze Quatsch mit Verlieben und Freund haben und so wird einfach völlig überbewertet. So was braucht doch keine Socke», schimpfte ich los.

«Tja, wenn du das sagst ...»

«Allerdings sage ich das!» Ich funkelte ihn wütend an. «Von heute an interessiere ich mich nicht mehr für euch! Das könnt ihr euch abschminken!»

«Schade eigentlich», lächelte er mich an.

«Tja, das habt ihr jetzt verbockt.» Damit ging ich wütend weiter. Jawohl, von jetzt an war ich eine ganz neue Sanny, eine, die völlig immun war gegen diese Sülz-, Jammer- und Dumme-Sprüche-Typen. Mit mir nicht mehr!

Als ich in unseren Vorgarten einbog, stand plötzlich jemand neben mir. Erschreckt sprang ich zur Seite.

Neben mir trat Nick von einem Bein auf das andere. Er war sichtlich nervös und hielt einen Blumenstrauß in der Hand.

«Was machst du denn hier?», fragte ich ihn vorwurfsvoll.

Er räusperte sich. «Der Liebe leichte Schwingen trugen mich; Kein steinern Bollwerk kann der Liebe wehren.»

«Was?!» Ich starrte Nick fassungslos an.

Das machte ihn wohl noch nervöser. Er erwürgte die letzten überlebenden Blumen in seiner Hand. «Romeo. Aus ‹Romeo und Julia›», erklärte er kurz.

«Oh mein Gott!»

«Horch! Sie spricht. O sprich noch einmal, holder Engel ...»

«Hast du 'ne Vollmeise, oder was!? Warum passiert das alles immer mir? Kein Wunder, dass bei mir nichts normal funktioniert, wenn ich nur von durchgeknallten Typen umgeben bin!», brüllte ich wütend und ging im Stechschritt an ihm vorbei.

Er lief hinter mir her.

«Ich übe ja noch, aber das ist eine Hauptrolle. Ich bin doch sonst eigentlich Statist.»

Ich schaute einen völlig verwirrten und hilflosen Nick an, der immer noch krampfhaft seinen Blumenstrauß umklammert hielt.

«Tut mir Leid», seufzte ich, «ich wollte nicht so grob sein, aber du hast mich erschreckt.»

Nick schaute betreten.

Ich drehte mich um und trottete ins Haus. Ich wollte nur noch in mein Zimmer. Als ich an unserem Bad vorbeikam, gab es dort gerade eine kleine Versammlung.

«Ach, und wer sollte noch gleich auf den Jungen aufpassen?», fragte meine Mutter genervt.

Mein Vater zuckte hilflos mit den Schultern. Dann fiel sein Blick auf mich. «Sanny!», sagte er erleichtert und deutete auf mich. «Sanny wollte auf Konny aufpassen.»

Ich schüttelte den Kopf. «Nein, Konny. Ich war gar nicht da. Und von Wollen kann sowieso nicht die Rede sein.»

Meine Mutter zog die Augenbrauen hoch und sah bedeutungsvoll zu meinem Vater.

Der lächelte sie an. «Siehst du. Alles in Ordnung. Konny war's.»

«Und wo ist Konny jetzt?», wollte meine Mutter von mir wissen.

«Na, wohl beim großen Konny», antwortete ich.

«Den meinte ich ja.»

«Ach, soll ich jetzt auch noch auf den großen Konny aufpassen?», beschwerte ich mich. Mein Leben war schon kompliziert ohne diesen Mix aus Blödnasen-Brüdern.

«Welche Laus ist dir denn über die Leber gelaufen?», wunderte sich meine Mutter.

«Ich bin nur von Chaoten und Durchgeknallten umgeben. Nichts läuft so, wie es laufen sollte», meckerte ich.

«Das Gefühl kenne ich», seufzte meine Mutter mit einem Seitenblick auf meinen Vater.

«Alles läuft wunderbar. Ich habe alles im Griff», wehrte der ab.

«Ach wirklich?», meine Mutter deutete auf diverse Schutthäufchen und abgeschlagene Kacheln.

«Was ist denn hier passiert?», erkundigte ich mich.

«Dein Bruder hat auf den Kleinen aufgepasst», erklärte meine Mutter.

«Na, dann kann ich verstehen, dass er sich erst mal verkrümelt hat.»

«Wir mussten das Bad sowieso mal renovieren», versuchte mein Vater eine Schadensbegrenzung.

«Ja, in ungefähr fünf Jahren!», fauchte meine Mutter. «Und dann hatte ich mir das auch eher so vorgestellt, dass die Kacheln professionell entfernt würden und nicht von einem Fünfjährigen mit einem Fleischklopfer!»

«Dir kann man es wirklich nie recht machen», brummelte mein Vater, sah dabei aber auch etwas unglücklich auf die Bescherung im Bad.

«Warum musstest du überhaupt so dringend weg?»

«Ich habe einen prima Aktenschrank für mein Büro gefunden», erklärte mein Vater strahlend.

«Dein *Büro*?», fragte meine Mutter scharf zurück. «Wann hast du denn entschieden, dass das neue Zimmer dein Büro wird? Bisher sollte es doch unser neues Familienzimmer werden?!»

«Oh, Susanne, bitte. Als ob die Kinder so dringend mit uns zusammen in einem Zimmer sitzen und Zeit mit uns verbringen wollen.»

«Wenn ein Schreibtisch und Aktenschränke in diesem Zimmer stehen, dann sicher nicht!»

Damit kamen die beiden auf das Dauerthema: die

Verwendung des neu angebauten Zimmers. Jeder hatte seine eigene Vorstellung, und wenn man auf alle Vorschläge und Wünsche Rücksicht nehmen wollte, brauchte man mindestens einen Anbau von der Größe des Buckingham-Palastes.

Die einzige Verwendung für das Zimmer, die momentan in meinen Augen Sinn machen würde, war eine Gummizelle.

Ich ging in mein Zimmer, um mir die Karten zu legen. Vielleicht hatte ich ja doch irgendetwas falsch gedeutet, konnte leicht passieren, schließlich war die Kartenlegerei ja noch neu für mich. Das war früher weiß Gott einfacher mit Pixi und Dixi.

Ich schaute vorsichtig zum Aquarium und begann heimlich Pixi und Dixi zu belauern. Vielleicht wurden sie ja unvorsichtig und fraßen doch, nachdem ich eine Frage gestellt hatte.

Ich setzte mich vor das Aquarium und formulierte meine Frage: «Hat Theo das mit Leonie vielleicht nur erfunden, weil er sich noch nicht getraut hat, mir zu sagen, dass er in mich verliebt ist?»

Ich streute ein wenig Futter hinein.

Pixi und Dixi schossen nach oben. Nach unseren Orakel-Regeln bedeutete das eindeutig: Ja.

«Echt?!»

Die beiden schwammen wieder nach unten, ohne zu fressen.

«Also was jetzt?»

Bevor ich die Rätsel, die mir meine Orakel-Fische auf-

gaben, mit Hilfe meiner Schwarzer-Peter-Orakel-Karten lösen konnte, kam meine Mutter zu mir.

Sie setzte sich neben mich und legte mir den Arm um die Schulter.

«Was ist los, Sanny? Suchst du Trost bei deinen Fischen?»

Ich schimpfte los. «Auf die ist auch kein Verlass! Auf niemand ist Verlass!»

«Na, komm, so schlimm wird es schon nicht sein.»

«Nein, es ist schlimmer! Viel schlimmer!»

«Wie schlimm?»

«Mein Leben ist eine einzige Katastrophe! Verlieben ist eine Katastrophe! Der Junge, in den ich verliebt bin, ist in ein anderes Mädchen verliebt. Und der Junge, der in mich verliebt ist, in den bin ich nicht verliebt.»

Meine Mutter schwieg, und ich konnte ihr ansehen, dass sie angestrengt versuchte, mir zu folgen. Sicherheitshalber nahm sie mich schon einmal etwas fester in den Arm. «Ja, das ist wirklich nicht so einfach», gab sie mir schließlich Recht.

«Wann hört das denn endlich mal auf?»

Meine Mutter seufzte. «Das kann man nicht sagen. Sieh mal, Sanny, du musst dich einfach mit den Dingen arrangieren, so wie sie sind. Es sei denn, du kannst sie ändern. Aber in Sachen Verlieben dürfte das sehr schwer sein. Diesmal hat es eben einfach nicht gepasst. Du magst einen Jungen, der in ein anderes Mädchen verliebt ist, und ein anderer Junge hat sich in dich verliebt, aber du dich nicht in ihn. Ihr müsst euch alle damit abfinden, und beim nächsten Mal klappt es vielleicht dann. Du darfst nicht aufgeben und vor allem nicht versuchen, Dinge zu erzwingen.»

«Das klingt ja wie eine Werbeveranstaltung für Glücksspiele», beschwere ich mich.

Meine Mutter lachte. «So ein bisschen ist es wahrscheinlich auch wie ein Glücksspiel. Manchmal passt es und manchmal eben nicht.»

Meine Mutter stand auf, ging zum Fenster und sah hinaus. «Da steht ein Junge in unserem Vorgarten.»

«Ach je, immer noch?! Das ist der Kerl, der mich nicht interessiert. Er steht da womöglich seit Stunden, erwürgt ein paar Blumen, rezitiert irgendwelche Romeo-und-Julia-Verse und hofft, dass ich meine Meinung ändere.»

«Der Arme. Soll ich ihm sagen, dass sich für heute nichts mehr ändert?»

«Damit er es kapiert, müsstest du in Reimen sprechen.»

Meine Mutter zog die Augenbrauen hoch, schüttelte den Kopf und verließ mein Zimmer.

Als ich am Fenster stand und zu Nick hinaussah, fiel mir plötzlich etwas ein: Leonie! Das könnte zumindest eins meiner Probleme lösen.

Ich raste hinunter in den Garten. «Nick, die Sache ist ganz einfach.»

Er wollte gerade etwas sagen, aber ich fauchte ihn an. «Und wenn ich heute noch einen Reim höre, schreie ich!»

Nick machte einen kleinen Satz nach hinten. Dann

reichte er mir vorsichtig die überlebenden Blumen. «Für dich!», sagte er, und als ich ihn böse ansah, fügte er schnell noch hinzu: «Das hat sich nicht gereimt.»

Ich nahm die Blumen. «Okay, also pass auf. Es kann mit uns nichts werden, aber es gibt ein Mädchen in der Theatergruppe, und das ist in dich verliebt. Ich würde also vorschlagen, du verliebst dich auch in sie, und alle haben ihre Ruhe.»

Nick sah mich erstaunt an. «Ehrlich? In mich ist jemand verliebt? Das ist ja noch nie passiert. Normalerweise verliebt sich nie jemand in mich. Aus der Theatergruppe?» Er wurde immer aufgeregter. «Wer ist es denn?»

«Leonie. Sie ist auch Statistin.»

«Leonie...» Seine Augen nahmen einen träumerischen Ausdruck an. «Und sie ist in *mich* verliebt?»

«Allerdings, das weiß ich genau.»

«Leonie», schwärmte Nick, «ist das nicht der wundervollste Namen der Welt?»

Ich zuckte die Schultern. «Möglich.»

Dann erwachte er aus seiner Träumerei und sah mich wie elektrisiert an. «Aber ich kenne Leonie ja, ich weiß auch, wo sie wohnt!», rief er aufgeregt. Dann drehte er sich um und lief los.

Nach ein paar Schritten kam er wieder zurück und nahm mir die Blumen aus der Hand. «Du erlaubst. Danke!» Und dann verschwand er aus unserem Vorgarten.

So, eines meiner Probleme hatte ich jetzt schon mal gelöst.

14. Kapitel, in dem Konny von Sarah nichts mehr wissen will

Endlich hatte ich es in mein Zimmer geschafft. Die hatten doch wirklich alle eine Macke. Okay, der Kleine hat das Bad ganz schön in Unordnung gebracht. Aber wer lässt denn auch einen Fleischklopfer offen rumliegen, wenn man einen Fünfjährigen im Haus hat?!

Und direkt vergessen hatte ich Kornelius doch auch nicht. Er war bei Sarah in den allerbesten Händen, und sie hatte ihn ja nach Hause gebracht. Also was sollte die Aufregung?!

Kaum hatte ich mich auf mein Bett gefläzt, flog auch schon wieder meine Tür auf, und die beiden Oberchaoten stürmten rein.

«Ey, mach mal Platz», meinte Felix und warf sich neben mich auf mein Bett, während Kai sich auf meinen Schreibtischstuhl setzte.

«Und wie lief es?», grinste Felix.

Ich zuckte die Schultern.

Kai studierte inzwischen mein aufgeschlagenes leeres Matheheft.

«Also wenn das hier keine unsichtbare Tinte ist, wirst du heute Abend noch 'ne ganze Menge zu tun haben oder morgen 'ne Menge Ärger bekommen», klärte mich Kai auf.

«Machst du jetzt die Hausaufgabenkontrolle?», schnauzte ich ihn an.

«Ludmilla meinte, ich sollte dich daran erinnern», verteidigte sich Kai.

«Also, wie war es?», versuchte es Felix erneut.

«Was geht dich das eigentlich an?»

«Na bitte, immerhin haben wir ja bei den Vorbereitungen geholfen. Also schuldest du uns jetzt auch einen Bericht. Ist ja wohl logisch, oder?!»

«Darum hat euch ja wohl keiner gebeten.»

«Doch, Sarah», erklärte Kai.

Ich stöhnte.

«Sie ist auch gut in Mathe. Wusstest du das?» Kai deutete auf mein Heft. «Wenn du hier nicht weiterkommst, kann sie dir bestimmt helfen.»

So langsam reichte es mir. «Was ist eigentlich los mit euch?! Habt ihr echt nur noch Sarah im Kopf?»

«Gegenfrage, wie bist du denn drauf? Die ganze Zeit hören wir von dir nur noch Sätze, die mit Sarah anfangen, mit Sarah enden oder Sarah in der Mitte haben, und jetzt fauchst du uns hier an?»

«Ich meine, es gibt doch auch noch andere Dinge im Leben als Sarah, oder?»

«Ist irgendwas schief gelaufen?», Felix wurde ernst.

«Ich hab einfach die Schnauze voll!», rief ich.

«Von Sarah?», erkundigte sich Felix interessiert.

«Von Mathe?», überlegte Kai.

«Von beidem! Echt, das wird doch alles völlig überbewertet. Verlieben und Mädchen und so. Das braucht doch kein Mensch.»

Felix sah mich lauernd an. «Habt ihr euch gestritten?»

«Dabei hat sie sich so 'ne Mühe gegeben mit dem Angelausflug und so. Das finde ich jetzt nicht okay von dir», hielt Kai mir auch noch einen Vortrag.

«Na und? Nur weil sich ein Mädchen mal Mühe gibt, soll ich ihm gleich zu Füßen liegen und alles andere vergessen?»

«Sarah ist aber nicht irgendein Mädchen. Mit der kann man echt Spaß haben. Die ist total klasse», ereiferte sich Kai.

«Sagt unser Experte Kai», spottete ich. «Dann hab doch weiter Spaß mit ihr. Das ist mir doch egal.»

«Ihr seid nicht mehr zusammen?», wollte Felix wissen.

«Was heißt denn schon zusammen sein? Ein Kuss im Kino, ein paar Gruppen-Verabredungen und zum Schluss eine alberne Angel-Arie mit Kind und Hund am Weiher. Na danke, da kann ich echt drauf verzichten.»

Felix und Kai wechselten einen Blick.

«Bist du sicher, dass du nicht mehr an Sarah interessiert bist?», erkundigte sich Felix gespannt.

«Nicht die Bohne!»

«Dann hättest du nichts dagegen, wenn ich mal mit Sarah ins Kino gehen würde?»

Ich starrte Felix an.

«Konny?»

Ich zuckte die Schultern.

«Nur zu, bitte! Viel Spaß, das interessiert mich nicht. Ich geb dir gerne ihre Nummer.»

«Danke, die hab ich schon.»

Ich schluckte.

«Und das ist echt okay mit dir?», wollte Felix nochmal wissen.

«Wie oft muss ich es denn noch sagen!», brüllte ich jetzt.

«Und wer hilft dir dann bei Mathe?», überlegte Kai besorgt. «Ich könnte ja mal Ludmilla fragen?»

«Was?!»

Kai zuckte die Schultern. «Mir hat sie heute Mittag auch bei den Hausaufgaben geholfen.»

Felix sah Kai interessiert an. «Kann ich morgen mal bei euch vorbeikommen?»

Das war der Moment, wo ich beide aus meinem Zimmer rauswarf.

15. Kapitel, in dem Sanny einen Angelausflug macht

«Und was genau sollte das werden?», fragte ich mit ernstem Blick.

Der kleine Konny stand neben mir und sah auf die kleinen Kuhlen in der Wand meines Zimmers.

Sein Hund Karl-Puschel schnüffelte derweil an dem kleinen Häufchen Schutt und bekam einen Niesanfall.

«Ich bin leider nicht fertig geworden. Das sollten prima Geheimverstecke werden. Aber wenn du willst, kann ich auch was anderes machen», bot Konny sofort an, als er meinen Blick sah.

«Ich wäre dir dankbar, wenn du in meinem Zimmer überhaupt keine Umbauten mehr machen würdest», sagte ich mit Nachdruck.

«Ich weiß nicht, ob ich das versprechen kann», sagte der Knirps mit treuherzigem Augenaufschlag.

«Ich schon! Und jetzt komm, wir wollen los.»

«Au ja, und ich weiß auch schon, wohin!» Konny zog mich hinter sich her aus dem Haus, der Hund bellte wie verrückt und sprang uns dauernd um die Beine.

«Das ist ganz toll da. Da ist nämlich ein Zauberweiher!», rief der kleine Konny ganz aufgeregt.

Heute hatte ich ihn an der Backe, weil sich der große

Konny sicherheitshalber schnell aus dem Staub gemacht hatte. Und das mit dem Staub konnte man bei uns zu Hause mal wieder wörtlich nehmen. Ein Bauarbeiter-Trupp sollte heute die Schneise der Verwüstung in Ordnung bringen, die der kleine Konny im Haus hinterlassen hatte, als er unter Aufsicht des großen Konny stand. Ein Teil der Kosten dafür würde Konstantin über die nächsten Monate vom Taschengeld abgezogen. Hach! Es gab also doch noch Gerechtigkeit auf der Welt. Das würde teuer werden, denn die Handwerker mussten die Kacheln im Bad wieder anbringen und die Löcher zuspachteln, die Kornelius überall im Haus geklopft hatte. Damit das Ganze ohne allzu große Komplikationen über die Bühne ging, sollte der Kleine mitsamt Hund aus dem Haus. Dafür war ich zuständig.

Also gingen wir zum Zauberweiher.

«Und du kannst dir da alles aus dem Weiher angeln, was du dir wünschst. Es hängt dann an einer Angel.»

Ob man sich auch ein anderes Leben aus dem Weiher angeln konnte?

«Wir sind da!», krähte der Kleine und lief aufgeregt auf das Ufer zu, den Hund auf den Fersen.

«Hey, hier ist aber gar nichts», reklamierte Konny.

«Konny, ich hab dir doch gesagt, so was wie Zauberweiher und Wunsch-Angeln gibt es eigentlich nicht.»

«Aber sie waren da! Ich hab sie gesehen. Und jetzt sind sie weg! Das ist so gemein.» Konny setzte sich ins Gras und fing an zu weinen.

Ich ging zu ihm, nahm ihn in den Arm und versuchte

ihn zu trösten. Da hatte mir mein Idiotenbruder ja wieder was Tolles eingebrockt – erzählte dem Kleinen allen Ernstes was von Zauberweiher und so.

Ich sah mich um.

Der Kiosk. Das könnte meine Rettung sein. «Konny, komm, wir gehen mal da rüber und fragen nach. Vielleicht ist es ja nur an bestimmten Tagen ein Zauberweiher oder so.»

Wir gingen zu dem Kiosk, ich setzte Konny erst mal an einen Tisch und ging dann zu dem Häuschen.

«Hallo! Jemand da?»

«Komme schon», ertönte es aus dem Inneren. Ein Junge erschien, der mir irgendwie bekannt vorkam.

«Hey, hallo. Geht's dir heute besser?», fragte er und grinste.

«Was?»

«Na, scheint so: Du heulst nicht und attackierst keine arglosen Spaziergänger.»

Ich schaute ihn groß an. «Kennen wir uns?», fragte ich abweisend.

Er lächelte. «Also, wenn du dir gestern im Park nicht gerade den Verstand aus dem Kopf geheult hast, solltest du dich schon an mich erinnern.»

Richtig. Daher kam er mir bekannt vor. Es war der Typ, mit dem ich nach meiner Theo-Pleite zusammengeknallt war und den ich sicherheitshalber mal kräftig beschimpft hatte. Heulend. Hm, wie unangenehm. Ob mir das wohl in irgendeiner Weise peinlich sein sollte? Nee!

Ich nickte nur kurz: «Ja, stimmt, jetzt erinnere ich mich. Wie geht's? Also pass auf, ich brauche etwas, was man an eine Angel knoten kann.» Ich überlegte. «Und 'ne Angel brauche ich dann auch noch.»

«Also eigentlich fängt man die Fische und knotet sie nicht einfach dran.»

«Blödsinn, ich rede doch nicht von Fischen. Ist ja eklig, was soll ich denn damit? Ich brauche so was wie Gummibären und Limo und so.»

Er sah mich irritiert an. «Sag mal, bist du immer so schräg drauf?»

Gut, zugegeben, das klang wirklich etwas merkwürdig. Ich deutete mit meinem Kopf nach hinten zum kleinen Konny und zu Karl. «Es ist wegen meines kleinen Bruders. Wir versuchen ihn gerade von unserem Haus fern zu halten, weil er dauernd mit dem Fleischklopfer Löcher in die Wände haut. Er war das letzte Mal mit meinem großen Bruder hier, und da muss er wohl Süßigkeiten und Limo aus dem Zauberweiher gefischt haben. Und jetzt ist er ganz enttäuscht, weil es mit mir nicht klappt.»

Wieso berichtete ich dem Typen von unserem Familienchaos?

Der Junge sah von Konny zu mir. «Ah. Deine ganze Familie ist wohl etwas schräg drauf, was?»

Ich winkte ab. «Frag bloß nicht.»

Jetzt lachte der Junge. «Ich heiße übrigens Hubertus.»

Er verzog das Gesicht etwas: «Kein Kommentar zu meinem Namen, bitte, da kann ich nix für. Mein Nachname ist Hollstein, und meine Mutter war der Meinung, Vor- und Nachname sollten mit demselben Buchstaben anfangen, das würde schöner aussehen, wenn man die Damastservietten mit den Initialen besticken oder das Familiensilber gravieren lässt.»

Ich schnappte nach Luft. «Is' nich' wahr!»

Hubertus zuckte entschuldigend die Schultern. «Ich weiß, total dämlich, aber was willst du machen?»

Ein Leidensgenosse! Es gibt also mehr von unserer Sorte.

«Ja, ja, dämlich ist es schon, aber bei uns ist es genauso. Also ohne Damastservietten und Familiensilber. Das mit der Namensmacke ist bei uns genauso. Mein Nachname ist Kornblum, deshalb heiße ich Sanny!»

Hubertus schaute mich etwas fragend an.

Ich half ihm auf die Sprünge: «Mein Vater bestand darauf, dass meine Brüder und ich Vornamen mit K kriegen! Wegen Kornblum!»

«Und du heißt Sanny?»

Ich nickte.

«Ich will dich ja nicht enttäuschen, aber hat dir schon mal jemand gesagt, dass Sanny nicht mit K anfängt?»

Ich schaute ihn an. Dann begriff ich. «Klar. Ich heiß ja auch gar nicht Sanny...»

«... ja, aber du hast doch gerade gesagt...»

Ich fiel ihm ins Wort: «Ich heiße Kassandra!» Und um auch die letzten Unklarheiten zu beseitigen, erklärte ich noch: «Werde aber Sanny genannt.»

Hubertus lächelte entspannt. «Puh, da bin ich aber

froh, dass das geklärt ist – ich dachte gerade, du hast echt nicht alle Tassen im Schrank.»

Ich lächelte süßsauer. Das dämpfte meine Sympathie für ihn nun doch wieder. «Und wie heißen deine Brüder?»

«Konny.»

«Aber doch wohl nicht beide?»

«Ähm, also genau genommen ja ... weißt du ... ach, vergessen wir doch die ganze Namenssache. Ich muss jetzt wirklich irgendwas an eine Angel knoten und aus dem Wasser ziehen, sonst hört mein kleiner Bruder nicht auf zu heulen.»

Hubertus grinste: «Wird viel geheult in eurer Familie, was?»

Ich schaute ihn böse an. Jetzt fing er langsam an, sich bei mir unbeliebt zu machen.

Er hob abwehrend die Hände: «Entschuldige. Angel-Problem, lass mal sehen – ach, da fällt mir schon was ein.»

«Das wäre klasse.» Zum ersten Mal lächelte ich.

«Du siehst gut aus, wenn du lächelst», grinste mich der Junge an.

Ich schluckte etwas verunsichert, fing mich dann aber sofort wieder.

«Was meinst du, wie gut ich erst aussehe, wenn du mein Zauberweiher-Problem löst.»

«Okay. Setz dich doch schon mal zu deinem Bruder. Ich komme gleich.»

Ich ging zu Konny und wartete. Womöglich war dieser Hubertus doch ganz nett.

Hubertus kam kurz darauf zu uns und hatte wirklich eine Idee gehabt. Er hatte ein Einkaufsnetz, in dem sich Brausefrösche, Lakritzstangen und eine Flasche Limonade befanden, in der Hand und schwenkte es vor Kornelius.

«Hallo, Kleiner. Der Zauberweiher hat heute leider Ruhetag, aber ich hab hier noch was vom letzten Fischzug, vielleicht willst du das ja haben?»

Konny fing an zu strahlen. Er nahm das Netz und drehte sich zu mir. «Siehst du, es gibt den Zauberweiher!»

«Ja», meinte ich und schaute Hubertus dabei glücklich an.

Konny fiel über den Netzinhalt her und teilte ganz brüderlich mit Karl. Dieser Hund musste den robustesten Magen haben, der je einem Hund gegeben wurde.

Hubertus streichelte Karl den Kopf und fragte mich: «Wie heißt der Hund?»

«Karl.»

«Heißt er gar nicht», schimpfte Kornelius mampfend. «Er heißt Puschel!»

Hubertus sah mich fragend an. Ich nickte und gab nach: «Puschel. Der Hund heißt Puschel.»

«Ich frag dich besser nicht mehr nach Namen», sagte Hubertus leise.

Ich konnte ihm da nur zustimmen.

Hubertus schaute auf den glücklichen Kornelius und fragte mich: «Na, zufrieden?»

«Klasse! Danke!» Ich strahlte Hubertus an.

«Ja, du hattest Recht.»

«Womit?»

«Mit diesem Lächeln siehst du echt noch 'ne Nummer besser aus. Das muss wohl wirklich ein Zauberweiher sein.»

Ich musste lachen.

«Und immer noch sauer auf Jungs?», wollte er wissen.

Ich wurde rot, meinte aber lässig: «Ach, das Thema ist für mich durch.»

«Wieso bist du eigentlich nie hier am Weiher? Hier hängen doch jede Menge Leute rum.»

«Woher willst du denn wissen, ob ich hier bin oder nicht?»

Hubertus lachte. «Ich bin fast täglich da. Ich helfe in letzter Zeit öfter mal stundenweise aus. Normalerweise macht das die Enkelin des Kioskbesitzers. Aber die trainiert gerade für irgendeinen Wettkampf, deshalb hat sie wenig Zeit.»

«Mein bescheuerter Bruder hängt hier immer mit seinen noch bescheuerteren Freunden zum Angeln herum. Das ist ein echter Grund, die Gegend hier zu meiden.»

«Ach, du meinst die Jungs, die ihre Angeln ins Wasser hängen und dann Pizza und Königsberger Klopse oder Fischstäbchen auf einem Grill rösten?»

«Das klingt schwer nach ihnen.»

«Aha, das wäre also das Hobby deines großen Bruders. Und wieso klopft dein kleiner Bruder Löcher in eure Wände?»

«Wegen des angebauten Zimmers und weil er kein Pirat mehr sein durfte.»

«Oh, alles klar. Ich frag besser nicht nach, was?»

«Nicht wenn du diesen Tisch bei geistiger Gesundheit verlassen willst», lachte ich.

Hubertus lachte auch und ging dann wieder zum Kiosk, weil dort jemand etwas kaufen wollte.

Als ich später mit Konny und Karl-Puschel nach Hause ging, hatte ich zum ersten Mal seit längerer Zeit wieder richtig gute Laune.

Was so ein Nachmittag an der frischen Luft doch ausmachte!

6. Kapitel, in dem der große **Konny** ein Männergespräch mit dem kleinen Konny führt

Ich lag auf meinem Bett und hörte Musik. Immer wieder das gleiche Lied. Ich merkte es nicht mal. Aber eines war klar. Ich würde auf keinen Fall meine Zeit damit vertrödeln, an Sarah zu denken. Nicht eine Minute. Ich hatte Wichtigeres zu tun. Zum Beispiel dieses eine Lied zu hören. Was war das eigentlich für ein Lied?

Die Tür flog auf, und ein Bauarbeiter-Trupp, bestehend aus dem kleinen Konny mit Fleischklopfer und dem großen Karl mit Staubfell, kam herein.

«Hey, ich brauche keinen weiteren Anbau oder eventuelle Luftlöcher», teilte ich ihm gleich mit.

«Ich hab sowieso Abendfeier», verkündete der Oberbauarbeiter und sah sich suchend um.

«Was für ein Abend?»

«Na, der Abend, bei dem Papi immer sagt, dass die Bauarbeiter kaum angefangen haben und dann schon wieder aufhören, weil sie 'ne Abendfeier haben», erklärte er mir, während er weitersuchte.

«Du meinst Feier-Abend. Und es beruhigt mich, dass du nicht mehr arbeitest. Aber hast du zum Nichtarbeiten nicht vielleicht ein eigenes Zimmer?»

Der kleine Konny betrachtete eingehend jeden Winkel und wandte sich dann enttäuscht zu mir. «Sie ist ja gar nicht da?!»

«Wer soll denn da sein?»

«Na, Sarah.»

«Sarah soll bei mir unterm Schreibtisch oder hinter dem Schrank sein?»

«Nö, ist sie ja nicht. Können wir zu ihr gehen?»

«Was willst du denn von ihr?»

«Ich mag sie.»

Ich lachte höhnisch auf. «Ja, das ist das Problem. Es mögen sie wohl ein paar zu viel.»

Der Kurze sah mich verwundert an. «Ist doch toll, wenn viele sie mögen. Magst du sie denn nicht?»

Ich zuckte die Schultern. «Sie kann mir gestohlen bleiben», murmelte ich.

«Ist sie nicht mehr deine Freundin?»

Warum wollte das in letzter Zeit eigentlich dauernd jemand von mir wissen? «Kann schon sein», antwortete ich knatschig.

Karl gähnte ausgiebig und setzte sich auf meinen Turnschuh.

Der kleine Konny überlegte. «Kann ich dann Sarah als Freundin haben?»

«Was?!»

«Na, wenn du sie nicht mehr magst.»

«Wie bitte?»

«Ich finde sie toll.»

«Vergiss es. Dafür bist du noch viel zu klein.»

Der Knirps überlegte kurz. «Dann hätte ich sie gerne als große Schwester. Für eine große Schwester bin ich nicht zu klein.»

«Du hast aber schon 'ne große Schwester.»

«Können wir Sanny gegen sie eintauschen?»

«Spinnst du jetzt völlig?»

«Wenn Sarah in das neue Bauarbeiter-Zimmer zieht, können ja auch beide bleiben. Ich hab nichts gegen Sanny.»

«Warum willst du denn Sarah als neue Schwester?»

«Ich finde sie nett. Und sie kann zaubern. Am Zauberweiher hat sie ganz viele Sachen für mich aus dem Weiher gezauber-angelt.»

Ich sah nachdenklich zu dem kleinen Konny.

«Und außerdem mag Puschel sie, und sie mag Puschel.»

«Wuff!», sagte der Flohteppich und legte sich jetzt auch noch auf meine Jacke. Nur weil eine Jacke auf dem Boden lag, war sie ja wohl noch keine Hundedecke.

Ich zog meine Jacke unter Karl heraus, der sich daraufhin ausgiebig kratzte. Kornelius sah das, untersuchte die Jacke, dann den Hund und sagte streng zu mir: «Ich hoffe bloß, Puschel hat sich von deiner Jacke keine Flöhe geholt!»

«Wuff», stimmte das Fellknäuel zu und kaute das Fußteil meines Bettes an.

«Dein Hund soll sich 'ne andere Freundin suchen, lass mich mit Sarah in Ruhe.»

«Wir wollen aber Sarah, sie quietscht nicht so.»

«Quietschen?»

Der kleine Konny nickte ernsthaft. «Wenn ich mit Puschel bei den anderen Mädchen vorbeikomme, quietschen die und versuchen mir über den Kopf zu streicheln, oder sie quietschen noch lauter und rennen vor Puschel weg. Das ist doof. Sarah macht das nicht. Können wir nicht doch zu ihr gehen?», quengelte der Kleine.

«Nein, jetzt nicht.»

«Vielleicht morgen? Und dann fragen wir sie, ob sie unsere Schwester wird!»

Ich stand auf und schob die beiden aus meinem Zimmer. «Ich denke, du solltest dir jetzt erst mal ein anderes Zimmer zum Feierabendmachen suchen.» Dann schloss ich die Tür, warf mich wieder auf mein Bett und dachte weiterhin *nicht* an Sarah. Nicht einen einzigen Gedanken verschwendete ich an sie. Was hörte ich da eigentlich für ein Lied?

17. Kapitel, in dem Sanny Liz einfach sitzen lässt

Liz und ich hingen in meinem Zimmer rum. Das war schon eine Sensation, dass Liz mal wieder Zeit für mich hatte. Sie war nämlich normalerweise mit ihrem David ziemlich beschäftigt. Aber offensichtlich hatte sie sich heute daran erinnert, dass sie noch eine beste Freundin besaß, denn heute Nachmittag stand sie plötzlich vor der Tür.

«Hey, Sanny, ich hab 'ne Stunde Zeit, wollen wir was unternehmen?»

Unsere Unternehmungen beschränkten sich, seit sie mit David zusammen war, sowieso nur darauf, bei uns in der Küche oder – wenn zu viele Kornblums im Haus waren – in meinem Zimmer zu sitzen.

Liz lehnte sich auf meinem Bett gemütlich zurück und fragte: «Was macht die Liebe?»

«Tzz», begann ich. «Ehrlich, die ganze Sache wird hoffnungslos überbewertet.»

Das war nicht nur so dahingeredet, das hatten mir die Karten eindeutig mitgeteilt.

Ich hatte mir wieder die Schwarzer-Peter-Karten gelegt und dabei einen im Mondenschein lesenden Uhu gezogen, einen Fuchs im grünen Frack und einen

Frosch, der von einem Seerosenblatt herunterfiel. Die Sache war völlig klar: Wenn man sich verliebt hat, kann man nachts nicht mehr schlafen (lesender Uhu), man macht sich zum Gespött der Leute (Fuchs im grünen Frack) und verliert den Halt (abstürzender Frosch).

«Das Hauptproblem ist, dass Jungs das Leben von Mädchen total durcheinander bringen.»

«Ich kann dir nicht folgen.»

Ich lächelte ihr nachsichtig zu. «Nun, es ist eine Tatsache, dass du keine Zeit mehr für mich hast, seit du mit David zusammen bist.»

«Na hör mal, du warst doch damals ständig mit Theo diesen bellenden Flohteppich ausführen.»

«Erinnere mich bitte nicht an Theo.»

«Okay, aber an Nick darf ich dich erinnern? Mit dem warst du nämlich auch unterwegs.»

«Die Sache mit Nick ist schon geklärt und damit Vergangenheit. Du musst dir wirklich was anderes ausdenken.»

«Muss ich?!»

«Ja. Ich finde es nämlich einfach so schade, dass wir Mädchen alles um uns herum vergessen, selbst unsere besten Freundinnen, wenn so ein Typ auftaucht. Mir würde das nicht passieren.»

«Ach was! Und nur für die Statistik, ich hab wirklich noch Zeit für dich. Und wir treffen uns doch auch gerade, oder? Und David ist wirklich total süüüß.»

«Siehst du, da wären wir doch schon am Punkt. Jungs werden völlig überbewertet. Im Ernst, wann hattest du das letzte Mal mit einem Jungen eine wirklich gute Zeit?»

«Gestern Mittag», warf Liz ein.

Ich ignorierte das. «Das geht gar nicht. Siehst du. Mit Jungs kann man keinen Spaß haben und 'ne lockere nette Zeit verbringen. Ich glaube, das ist genetisch gar nicht möglich.»

«Sanny, das ist völliger Blödsinn, was du da erzählst. Das glaubst du doch wohl selbst nicht.»

In dem Moment platzte mein Bruder in mein Zimmer. Der Große. Der Hirnamputierte.

«He, Sanny, ich brauche dein Matheheft.»

«Der da steht nicht für den Rest des männlichen Teils der Bevölkerung», meinte Liz mit einer Kopfbewegung in Richtung meines Bruders.

«Leider eben doch!», korrigierte ich Liz. «Gut, nicht alle sind so völlig bescheuert, aber ...»

«Halloho, ich stehe noch hier», musste uns mein Bruder mal wieder seine Existenz unter die Nase reiben.

«Ja, und das bedaure ich auch zutiefst.»

«Dann gib mir einfach dein Matheheft, Schwesterherz, und du bist mich los.»

Ich warf es ihm an den Kopf und redete weiter mit Liz: «Sieh mal, die Evolution hat in Sachen Jungs einen ganz entscheidenden Fehler gemacht», versuchte ich Liz zu erklären.

«Der evolutionäre Fehler steht immer noch hier!»

«Und warum? Findet er nicht den Ausgang?»

«Er wollte noch kurz Bescheid sagen, dass auf die

Krönung der menschlichen Schöpfung», er machte eine Geste in meine Richtung, «unten in unserem Flur jemand wartet.» Damit verschwand Konny und knallte die Tür zu.

«Aha? Liz, ich bin gleich wieder da.»

Ich ging nach unten. Also, Nick war ja jetzt eigentlich beschäftigt, und Theo meldete sich eigentlich zum Lamentieren per Telefon.

Als ich zur Haustür kam, stand Hubertus vor mir.

«Hallo, die hast du am Kiosk liegen lassen. Die Enkelin des Besitzers kennt deinen Bruder, daher hab ich die Adresse. Bevor du fragst ...», Hubertus lächelte mich an und hielt mir meine Sonnenbrille hin.

«Oh, danke.» Ich nahm die Brille. «Echt nett, dass du sie vorbeibringst.» Mein Herz klopfte. Sicher vor Freude über meine Sonnenbrille, ich hatte sie schon vermisst.

Hubertus stand immer noch da und lächelte mich an.

Cool bleiben. «Was ist? Wartest du auf Finderlohn?»

Er lachte. «Keine schlechte Idee. Vielleicht sollten wir diese glückliche Wiedervereinigung von dir und deiner Sonnenbrille feiern?»

«Und wie?»

«Was hältst du von Eisessen?»

Ich wurde etwas nervös. «Ich glaube, meine Brille steht nicht so auf Eis.»

«Okay, dann Eis für uns beide und Cola für deine Brille?»

Ich musste lachen. «Wir können es ja versuchen.»

«Gut, dann komm», lachte Hubertus und hielt mir die Tür auf.

Ich ging gerade zur Tür raus, da erschien Ludmilla.

«Wo du gehen hin?»

«Eis essen.»

«Mit wem du gehen?»

«Mit Hubertus», ich deutete auf ihn.

Hubertus winkte ihr kurz zu.

«Woher du ihn kennen?»

«Ähm, ich hab ihn gestern getroffen. Er hat mir meine Brille vorbeigebracht.»

«Du nicht können Brille selbst tragen?» Sie sah ihn misstrauisch an.

«Sicher, doch, aber ich hatte sie vergessen.»

Ludmilla winkte ab, ging in die Küche und murmelte: «Das nur wieder neue Probleme bringen.»

Die Küchentür schlug zu.

«Wow, das sind ja harte Sitten bei euch», meinte Hubertus verblüfft.

«Ja, und du hast wirklich Glück, dass mein kleiner Bruder dich nicht gesehen hat. Er hat nämlich schon Jungs gefangen genommen und Lösegeld für sie gefordert.»

«Dann lass uns besser schnell verschwinden.»

Der Weg zur Eisdiele erschien mir so kurz wie nie zuvor. Wir unterhielten uns die ganze Zeit, und ich war bester Laune.

Ich hatte allerdings so ein komisches Gefühl. So, als

ob ich irgendetwas vergessen hätte. Oder als ob jemand auf mich warten würde. Keine Ahnung. Ich kam nicht drauf.

18. Kapitel, in dem Konnys klärendes Gespräch alles schlimmer macht

Ich war auf dem Weg zum Kiosk. Gut, ich würde mit Sarah reden. Ganz in Ruhe von Mann zu ... äh ... Freundin.

Ich vermisste sie, und genau genommen war das letzte Treffen einfach dumm gelaufen. Dabei hatte sie sich wirklich Mühe gegeben. Und es stimmte, was Felix sagte, sie war schon total klasse, und man konnte unendlich viel Spaß mit ihr haben.

Je näher ich dem Kiosk kam, desto träger wurden meine Füße und desto trockener mein Mund. Irgendwie schleppte ich mich trotzdem mit letzter Kraft dorthin.

«Hallo!»

«Hey. Ich ... äh ...», ich räusperte mich.

«... brauche erst mal eine Cola?», bot mir Sarah an.

Ich konnte nur stumm nicken. Wieso war Reden bloß manchmal so unendlich schwer?

Sarah gab mir eine Cola, und ich trank sie in einem Zug aus. Das Nächste, was ich von mir gab, war ein gigantischer Rülpser.

Sarah sah mich mit hochgezogenen Augenbrauen an.

«Sorry, die Kohlensäure ...»

Sarah nickte. «Du bist der erste Junge, der sich für einen Rülpser entschuldigt. Normalerweise ist das immer der Auftakt für eine Übungsstunde im Rülps-Weltrekord.»

«Ich bin eben anders», versuchte ich ein wenig Oberwasser zu bekommen.

«Ja», stimmte Sarah zu.

«Danke, dass du meinen kleinen Bruder und seinen Hund nach Hause gebracht hast.»

«Oh, gerne. Es schien mir einfach zu gefährlich für unsere Stadt zu sein, ihn mit seinem Fleischklopfer frei rumlaufen zu lassen.»

«Auch ohne Fleischklopfer ist er gefährlich, glaub mir.»

Sarah lachte, beugte sich vor und legte ihre Hand auf meinen Arm.

Ich griff zu wie ein Verdurstender.

«Autsch, die brauch ich noch», grinste Sarah. «Wie soll ich denn sonst die Schwimmmeisterschaft gewinnen?»

«Entschuldige.» Ich ließ ihre Hand erschrocken los.

«Schon gut.»

«Ähm ... Wegen neulich ...», ich überlegte. Musste ich mich noch entschuldigen? Es schien doch alles so weit in Ordnung zu sein.

«Du willst dich entschuldigen?»

«Na ja ...»

«Na ja *ja* oder Na ja *nein*?»

Das war der Moment, in dem ich beschloss, dass ein Kuss mehr sagt, als tausend Jas und Neins jemals sagen

können. Ich beugte mich vor, hängte aus Versehen meinen Ärmel in den Senf und küsste Sarah einfach.

Und sie küsste mich.

Und die Welt war wieder in Ordnung.

Und rosarot.

Und senfgelb. Sarah reichte mir eine Serviette, und ich bearbeitete strahlend meinen Senffleck auf dem Ärmel. Sarah war wirklich einmalig. Wie könnte man nicht in sie verliebt sein? Und von all den Jungs wollte sie nur mich!

«Hey, alles klar? Bist du fertig?», hörte ich Felix' Stimme neben mir.

Ich drehte mich verwirrt zu ihm. «Tut mir Leid, waren wir verabredet? Ich kann jetzt nicht, weil ich ...»

Felix fiel mir ins Wort. «Hey, Konny, was machst du denn hier?»

«Ich, äh ...», ich war völlig verwirrt. Welcher Film lief denn hier ab?

«Schon okay.» Felix schlug mir kumpelhaft auf die Schulter und wandte sich dann an Sarah. «Pünktlich auf die Minute.»

«Ich komme sofort», lächelte Sarah. «Konny, wir müssen später oder morgen weiterreden. Ich muss los.»

«Halt! Stopp! Was ist denn das jetzt?»

«Wir gehen ins Schwimmbad», sagte Sarah und deutete auf Felix und sich. «Tut mir Leid, ich wusste ja nicht, dass du heute herkommst.»

«Du gehst mit diesem Schmalspurhirn aus?», fauchte ich.

Sowohl Felix als auch Sarah sahen mich erstaunt an.

«He, was soll das?», wollte Felix wissen. Dann zog er mich zur Seite. «Ich hab dich doch gefragt», flüsterte er.

«Wo liegt das Problem?», mischte sich Sarah ein. «Ich will trainieren gehen, und Felix begleitet mich. Du kannst auch gerne mitkommen, Konny.»

«Oh, prima, wenn das so ist. Sicher, wo liegt das Problem?!» Ich wollte eigentlich lässig klingen. Aber in Wahrheit klang ich wohl ziemlich schrill.

Felix legte mir die Hand auf die Schulter. «Nun reg dich mal wieder ab.»

Wütend schüttelte ich seine Hand ab. «Erzähl du mir nicht, was ich zu tun habe, klar?! Das hast du dir ja fein ausgedacht!»

«Spinnst du jetzt völlig?!»

«Wer braucht Feinde, wenn er Freunde wie dich hat?!»

Felix sah mich völlig baff an.

Ich wandte mich an Sarah: «Und wer braucht eine Freundin, wenn er eine Freundin wie ...», jetzt gingen mir die Vergleiche aus. Egal!

«Wenn dir dieser hirnamputierte Volltrottel wirklich lieber ist, bitte schön, das ist mir doch völlig schnuppe! Ich wünsche euch viel Spaß beim Baden.»

Sarah sah mich ernst an. «Schwimmen. Und ich glaube, eine kleine Abkühlung könnte dir wohl auch nicht schaden!»

«Na, wenn du das sagst ...!»

Ich drehte mich wütend um und stapfte davon.

19. Kapitel, in dem sich Sanny Hals über Kopf verliebt

Hubertus und ich saßen gemütlich im Eiscafé. Ich hatte immer noch gute Laune. Keine Ahnung, wieso. Aber so gute Laune hatte ich schon lange nicht mehr.

«Wie wäre es mit Shanghai Surprise?», schlug Hubertus vor.

«Ich weiß nicht. Normalerweise nehme ich immer den Tropic-Becher oder das Spaghetti-Eis.» Ich studierte die Eiskarte.

«Na, dann ist das heute doch vielleicht mal eine gute Gelegenheit, mit alten Gewohnheiten zu brechen und etwas Neues zu wagen», grinste mich Hubertus an.

«Okay, du hast Recht, wagen wir etwas. Solange ich keinen Weiher-Becher bestellen muss.»

«Zweimal Shanghai Surprise und eine Cola, bitte», bestellte Hubertus.

Die Kellnerin ging wieder.

«Für wen ist die Cola?»

«Für deine Brille. Ich wollte euch beide doch einladen.»

«Ach stimmt.» Ich musste lachen und legte meine Sonnenbrille dann auf den freien Platz neben uns.

«Wie geht's eurem Haus?»

«Was?»

«Na, hat dein Weiherausflug gereicht, um die ganzen Löcher wieder zuzumachen?»

«Oh, ja, es erholt sich langsam vom Berufswunsch meines Bruders. Jetzt sind wir alle gespannt, was er sich als Nächstes ausdenkt.»

«Hoffentlich nicht Sprengmeister oder Staudammbauer.»

«Schlag ihm das bloß nicht vor.»

Unsere Shanghai Surprise kam. Es war ein Reis-Eis in Form von chinesischen Schriftzeichen, und in der Mitte lag ein Glückskeks.

«Hey, super, die mag ich total gerne», freute ich mich und stürzte mich sofort auf meinen Glückskeks.

«Echt? Ich auch.»

Ich war begeistert: Hubertus mochte Glückskekse! Da hatten wir ja schon wieder etwas gemeinsam. Ich knackte meinen Glückskeks und fing an zu lesen.

«Kannst du zufällig Chinesisch?», fragte ich Hubertus etwas enttäuscht.

«Du musst den Zettel umdrehen.»

Oh, stimmt. ‹Vergiss nie einen Freund, der wie ein Bambus stets an derselben Stelle auf dich wartet›, stand drauf.

«Liz!», schrie ich. «Ich hab Liz vergessen!»

Hubertus fuhr erschrocken zurück. «Was ist passiert?»

«Ich hab meine Freundin Liz zu Hause in meinem Zimmer sitzen lassen!»

«Und wie kommst du da jetzt drauf?»
«Hier steht's!», rief ich verzweifelt und schlug auf den Zettel.

«Auf dem Glückskeks-Zettel steht, dass du Liz vergessen hast?»

Ich nickte. Hubertus nahm mir den Zettel aus der Hand, las und schaute mich an.

«Na, also, man muss natürlich zwischen den Zeilen lesen können», erklärte ich ihm, bevor er fragen konnte. «Ach Gott, was mach ich jetzt bloß?», jammerte ich. Als gute Freundin hätte ich doch eigentlich aufspringen und nach Hause rasen müssen. Aber irgendwas hielt mich in der Eisdiele.

Hubertus meinte vorsichtig: «Also, wir haben dein Haus vor über einer halben Stunde verlassen. Meinst du nicht, sie hat es inzwischen gemerkt und ist gegangen?»

Ich nickte. «Ja, ich denke schon.»

Dann lächelte ich Hubertus an. «Und du magst auch Glückskekse?», fragte ich.

«Ja, ich finde, die schmecken echt lecker.»

Ach so, er aß sie.

«Ich hab noch nie einen gegessen.»

«Ach, und wieso magst du sie dann?»

«Na, wegen der Prophezeiungen!»

Hubertus lachte und meinte: «Siehste, und ich lese die Zettel nie, ich ess nur immer die Kekse.»

Er griff nach meinem kaputten Keks. «Darf ich?»
«Klar.»

Er stopfte sich die zwei Kekshälften in den Mund,

dann nahm er seinen Glückskeks, knackte ihn und reichte mir den Zettel.

«Wir sind ja ein perfektes Paar», meinte er mit vollem Mund.

Mir wurde leicht schwindelig, und leider wurde ich auch etwas rot. Ich entfaltete den Zettel.

«Hast du noch einen Wunsch?», fragte Hubertus, aber ich antwortete nicht, ich war in meinen Glückskeks-Zettel vertieft: ‹Das Glück klopft an deine Tür. Weise es nicht ab.›

«Sanny? Hallo! Jemand zu Hause?!»

Es klopfte.

Es klopfte???

Ich blickte auf: Hubertus hatte auf den Tisch geklopft, um meine Aufmerksamkeit zu bekommen. Er deutete auf die Kellnerin, die wartend neben ihm stand. «Ob du noch etwas möchtest?»

Plötzlich durchzuckte mich ein Gefühl. Ein Schreck. So was wie ein heißer Schreck. Also irgendwie wurde mir ganz heiß. Und auf einmal sah ich die ganze Situation in einem völlig neuen Licht. Der Glückskeks war ein Zeichen, der Spruch gab mir überdeutlich einen Hinweis.

Ich starrte Hubertus nur an.

Er wandte sich an die Kellnerin: «Ich glaube nicht, aber wenn sie aus ihrer Trance erwacht, frag ich nochmal nach.»

Die Kellnerin ging.

Ich betrachtete Hubertus eingehend. Er sah voll süß

aus und war total nett und irre lustig. Und seit wir uns zum ersten Mal getroffen hatten, ging immer alles schief, und ich hatte mich eigentlich ziemlich merkwürdig verhalten, also eher normal, so, wie ich eben war, und er saß trotzdem immer noch mit mir hier an einem Tisch. Und ich saß super gerne hier mit ihm, weil es überhaupt nicht anstrengend war, sondern einfach nur gut.

«Irgendwas nicht in Ordnung mit der Art, wie ich meinen Keks esse? Du siehst mich so merkwürdig an», meinte Hubertus.

«Nein, nein, ich war nur in Gedanken.»

«Glück gehabt, sonst hätte ich jetzt eine neue Keks-Ess-Art finden müssen.»

«Du könntest eine Liste anfertigen: ‹1000 Arten, einen Keks zu essen›.»

Hubertus lachte. «Gute Idee. Ich mag Listen.»

«Im Ernst?»

«Ja.»

Ich wurde mutiger. «Ich hab mal 'ne Liste geschrieben: ‹1000 Gründe, sich nicht zu verlieben›.»

«Und hast du die 1000 Gründe voll bekommen?»

«Nicht ganz, aber ich bin weiter gekommen als mein Bruder mit seiner Liste, ‹1000 Gründe, nicht zu küssen›.»

Hubertus lachte. «Ihr seid echt 'ne schräge Familie. Aber auch sehr kreativ.»

Hubertus war wirklich klasse. Jeder andere hätte sich bestimmt über die Listen lustig gemacht. Er fand es kreativ.

«Und wie sieht's mit 'ner Liste aus: ‹1000 Gründe, *warum* man sich verlieben sollte›?», fragte Hubertus.

Ich seufzte: «Nenn mir einen, und ich bin dabei.»

Hubertus sah mich an: «Wenn man jemanden trifft, der etwas Besonderes ist und zu einem passt.»

Ich schluckte. Dann vollführte mein Herz einen Trommelwirbel.

Was passierte denn hier gerade?

‹Das Glück klopft an deine Tür, weise es nicht ab›, schoss es mir durch den Kopf. Die Glückskekse würden in Zukunft mein Orakel erster Wahl werden. Okay, gut, ich musste handeln. Irgendetwas tun. Ich brauchte Informationen.

«Hast du eigentlich eine Freundin?»

«Nein, nicht mehr.»

«Du hast dich von ihr getrennt?»

Hubertus nickte.

«Warum?»

«Ach, dauernd schwirrten irgendwelche anderen Jungs um sie herum. Das ist mir einfach zu viel geworden.»

«Kann ich verstehen.»

«Und was ist mit dir?»

«Erst war ich in einen Jungen verliebt, der nicht in mich verliebt war, und dann war ein Junge in mich verliebt, in den ich aber nicht verliebt war.»

«Klingt anstrengend.»

«Das ist es», seufzte ich. «Deshalb hab ich jetzt ja auch aufgegeben.»

Hätte ich das sagen sollen? Konnte ich es zurücknehmen? Oh Mist, der Satz war doof!

Hubertus schaute etwas unsicher zu mir rüber.

«Und über den Typen, der nicht in mich verliebt war, bin ich längst hinweg», teilte ich Hubertus sicherheitshalber mit. Keine Reaktion.

Ich musste jetzt irgendwie ganz lässig tun.

«Und wie sieht's bei dir aus?», plauderte ich drauflos. «Bist du zurzeit verliebt?»

«Ja.»

«Oh.» Na toll, den Satz wollte ich jetzt wirklich nicht hören. Wie gewonnen, so zerronnen. Aber vielleicht war es womöglich auch besser so. Hoffentlich musste ich mir jetzt kein Liebesgesülze von wegen wie toll dieses Mädchen war oder so anhören oder dass sie leider nicht in ihn verliebt war oder sonstiges Blabla.

Na gut, das war's dann, dann würde ich jetzt mal langsam aufstehen und heimgehen. Glückskekse taugten auch nicht viel mehr als Orakel-Fische! Ich stand auf.

Hubertus räusperte sich: «Und zwar in dich.»

«Was?» Ich ließ mich zurück auf meinen Stuhl fallen. Nach einer winzigen Schrecksekunde strahlte ich Hubertus an. «Im Ernst, echt?»

Hubertus grinste und nickte.

«Das ist ja großartig!», rief ich.

Jetzt lachte Hubertus laut.

«Was? Wieso lachst du?!», fragte ich.

«Du bist wirklich sehr merkwürdig. Erklärst du mir, wieso es ‹großartig› ist, dass ich in dich verliebt bin?»

«Na, weil ich ... ähm, weil ... normalerweise geht bei mir immer alles schief.»

Hubertus lachte nach wie vor: «Das klingt ja vielversprechend.»

20. Kapitel, in dem Konny mal wieder baden geht

Ich hatte Sarah jetzt schon seit gestern nicht mehr gesehen, das heißt, genau genommen hatte ich sie gesehen, sie mich aber nicht. Zumindest hoffte ich das.

Seit dem Streit am Kiosk war die Sache für mich nämlich so was von erledigt, als hätte Sarah nie existiert. Sarah, wer ist das?

Und dass ich zufällig hinter einem Baum oder einer Häuserecke stand, wenn Sarah dort vorbeikam, hatte ja nun wirklich überhaupt nichts zu bedeuten.

«Ich verstehe nicht, warum wir uns vor dem Schwimmbad treffen müssen und dann elend lange hier herumstehen», wunderte sich Kai.

«Schwimmen ist gesund», murmelte ich leicht abwesend, während ich mit Adlerblick die Straße entlangsah, auf der Sarah wohl demnächst kommen würde.

«Aber doch nur, wenn man es wirklich tut. Und nicht, wenn man vor einem Schwimmbad steht.»

«Bist du etwa gekommen, um zu meckern?!»

«Ich bin gekommen, weil du unbedingt wolltest, dass ich komme, und dich dabei angestellt hast, als ginge es um Leben und Tod.»

«Also, du bist ja echt ein toller Kumpel. Da bittet man

dich mal um einen Freundschaftsdienst, und du stellst dich so an.»

«Ich wüsste nur gerne, was für ein Freundschaftsdienst es ist, vor einem Schwimmbad rumzulungern und in die Gegend zu gucken.»

«Jugendliche in unserem Alter sind viel zu wenig an der frischen Luft. Es gibt Studien dazu.»

«Und was ist jetzt der Freundschaftsdienst? Ich leiste dir in der frischen Luft Gesellschaft, oder was?»

«Genau!»

«Wir können doch auch beim Angeln an der frischen Luft sein. Wir waren schon lange nicht mehr angeln, so wie in den alten Zeiten.»

«Die alten Zeiten sind vorbei», knurrte ich düster.

Kai sah an mir vorbei: «Hey, guck mal, da sind Sarah und Felix.»

Ich wirbelte herum. Murks, wo kamen denn die beiden jetzt her? Sonst tauchten sie doch immer von der anderen Seite auf.

Kai fing heftig an zu winken. Und rufen wollte er auch.

Das konnte ich nicht zulassen.

Meine Tarnung durfte auf keinen Fall auffliegen.

Ich setzte mit einem Hechtsprung, der selbst James Bond hätte erbleichen lassen, auf ihn zu und warf ihn hinter die Hecke.

«Bist du jetzt völlig durchge...?» Weiter kam Kai nicht, weil ich ihm schnell den Mund zuhielt.

«Halt jetzt bloß die Klappe!», raunte ich ihm drohend zu.

Kai machte die merkwürdigsten Verrenkungen, sodass ich schon Angst hatte, ihn zu erwürgen. Ich lockerte meinen Griff etwas.

«Alles okay?», fragte ich.

«Okay?! Du bist gut. Was meinst du, was Ludmilla mir erzählt, wenn ich mit Grasflecken auf der Hose nach Hause komme? Grasflecken mag sie nämlich am allerwenigsten. Weißt du, wie man in Minsk Grasflecken entfernt?!!»

Ich hielt ihm den Mund wieder zu und schielte hinter der Hecke hervor. Puh, nochmal gut gegangen. Sarah und Felix waren nicht mehr zu sehen. Das fehlte mir noch, dass sie mich hier trafen. Schließlich hatte ich ja keine Spur von Interesse mehr an ihr. Und das wäre schwer zu erklären, wenn ich hier hinter der Hecke liegen würde und ...

«Konny?!» Die Stimme kam mir bekannt vor. Ich sah neben mir plötzlich zwei paar Schuhe mit Füßen und Hosenbeinen. Ich konnte mich nicht so recht dazu durchringen, nach oben zu sehen, also musterte ich erst mal ganz eingehend die Schuhe.

Rechts von mir standen ziemlich abgerissene Turnschuhe mit einem Doppelknoten und einem Schnürsenkel, der schon ein paar Mal gerissen und wieder zusammengeknotet war. Sehr lange würde der nicht mehr halten.

Das Schuhpaar daneben war eindeutig in besserem Zustand. Schick, sehr sportlich und eindeutig weiblich. Ich atmete tief ein.

Bitte, lass es einfach nur ein paar Spaziergänger sein, die zufällig hinter der Hecke vorbeigekommen waren und mich mit einem anderen Konny verwechselt haben, den sie kennen.

Kai hatte sich aus meinem Schweigegriff befreit, rappelte sich auf und untersuchte seine Hose erst mal auf Grasflecken. Ich blieb einfach liegen und hoffte auf ein Wunder.

«Was macht ihr denn hier? Käfer suchen?», versuchte Felix witzig zu sein.

«Das überlasse ich dir! Du Verräter», fauchte ich. Dann stand ich auf, sah auf Sarah und versuchte mein überraschtestes Gesicht zu machen. «Oh, hallo, Sarah, was machst du denn hier?»

«Ich will für die Meisterschaft trainieren.»

«Ach, in was nochmal?» Wenn das nicht cool war.

«Schwimmen?!» Sarah blieb immer noch ganz ruhig und sah mich beinahe freundlich an.

«Oh, Schwimmen?! Was denn, hier etwa?»

Mist, das war jetzt wohl 'ne Nummer zu cool, ich hatte völlig den Faden verloren – wir standen ja genau vorm Schwimmbad.

Sarah lächelte mich milde an. «Was ist, vielleicht hast du ja Lust, mitzukommen?»

So, das war jetzt meine Chance. Jetzt einen guten Spruch, und ich konnte einen glänzenden Abgang hinlegen und endlich einen Schlussstrich unter die erbärmliche Sarah-Geschichte ziehen.

«Ach, weißt du, ich hab momentan so viele Verabredungen, dass ich leider nicht so spontan abkömmlich bin, falls du weißt, was ich meine.» Ich lächelte sie breit an. Ja! Ich war gut, obergut. Der Beste!

Sarah guckte ganz schön dumm aus der Wäsche. So, na bitte, jetzt weiß sie wenigstens, wie man sich fühlt, wenn man abserviert wird.

«Oh, ich denke, ich weiß, was du meinst», sagte sie gedehnt und ging.

Na bitte.

Felix sah mich an. «Du hast ja echt 'ne Obermacke. Ist mir ein Rätsel, wie sie sich überhaupt für dich interessieren konnte.»

«Hat dich irgendjemand was gefragt?»

«Hey, Leute. Das macht doch so keinen Spaß, los, vertragt euch wieder, und wir gehen angeln», bat Kai uns.

«Hab keine Zeit», meinte Felix kurz und ging.

«Klar, du hast ja auch schon ordentlich geangelt. Und zwar in fremden Gewässern!», rief ich hinter ihm her.

Felix winkte nur ab und beeilte sich, Sarah einzuholen.

Leider fühlte ich mich nicht so gut, wie ich mich laut Plan hätte fühlen sollen. Irgendetwas war schief gelaufen.

21. Kapitel, in dem Sanny ein Beutel Glückskekse nur Unglück bringt

«Oh, Liz, er ist einfach wundervoll. Sieht gut aus, ist witzig, charmant, lacht nicht über meine Listen und isst sogar Glückskekse.»

«Glückskekse?!»

«Nicht so wichtig», winkte ich schnell ab. Wir waren auf dem Nachhauseweg von der Schule, und ich musste mein Glück unbedingt jemandem mitteilen. Liz hatte mir Gott sei Dank verziehen, dass ich sie so schmählich in meinem Zimmer vergessen hatte. Nachdem ich ihr den Grund genannt hatte, hatte sie kein weiteres Wort mehr über meinen merkwürdigen Abgang gestern verloren.

«Ich bin in ihn verliebt, und er ist in mich verliebt. Ist das nicht wunderbar?! Endlich passt es mal.»

Liz nahm mich in den Arm. «Das ist absolut großartig, Sanny, ich freu mich riesig! Und du hast dir das ja weiß Gott verdient, mit all den Pannen und Katastrophen und ...»

Ich stoppte Liz. «Führ das jetzt nicht weiter aus, okay?»

Liz grinste und nickte. «Sag mal, wegen heute Nachmittag ...»

Ach, Murks, ich hatte ja ganz vergessen, dass wir uns verabredet hatten. So was Blödes, eigentlich wollte ich mich mit Hubertus wieder im Eiscafé treffen.

«... wäre es okay, wenn wir uns heute Mittag nicht treffen würden? David wollte mit mir ins Kino, und der Film läuft heute den letzten Tag ...»

«Ob das okay ist? Oh, aber natürlich ist das okay. Dafür hab ich doch Verständnis. Du willst dich mit deinem Freund treffen, willst Zeit mit ihm verbringen, das verstehe ich doch völlig.»

«Sanny, bist du das?»

«Aber sicher, was soll das?!» Ich schüttelte den Kopf, manchmal war Liz schon etwas merkwürdig. «Erwähnte ich schon, dass er gut aussieht und nicht über meine Listen lacht?», fing ich wieder von Hubertus an.

Liz nickte: «Und witzig und charmant ist und Glückskekse isst. Wobei ich Letzteres nicht verstehe.»

Wir kamen an der Ecke an, wo sich unsere Weg trennten.

«Und du bist echt nicht sauer wegen heute Nachmittag?», fragte Liz noch einmal.

«Nö, nicht die Bohne.»

Liz schaute mich durchdringend an: «Du hast gar keine Zeit, stimmt's?!»

Ich zuckte etwas zusammen und machte ein bedrücktes Gesicht.

Liz lachte laut. «Ich hatte mich auch schon gewundert, wie friedfertig du bist! Was hast du denn heute Nachmittag vor?»

Ich strahlte: «Ich treffe mich mit Hubertus im Eiscafé.»

«Ah, daher der Anflug von Großmut in Sachen ‹Triff dich ruhig mit David›», spottete Liz.

Ich wurde rot. «Tut mir Leid, Liz, aber ich hab mich wirklich verliebt, und endlich, endlich ist alles perfekt.«

«Glaub mir, darüber bin ich mindestens ebenso froh wie du! Die vergangenen Wochen mit dir waren nicht gerade ein Picknick. Du kannst ganz schön anstrengend sein, wenn ich da nur an ...»

«Hör auf!», rief ich. «Jetzt ist ja alles okay. Von nun an werde ich jeden Tag gut gelaunt und fröhlich sein.»

Liz lachte. «Gut, dann stellt jetzt keinen Blödsinn mehr an, viel Spaß mit Hubertus – Himmel, was für ein Name, denk dir mal 'ne knuffige Abkürzung aus.»

«Ich finde den Namen sehr schön, daran hab ich nichts auszusetzen.»

Liz kicherte. «Dich hat's ja wohl wirklich erwischt.»

Hubertus wartete schon vor dem Eiscafé auf mich. Als er mich sah, kam er mir entgegen.

«Ich hab was für dich», rief er und zog einen Beutel mit Glückskeksen hervor.

Ich fiel ihm dankbar um den Hals, und da ich schon mal dabei war, gab ich ihm auch noch schnell einen Kuss auf die Wange.

Hubertus hielt mich fest und meinte: «Ein bisschen dankbarer solltest du dich schon zeigen, immerhin war ich deshalb extra im Asia-Laden und musste dafür quer durch die ganze Stadt fahren.»

Und plötzlich war ich ganz mutig und küsste Hubertus auf den Mund.

Hubertus nickte und sagte grinsend: «Ja, das kommt so etwa hin.»

«Warten wir erst mal ab, ob die Glückskekse überhaupt was taugen», meinte ich.

«Die Prophezeiungen sind auf Deutsch.»

Ich nickte: «Das hilft. Beim China-Im- und -Export waren sie nur auf Chinesisch.»

Ich knackte einen Keks, nahm den Zettel und gab Hubertus den Keks, den er gleich in den Mund stopfte. Ja, wir waren wirklich ein perfektes Paar.

‹Wenn der Drache dir sein Feuer ins Gesicht bläst, zücke dein Schwert› stand auf dem Zettel.

Was soll denn das bedeuten? Na, vielleicht waren nicht alle Kekse gleich gut geeignet, Lebenshilfe zu leisten.

Wir gingen in die Eisdiele, setzten uns, und Hubertus musste mich überhaupt nicht fragen, welchen Eisbecher ich haben wollte. Er bestellte zweimal Shanghai Surprise.

«Na, eine neue Liste gemacht?», grinste mich Hubertus dann an.

«Ja, aber mit der war ich ganz schnell fertig. Sie lautet: ‹1000 Gründe, warum ich glücklich bin›.»

Hubertus griff über den Tisch und wollte gerade meine Hand nehmen, als jemand anderes plötzlich meine Hand schnappte und kräftig schüttelte.

«Sanny, du ahnst einfach nicht, wie toll du bist. Du

hast meinem Leben wieder einen ganz neuen Sinn gegeben. Ich muss mich dafür bei dir bedanken.»

Nick!

Hubertus sah mich groß an.

«Nein, das ist nicht so, wie du jetzt denkst», protestierte ich in Hubertus' Richtung.

«Oh doch», wandte sich Nick an Hubertus. «Sanny ist einfach großartig! Ich weiß schon, warum ich mich in sie verliebt hatte.»

«Nein!»

«Doch, doch. Und als Zeichen meiner Liebe und Verehrung habe ich auch etwas für dich.» Nick wühlte in seiner Tasche, was den großen Vorteil hatte, dass er meine Hand losließ.

«Hey, das ist alles ganz anders!», versuchte ich Hubertus die Situation zu erklären, dessen Gesicht sich zunehmend verdüsterte. Wobei ich die Situation auch nicht so ganz kapierte. Ich wollte nach Hubertus' Hand greifen, als ich plötzlich ein Buch in der Hand hatte: ‹Ein Sommernachtstraum› von Shakespeare.

«Für dich!», Nick strahlte mich an. «Ich dachte, das passt», zwinkerte er mir zu.

Ich sah hilflos von Nick zu Hubertus.

«Oh, dein Verehrer bringt dir sogar extra ein Geschenk vorbei», sagte Hubertus ironisch.

«Das ist ein Missverständnis. Er ist nicht mein Verehrer.»

«Doch, Sanny, das bin ich auf eine ganz besondere ...»

«Bist du nicht!», brüllte ich Nick an. «Du bist in Leonie verliebt.»

Gut, jetzt hatte das die ganze Eisdiele gehört, und alle Leute sahen zu uns. Egal, Hauptsache, Hubertus hatte es auch gehört.

«Klar bin ich das. Aber das hat doch mit uns nichts zu tun. Ich wollte mich bei dir bedanken, weil du uns zusammengebracht hast», erklärte Nick leicht verwirrt.

«Siehst du», sagte ich zu Hubertus und lehnte mich ermattet zurück. Hubertus entspannte sich etwas.

In dem Moment kam Gott sei Dank Leonie in die Eisdiele. Nick eilte auf sie zu, umarmte und küsste sie, und die beiden setzten sich an einen Tisch.

Ich deutete mit ausholender Geste auf die beiden. «Muss ich jetzt noch was erklären?»

Hubertus lächelte endlich wieder. «Und wer genau war das jetzt? Der Junge, in den du verliebt warst, oder der, der in dich verliebt war.»

«Der, der in mich verliebt war. Aber hör mal, das ist doch wirklich nicht so wichtig.»

«Ja, du hast Recht.» Hubertus lehnte sich wieder vor zu mir.

Gerade als er mich küssen wollte, stand der nächste Typ neben unserm Tisch.

«Na endlich, Sanny, ich such dich schon die ganze Zeit.»

Es war Theo. Theo, der durch das ganze Café brüllte, dabei zu Leonie rüberguckte und versuchte, mich zu umarmen.

Erschrocken starrte ich Hubertus an. «Das ist auch ganz anders ...»

«Sanny, ich sehe, du hast uns schon einen Tisch organisiert, prima!» Immer noch dieses Brüllen.

«Theo, das hier ist Hubertus.»

«Hi!», winkte Theo Hubertus zu. Er behielt Leonie im Auge und legte mir die Hand auf den Arm.

«Theo, das ist *mein Freund* Hubertus», sagte ich mit Nachdruck und schüttelte seine Hand ab.

«Okay, schön. Sannys Freunde sind auch meine Freunde», meinte Theo, während er weiter den Nachbartisch beobachtete und seine Hand auf meine Stuhllehne platzierte.

Ich warf einen flehentlichen Blick zu Hubertus. «Ich hab keine Ahnung, was das soll!», sagte ich.

Hubertus warf mir einen misstrauischen Blick zu, lehnte sich zurück und beobachtete die ganze Szene.

Hätte ich doch bloß meine Orakel-Karten gelegt! Dann hätte ich das kommen sehen. Seit der Begegnung mit Hubertus hatte ich meine Orakel-Befragungen völlig vernachlässigt! Ich konnte doch nicht unvorbereitet zu einer Verabredung gehen! Was hatte ich mir dabei bloß gedacht!

Jetzt sah Leonie zu unserem Tisch, und Theo platzierte sein Gesicht sofort dicht vor meinem und sah mir tief in die Augen.

Ich schrie auf und zuckte zurück.

«Komm schon, sonst wird das nichts», flüsterte Theo mir zu und lächelte mich wieder an.

Hubertus wandte sich an mich. «Lass mich raten, das ist der Typ, in den du verliebt warst?»

Ich sah erschrocken zu Theo, aber der war wieder in Leonie-Lauerstellung und hatte es zum Glück nicht mitbekommen.

«Das bedeutet nichts. Siehst du nicht, dass er in dieses Mädchen dort verliebt ist?», versuchte ich verzweifelt zu erklären.

«Sanny, dieses Mädchen dort hatten wir schon als Erklärung. Du solltest dir was Neues einfallen lassen. Und wie es aussieht, hat dein Schwarm ja wohl seine Meinung geändert. Ich will euch nicht stören.» Damit stand Hubertus auf und ging.

«Hubertus!» Ich sah ihm verzweifelt nach. Ich wollte hinterherlaufen, aber in dem Moment nahm Theo meine Hand, weil Leonie wieder zu uns rübersah.

Ich riss mich los und sprang auf. «Du bist ein Idiot!», brüllte ich Theo an und stürzte hinter Hubertus her.

Nachdem ich aus dem Eiscafé gerannt war, stoppte ich erst mal und holte tief Luft. Das war doch alles völlig absurd. Es war ein Missverständnis, und Missverständnisse musste man doch einfach nur aufklären. Aber wie? Ich hatte es doch versucht.

Ich hätte es wissen müssen: Bei mir klappt nie was.

Ich sollte nach Hause gehen und 'ne Runde heulen.

Ich stieß meine Hände in meine Jackentasche und ging. In meiner Tasche fühlte ich einen Zettel. Ich zog ihn raus – es war der Glückskeks-Spruch: ‹Wenn der

Drache dir sein Feuer ins Gesicht bläst, zücke dein Schwert.›

«Tzz», schnaubte ich höhnisch. Aber dann blieb ich abrupt stehen. Das hatte doch was zu bedeuten, dass ich jetzt dieses Zettelchen wieder fand. Ein Zeichen! Drache, Feuer, Schwert? Rief mich der Spruch auf, meine Hausaufgaben zu machen? Unsere Latein-Lehrerin ist nämlich ein ziemlicher Drache. Oder wollte er mich vor wilden Tieren warnen? Oder vor Feuer? Ziemlich verwirrend. Ich entschied: In den nächsten Tagen würde ich keine Streichhölzer anfassen.

Nein, Moment mal, das war's, natürlich: Ich sollte um Hubertus kämpfen!

Ich musste die Sache mit Theo und Hubertus klären.

Halt, Theo musste das klären. Durch seinen dämlichen Auftritt war er ja schließlich an allem schuld! Er muss mit Hubertus reden. Und ich würde ihn dazu zwingen. Wenn es sein musste, mit einem Schwert!

Grimmig ging ich wieder ins Eiscafé zurück und steuerte auf Theo zu. «Los, komm mit!», fauchte ich ihn an und zerrte ihn am Arm hinter mir her.

Die Kellnerin versperrte uns den Weg. «Also, einer von euch muss noch zahlen.»

«Das mache ich!» Nick war aufgesprungen und lächelte mir zu.

Leonie sah ihn etwas irritiert an, Nick wandte sich zu ihr. «Sie hat uns doch schließlich zusammengeführt», hauchte er, und Leonie strahlte wieder.

Die Kellnerin zuckte die Schultern. «Mir ist das egal», und damit ging sie uns aus dem Weg.

Ich zerrte Theo weiter. «Wir werden jetzt zu Hubertus gehen, und dann wirst du ihm alles erklären.»

«Okay, aber was soll ich denn erklären?», Theo sah inzwischen fast etwas ängstlich aus.

«Ah, wie ich sehe, immer noch Arm in Arm.» Hubertus stand plötzlich neben uns.

Ich ließ sofort Theos Arm los. Dann schubste ich ihn zu Hubertus. «Los, erklär's ihm!»

«Nicht nötig», sagte Hubertus kalt. «Ich bin zurückgekommen, weil ich dachte, ich hätte vielleicht überreagiert. Aber das war wohl doch nicht der Fall.» Dann sah er mich ganz traurig an. «Und ich hab gedacht, du bist was Besonderes.» Hubertus drehte sich um und ging.

«Doch, bin ich! Ehrlich! Das bin ich. Ich bin wirklich etwas ganz Besonderes!», rief ich so laut hinter Hubertus her, dass sich alle nach uns umdrehten.

Dann kam der gute Nick mir noch zu Hilfe und rief ebenfalls: «Ja, das ist sie. Sanny ist was Besonderes!»

«Siehst du?», brüllte ich Hubertus noch hinterher.

Hubertus verließ das Eiscafé.

22. Kapitel, in dem bei Konny Liebeskummer diagnostiziert wird

Nach meinem peinlichen Schwimmbadauftritt hatte Kai mich zum Angeln überredet.

Jetzt saßen wir am Weiher, und ich starrte missmutig auf die Schnur, die traurig ins Wasser hing. «Meinst du, sie beißen heute?»

«Hoffentlich nicht», antwortete Kai, während er sich weiter mit der Zubereitung von Fischstäbchen beschäftigte, was sich zunächst mal darauf beschränkte, die Tiefkühlpackung aufzukriegen.

«Wie in alten Zeiten», plapperte Kai fröhlich vor sich hin. «Schade, dass Felix keine Zeit hat.»

«Ich kann damit leben», knurrte ich.

Ich würde versuchen, Sarah jetzt wirklich aus dem Weg zu gehen, und meine Beschattung aufgeben.

Und außerdem war es auch mal wieder gut, einen richtigen Männernachmittag zu haben. Nur wir beiden Kumpels, ein Grill, eine Tiefkühlpackung Fischstäbchen und ein Weiher.

«Was Felix wohl gerade macht?», sinnierte Kai.

«Das will ich gar nicht wissen. Und noch weniger darüber reden.»

Schweigen.

«Was Sarah wohl gerade macht?»

Ich explodierte. «Mensch, Kai, hast du sie denn endlich alle durch?! Es interessiert mich nicht die Bohne, wo Sarah jetzt mit wem was macht. Ob sie, wie jeden Tag, noch eine halbe Stunde arbeitet, um dann auf ihr blaues Rad zu steigen und die Hauptstraße Richtung Rathaus zu fahren und kurz davor dann zum Park abbiegt, um schließlich ins Schwimmbad zu gehen und da ihre 30 Runden schwimmt mit anschließendem Sprint-Training. Es ist mir völlig egal. Ich verschwende nicht einen einzigen Gedanken an sie und ihren Tagesablauf! Soll sie doch anschließend noch 'ne Cola trinken gehen in der kleinen Gaststätte unten im Schwimmbad. Und von mir aus auch ein paar Pommes dazu essen. Mit Ketchup, nicht mit Mayo. Ich hab damit keinen Vertrag mehr.» So, damit müsste mein Standpunkt zu diesem Thema ja wohl klar sein.

«Alles klar.» Kai nickte, dann sah er mich nachdenklich an. «Sie fehlt dir wirklich, was?»

«Sag mal, hörst du manchmal auch zu?», fauchte ich. Kopfschüttelnd wandte ich mich wieder der Angelrute zu.

«Weißt du, ich hab mir da so meine Gedanken gemacht ...», fing Kai wieder an.

«Oh weh, alle Mann in Deckung. Einstein denkt! Tu dir bloß nicht weh.»

«Weißt du, ich hatte mal einen Goldfisch», Kai sah nachdenklich auf den Grill. «Joe.»

«Joe?»

«Ja, er war mein bester Freund.»

«Ein Goldfisch war dein bester Freund? Erzähl das bloß niemand. Die halten dich ja für noch abgedrehter, als sie es jetzt schon tun.»

«Und eines Tages war er weg.»

«Wie, mit dem Goldfischexpress abgereist oder was?»

Kai zuckte die Achseln. «Weißt du, ich denke, jeder muss sich mal mit dem Verlust eines Goldfisches auseinander setzen. Das ist echt hart. Aber man kommt darüber hinweg.»

Eigentlich hatte ich eben schon gedacht, die Unterhaltung könnte nicht mehr absurder werden. Fehler. Konnte sie doch.

«Dein Goldfisch heißt Sarah.»

Himmel hilf! Wie konnte man diesen Meeresforscher nur zum Schweigen bringen?!

«Und dein Problem ist, dass sie zwar weg ist, also für dich, gleichzeitig aber noch da ist.»

Ich stöhnte auf. Aber das Komische war, dass ich plötzlich wirklich mit Kai über meine Probleme reden wollte. Das Problem war nur, das ich mich dazu auf seine Goldfisch-Ebene begeben musste.

«Ich glaube, ich hab wirklich gerade ein kleines Problem mit Sarah.»

«Siehst du», Kai schien erfreut.

Ich holte tief Luft – und hoffte, dass niemand in der Nähe war, der mithören konnte. «Stell dir vor, du hast einen guten Freund – und Joe, dein Goldfisch, möchte plötzlich nur noch mit deinem Freund zusammen sein. Und hat für dich gar keine Zeit mehr.»

«Du hast Liebeskummer. Und bist eifersüchtig auf Felix und Sarah.»

Wow, da hatte sich eben die Evolution ja plötzlich überschlagen, vom Goldfisch zum Menschen in einer Sekunde. Hey, Moment mal: Liebeskummer?!

«Liebeskummer?!»

Kai nickte.

«Vergiss, es. Das ist nur etwas für Weicheier! Und zu der Sorte gehöre ich nicht.»

«So was kann man sich nicht aussuchen», meinte Schlauhirn Kai.

«Ich schon! Und wenn du jetzt noch mit einer einzigen Goldfisch-Geschichte anfängst, kannst du das Ende den Fischen im Weiher erzählen.»

Ich weiß wirklich nicht, was mich geritten hatte, dass ich ausgerechnet mit Kai über meine Probleme reden wollte.

23. Kapitel, in dem Sanny Theo durch die halbe Stadt schleppt

Theo und ich standen uns im Eiscafé gegenüber. Ich durchbohrte ihn nach wie vor mit wütenden Blicken. Ich war völlig unfähig, irgendetwas zu tun oder zu denken, ich war nur irre wütend.

«Äh, also ich geh dann vielleicht mal lieber ...» Theo versuchte sich langsam in Richtung Ausgang zu bewegen.

«Stopp!» Ich schnappte mir wieder Theos Arm. Auf keinen Fall würde ich die Sache einfach so hinnehmen. Ich würde Hubertus zwingen, die Wahrheit zu sehen. Vorher musste ich Theo zwingen, ihm die Wahrheit zu präsentieren. Ein kurzer Seitenblick auf Theo verriet mir, dass das wohl der einfachere Teil meines Planes war.

«Los, wir gehen zu Hubertus!», befahl ich und zog ihn aus der Eisdiele raus.

«Okay, klar. Und warum?», kam es ganz verschüchtert von Theo.

«Damit du ihm erklären kannst, warum du dieses ganze Affentheater da eben veranstaltet hast.» Ich überlegte kurz. «Und vorher kannst du mir das auch gerade mal erklären. Ich habe nämlich ebenfalls keinen Schimmer, was das sollte!»

«Ähm, das war wegen Leonie. Ich wollte sie ... eifersüchtig machen.» Theo sah mich ganz treu an. «Und mit wem könnte ich das besser als mit dir?»

Wow, trotz meines Ärgers musste ich leicht grinsen. Wenn das kein Kompliment an meine Qualitäten als Mädchen war.

«Schließlich bist du das einzige Mädchen, das ich kenne, das so etwas mitmachen würde. Du bist eben ein echter Kumpel.» Theo versuchte mir mit der freien Hand auf den Rücken zu klopfen.

So viel zum Thema Kompliment an meine weiblichen Qualitäten.

Mein Griff um Theos Handgelenk wurde etwas fester.

Er jaulte kurz auf. «Mann, Sanny, du hast 'nen Griff wie ein Schraubstock. Wenn ich dir verspreche, mitzukommen, wo immer du auch hinwillst, lässt du dann los? Oder wenigstens ein bisschen lockerer?»

Ich ließ ihn los.

«Danke.» Theo rieb sich das Handgelenk.

Wir gingen im Laufschritt zum Kiosk am Weiher. Unterwegs instruierte ich Theo. «Du wirst Hubertus ganz genau sagen, was du für mich empfindest, klar?»

«Okay, alles, was du willst.»

Wir kamen am Kiosk an. Hubertus war gerade dabei, die Tische abzuwischen.

Ich ging mit Theo zu ihm und baute mich vor ihm auf.

«Theo hat dir was zu sagen!»

Theo sah mich völlig verwirrt an. «Sanny, ich ...»

«Los, mach schon!» Ich gab ihm einen mittelkräftigen Klaps auf den Rücken.

«Gut, eh ... hey, Hubertus. Sanny kennst du ja und ...»

«Nun komm schon zur Sache!» Ich verdrehte die Augen. Jungs waren manchmal schon ganz schön umständlich.

«Sanny ist wirklich etwas ganz Besonderes ...»

«Nein, nein. Bin ich nicht. Also, doch schon, aber nicht für dich! Hör auf mit dem Blödsinn, ja? Und jetzt weiter!»

Theo sah unsicher zwischen Hubertus und mir hin und her. «Tja, also, weißt du, Sanny ist echt ein unheimlich tolles Mädchen, und ich mag sie wirklich gerne ...»

«Spinnst du?! Du magst mich nicht!», fauchte ich Theo an.

«Aber Sanny, ich mag dich wirklich.»

Theo sah völlig überfordert aus.

«Ach ja. Auf einmal fällt dir das ein!»

«Das wusste ich doch schon die ganze Zeit.»

«Na klasse. Du bist ja echt hilfreich. Und als Nächstes erzählst du dann noch, dass du mich liebst, was?!»

«Himmel, nein!»

Ich deutet auf Hubertus. «Sag das ihm!»

Theo drehte sich brav zu Hubertus. «Ich liebe sie nicht.»

Theo drehte sich wieder zu mir und sah mich abwartend an.

«Und du warst nie in mich verliebt!», soufflierte ich.

«Und ich war nie in dich verliebt.»

Ich deutete auf Hubertus: «Sag's ihm!»

Theo drehte sich zu Hubertus: «Ich war nie in dich verliebt.»

Hubertus grinste: «Na, da bin ich aber froh ...»

Theo hatte seinen Fehler bemerkt: «In Sanny! Ich war nie in Sanny verliebt.» Dann improvisierte er, was mich ein bisschen ärgerte: «Und ich werde mich auch nie in Sanny verlieben.»

«So, jetzt reicht's», beendete ich diese absurde Szene.

Ich wandte mich an Hubertus: «Und was mit Nick los ist, hast du ja schon gesehen. Er ist in Leonie verliebt.»

«Ja, leider», murmelte Theo düster vor sich hin.

«Liebeskummer», flüsterte ich Hubertus verschwörerisch mit einem Kopfnicken in Theos Richtung zu. «Deswegen saß er auch plötzlich an unserem Tisch. Wegen Leonie, nicht wegen mir.»

«Dabei hab ich die Hauptrolle im Stück, und Nick ist nur Statist», murrte Theo vor sich hin.

Ich klopfte ihm tröstend auf die Schulter, während ich weiter auf Hubertus einredete. «Du siehst, das hat wirklich nichts zu bedeuten. Hey, wie wäre es mit einer Liste? ‹1000 Gründe, nicht eifersüchtig zu sein›?»

Jetzt musste Hubertus lachen. «Du gibst wohl nie auf, was?»

Bevor ich etwas antworten konnte, rief Theo: «Ich geb auch nicht auf!», und lief weg.

Hubertus und ich blickten ihm nach.

«Tja, da hab ich ja wohl doch etwas übertrieben, was?», meinte Hubertus schließlich.

«Scheint so.»

«Dann wär das wohl der perfekte Moment für eine Entschuldigung, was?»

Ich nickte wieder.

«Na dann», Hubertus zog etwas aus seiner Jackentasche und reichte es mir. «Gilt das?»

«Hey, super! Du hast den Glückskeks vom Eiscafé eingesteckt!», jubelte ich. Ich brach den Keks auseinander und angelte mir gleich den Zettel.

Ich reichte Hubertus den Keks, und während er ihn kaute, las ich die Botschaft: ‹Geduld ist eine Tugend und zeigt den Weg zum Handeln, so handle denn, wenn dein Glück vor dir steht.›

Alles klar! Dieser Keks war unmissverständlich: Ich küsste Hubertus auf der Stelle.

24. Kapitel, in dem Konny von Ludmilla die Leviten gelesen bekommt

Heute Mittag kam Kai mit zu mir nach Hause. Ludmilla hatte es ihm aufgetragen. Und Ludmilla widersetzte man sich nicht.

«Finde ich echt nett, dass Ludmilla mich zu euch zum Essen einlädt.»

Ich nickte nur. Mir doch egal. Mir war alles egal. Solange ich nicht an Felix und Sarah dachte. Dann war mir gar nichts mehr egal. Der Gedanke, dass die beiden Zeit zusammen verbrachten, machte mich rasend.

«Hast du eine Ahnung, was Felix heute vorhat?»

Kai zuckte die Schultern. «Keine Ahnung, aber wir können ihn ja anrufen, wenn wir Hausaufgaben gemacht haben.»

«Nö, lass mal.» Dann fiel mir etwas auf. «Wenn wir Hausaufgaben gemacht haben?!»

Kai nickte ernsthaft. «Ludmilla lässt da nicht mit sich reden.»

Als wir bei mir ankamen, öffnete Ludmilla sogar die Tür und strahlte Kai an. «Du endlich aus Schule. War gutt? Du missen essen.»

Dann warf sie mir einen finsteren Blilck zu. «Du

Schuhe abputzen, sonst scheene Boden in Kieche schmutzig. Und du machen wieder sauber!»

Ich zog sofort die Schuhe aus.

Ludmilla hatte schon den Tisch gedeckt. Es roch wunderbar. Sie hatte Soljanka gemacht, russische Suppe mit Fleisch, Sauerkraut und Kartoffeln. Sie schöpfte Kais Teller ordentlich voll und stellte ihn ihm hin. «Du essen, ich extra für dich gekocht. Dein Magenessen!»

«Toll, danke, Ludmilla. Das riecht klasse.»

Ich saß neben Kai und starrte auf seinen Teller.

«Was du warten? Hole Essen! Oder du glauben, ich persönlicher Trager von Teller», raunzte mich Ludmilla an.

«Äh, nein, nein, schon gut. Ich hol mir schon was.»

Ich stand auf und ging zum Topf. Das duftete wirklich einmalig. Wie schaffte es Kai bloß, dass Ludmilla ihn so verwöhnte?

Als ich wieder mit meinem Teller an den Tisch kam, musterte Ludmilla genau den Tellerinhalt. Dann nahm sie Kais Gabel, spießte ein besonders leckeres Stück Fleisch von meinem Teller und gab es Kai. «Das sein Stieck für Kai.»

Ich sah dem Fleisch fassungslos hinterher. «Wie kommt es eigentlich, dass jedes weibliche Wesen in meiner Umgebung meine Freunde netter findet als mich?»

«Du hast eben nette Freunde.» Kai war für eine ernsthafte Antwort zu sehr mit seinem Mittagessen beschäftigt, aber Ludmilla setzte sich zu uns an den Tisch und sah mich auffordernd an.

Ich sah irritiert von Ludmilla zu Kai. Der grinste mich ebenso auffordernd an. Was hatten die beiden denn jetzt?

Ludmilla boxte mich in den Arm. «Los, du jetzt sofort reden. Ich nicht haben alle Zeit von Welt. Ich missen arbeiten.»

Ich sah unsicher zu Ludmilla. Was wollte sie von mir? «Also die Benzinpreise steigen weiter, und die politische Lage wird irgendwie auch nicht besser, und der Dackel von nebenan ...»

«*Da, da,* ich das alles wissen», fiel sie mir ungeduldig ins Wort. «Kai mir erzählt. Du dumm in Kopf wegen Mädchen. Du haben Kummer von Liebe. Du verscheuchen Mädchen, weil dumm in Kopf. Jetzt du wieder machen gut! Reden mit Mädchen! Entschuldigen für dumm in Kopf sein. *Da!*»

Das waren ganz eindeutig ein paar «Dumm in Kopf» zu viel für meinen Geschmack und mein Selbstwertgefühl. Vor allem, da es bei jedem einzelnen ‹Dumm in Kopf› um mich ging. Überhaupt, woher wusste Ludmilla davon?

Ich sah Kai empört an. Er besprach meine Liebesprobleme mit unserer gemeinsamen Haushälterin?

Kai schubste mich. «Sie ist echt klasse. Die beste Ratgeberin, die du dir wünschen kann!», flüsterte er mir leise zu.

«Also, du reden mit Mädchen. Nix gut immer stehen bei Haus und Busch. Wird kalt. Du erkälten und werden krank. Ich dich nix pflegen wieder gesund», fügte sie noch drohend hinzu. Wobei ein Pflegeangebot sicher wesentlich mehr Gewicht als Drohung hätte.

Ich sah Kai wütend an. Gibt es denn gar keine Geheimnisse mehr unter Freunden?!

Ludmilla boxte mich wieder. Sie wartete auf eine Antwort.

«Ich weiß nicht, wie Sie sich das vorstellen. Sarah zieht dauernd mit Felix herum. Ich dränge mich doch nicht auf.»

«Du zwei Mäglichkeit. Du mit Mädchen reden, oder du Mädchen vergessen.» Ludmilla sah mich abschätzend an. «Ah, du besser mit Mädchen reden. Du nicht bekommen zweite solche gute Mädchen.»

Na toll! «Hey, woher wissen Sie eigentlich, wie Sarah ist? Sie kennen sie doch gar nicht.»

«Kai mir erzählt. Kai gute Junge. Er gute Kenner von Mensch.» Sie kniff Kai in die Wange, und Kai strahlte über das ganze Gesicht.

«Na, dann soll doch Kai mit ihr reden», maulte ich halblaut vor mich hin.

Ludmilla sah mich nachdenklich an. Dann wiegte sie den Kopf. «*Njet*, ist nix Problem von Kai, deine Problem!»

Kai lächelte sie glücklich an und verdrückte sein extra Stück Fleisch, das Ludmilla von meinem Teller geangelt hatte.

Ludmilla stand auf. «Also du reden.»

Damit war die Sache für sie erledigt, und ich beeilte mich, meinen Teller leer zu essen, weil ich Angst hatte, dass mit dem Ende der Unterredung auch das Ende des Essens gekommen und die Tischzeit meines Tellers abgelaufen wäre.

Nach dem Essen gingen wir in mein Zimmer, und ich stellte Kai zur Rede. Allerdings auch erst, nachdem ich mich vergewissert hatte, dass wir allein waren und Ludmilla nicht in der Nähe meines Zimmers lauerte.

«Hey, was soll das? Vielleicht willst du noch 'ne Anzeige in die Zeitung setzen?»

Kai sah mich verwirrt an. «Was meinst du?»

«Na, dass du hier meine intimsten Probleme und geheimsten Geheimnisse ausplauderst.»

Kai dachte nach. «Du meinst das mit dir und Sarah?»

Ich nickte wütend.

«Also so geheim, wie du denkst, ist das nun wirklich nicht. Du beschattest Sarah doch ständig, und wenn du sie triffst, benimmst du dich ausgesprochen merkwürdig. Absolut nicht normal!» Kai zuckte die Schultern. «Du brauchst Hilfe.»

Dass ich mir so einen Satz allen Ernstes von dem lahmsten aller Lahmhirne Kai anhören musste, konnte wirklich nur bedeuten, dass entweder Aliens im Besitz seines Körpers waren oder aber er Recht hatte. Ich zuckte zusammen. Gruseliger Gedanke. Also das mit dem Rechthaben.

«Ehrlich, Konny, so kann das nicht weitergehen. Du musst was machen. Und Ludmilla hat Recht, so ein tolles Mädchen wie Sarah kriegst du bestimmt nicht wieder.»

«Ihr auch machen Hausaufgaben?!», dröhnte es von unten unheilschwanger durch das Haus.

«Sofort, Ludmilla, wir fangen sofort an», rief Kai zurück. Und das meinte er wirklich so. Ich seufzte und suchte meine Schulsachen.

25. Kapitel, in dem Sanny eine romantische Geschichte erzählen will

«Oh, Liz, du ahnst nicht, was dann passiert ist», redete ich aufgeregt ins Telefon.

«Doch: Dann hast du dir Theo geschnappt, bist mit ihm zum Kiosk, hast ihn gezwungen, das Missverständnis klarzustellen, und irgendwann haben Hubertus und du euch geküsst.»

«Ach, hab ich dir die Geschichte schon erzählt?»

«Ja! Gestern Abend am Telefon, heute Morgen vor der Schule, dann ein paar Mal in der Schule und auch noch auf dem Nachhauseweg», erklärte mir Liz nachsichtig.

«Ist ja ein Ding. Das ist mir gar nicht aufgefallen.»

«Sanny, ich freu mich wirklich total für dich. Aber ich glaube nicht, dass ich die Geschichte auch nur noch ein einziges Mal hören kann», lachte Liz.

«Okay. Ich leg dann mal auf. Wir sehen uns morgen.»

Schade. Hatte ich Liz die Geschichte wirklich schon so oft erzählt? Na gut, dann würde ich sie eben Ludmilla erzählen.

Ludmilla steckte den Kopf aus der Küche. Als sie meinen Blick sah, drehte sie sich um und ging schnell wieder zurück.

«Oh, Ludmilla, Sie ahnen nicht, was gestern passiert ist!» Ich rannte hinter ihr her in die Küche.

«*Da.* Du haben Junge gehalten fest, zu andere Junge gebracht. Er andere Junge gesagt. Andere Junge und du gekisst.»

«Ach, hab ich das schon erzählt?»

«*Da, da!* Du mir erzählen bei Kochen, bei Aufräumen und noch bei Biegeln. Ich wissen alles.»

«Oh.» Ich stand etwas verloren in der Küche.

Ludmilla sah mich an. «Du gehen und erzählen große Konny. Er brauchen Ablenkung. Und er nicht merken, du oft erzählen gleiche Geschichte.»

«Okay, prima Idee. Danke, Ludmilla.» Ich stürmte hoch in das Zimmer meines Bruders.

Auf dem Boden saß der etwas unterbelichtete, aber sonst recht nette Freund meines Bruders. «Hallo, Kai», begrüßte ich ihn.

«Hallo, Sanny», winkte er zurück.

Mein Bruder ignorierte mich und wühlte in seiner Schultasche rum.

«Hey, Konny. Wie geht's?»

«Wesentlich besser, als du noch auf der anderen Seite der Tür warst, Schwesterherz.»

«Ach, komm schon, Konny. Ich weiß, dass du es nicht so meinst!» Ich umarmte Konny herzlich, knuffte ihn dann in die Seite.

Kai sah mich völlig baff an.

Auch Konny schien für einen Moment sprachlos.

«Hab ich euch schon erzählt, was gestern passiert ist?»

«Hat es etwas mit Gehirnwäsche zu tun?», wollte Konny wissen.

«Nein, mit Verlieben», meinte ich geheimnisvoll.

«Echt?», fragte Kai interessiert.

«Bloß nicht», stöhnte Konny deprimiert. «Raus, und zwar schnell.»

Ich setzte mich gemütlich hin.

«Sich zu verlieben ist das Wunderbarste auf der Welt. Ehrlich, ich weiß es.»

«Hast du wieder einen von diesen Psycho-Ratgebern für frustrierte Teenager gelesen?», höhnte Konny.

Ich lächelte ihn an. «Du wirst schon auch noch dahinterkommen, wenn es bei dir erst mal so weit ist. Und ich wünsche dir, dass es bald passiert.»

Kai und Konny sahen sich verwundert an.

«Wer bist du?», wandte sich Konny an mich. «Meine Schwester kannst du unmöglich sein!»

Bevor ich darauf antworten konnte, ging die Tür auf, und Felix stand etwas unentschlossen in der Tür.

«Hey. Ludmilla hat mich reingelassen. Und euer kleiner Bruder meinte, ich sollte mir von Sanny bloß nicht diese stinklangweilige Geschichte fünfmal erzählen lassen.»

Konny funkelte ihn an. Kai sprang schnell auf und stellte sich zwischen die beiden. «Ich hab Felix gesagt, er soll kommen. Das ist doch blöde so. Ihr redet nicht mehr miteinander. Ich hab da keine Lust mehr drauf. Vertragt euch endlich wieder.»

«Mit dem Verräter?», fauchte Konny.

«Ich hab dir doch gesagt, es hat keinen Sinn», zischte Felix Kai an und ging zur Tür. Dann überlegte er es sich aber und kam nochmal zurück.

«Konny, ich weiß, warum du sauer bist. Und du bist wirklich selbst daran schuld. Aber zu deiner Beruhigung: Sarah findet dich wohl nach wie vor toll. Obwohl du dich wie ein Idiot benimmst. Sie redet die ganze Zeit nur von dir, und offensichtlich macht es ihr sogar was aus, dass du dich nicht mehr meldest.»

«Dafür hast du dich ja umso öfter gemeldet.»

«Konny, ich bin nicht hier, um mich von dir anmachen zu lassen, okay?»

Felix stellte sich drohend hin, Konny drehte sich zu ihm und schaute Felix herausfordernd an.

He, das war ja spannend: ein Hahnenkampf. Und ich hatte einen Platz in der ersten Reihe.

Aber Kai sprang wieder zwischen die beiden: «Hey, Leute, hört auf! Felix ist hier, um sich zu entschuldigen ...»

«Bin ich nicht!», fuhr Felix ihn an.

Kai zuckte die Schultern. «Gut, dann entschuldigt sich eben Konny.»

«Hast du 'ne Vollmacke?! Wieso sollte ich?!»

«Gut, dann entschuldigt sich eben keiner, und ihr vertragt euch einfach so.»

«Nie im Leben!», brüllte Konny.

«Hornochse!», schnaubte Felix, ging aus dem Zimmer und knallte die Tür zu. Eine Sekunde später wurde Felix wieder ins Zimmer geschoben.

Hinter ihm tauchte Ludmilla Furcht einflößend im Türrahmen auf und donnerte: «Du beide jetzt geben Hände und dann vergessen und nix mehr Streit.»

Felix und Konny zogen die Köpfe ein und reichten sich sofort die Hände.

«Gut.» Ludmilla nickte Kai zu und ging wieder.

«Gilt das jetzt?», fragte Felix.

«Ich kann Ludmilla fragen», bot Kai an.

«Schon gut», meinte Felix hastig. Dann wandte er sich an Konny. «Sarah hat morgen ihren Wettkampf. Und du solltest wirklich hingehen und mit ihr reden.»

Konny sah Felix düster an.

«Genau», mischte ich mich jetzt ein, «du solltest da hingehen, wenn du echt in sie verliebt bist ...»

«Ist er», nickte Kai eifrig. «Und wie. Ich musste schon Ludmilla um Hilfe bitten, weil er vor lauter Liebeskummer nur noch genervt hat.»

«Liebeskummer», seufzte ich, «ja, das hatte ich auch mal, ist schon ewig her. Liebeskummer sollte man wirklich vermeiden, denn weißt du ...»

«Hör auf! Hör auf!», bettelte Konny. «Wenn ich verspreche, da morgen hinzugehen und mit Sarah zu reden, lasst ihr mich dann jetzt alle mit dem Thema in Ruhe, und gehst du, Sanny, dann bitte sofort aus meinem Zimmer?»

Ich stand auf, aber dann fiel mir ein, wieso ich überhaupt in Konnys Zimmer gekommen war: «Okay, aber vorher sollte ich euch noch schnell diese total romantische Geschichte erzählen, die mir passiert ist ...»

Konny und Felix schauten sich an.

«Cola?», fragte Konny.

Felix nickte: «Dringend. Aber nur, wenn wir dafür in die Küche gehen müssen.»

Konny nickte: «Das war die Idee!»

Dann flüchteten die beiden einträchtig aus dem Zimmer.

Nur Kai stand noch da und sah mich interessiert an.

Ich setzte mich wieder, machte es mir gemütlich und begann: «Es fing alles damit an, dass ich ...»

26. Kapitel, in dem Konny gewinnt, Sarah jedoch nur Zweite wird

Das war der Tag der Tage. Heute würde ich den ersten Schritt machen. Ich hatte genug.

Sarah fehlte mir.

Und ja! Ich hatte Liebeskummer.

Und ja! Ich war eifersüchtig.

Ich war bereit, alles zuzugeben. Und ich hatte eine Rose für Sarah dabei. Frisch aus Frau Flohmüllers Garten. Bei den vielen Löchern, die sie im Garten hatte, kamen die Rosen eh kaum zur Geltung. Nach dem Wettkampf würde ich zu Sarah gehen, mich entschuldigen, zugeben, dass ich ein Idiot bin, und dann war hoffentlich alles wieder in Ordnung.

Ich zwang meine Beine, auf das Kassenhäuschen des Schwimmbades zuzulaufen. Je näher ich kam, desto mehr Überredungskünste bedurfte es.

«Eine Karte, bitte», quiekte ich, als ich endlich davor stand.

«Gut, dass du endlich mal reinkommst und nicht immer nur *vor* dem Schwimmbad stehst und durch den Zaun guckst», lächelte mich die Kassiererin an. «Aber heute ist Wettkampf, da kannst du nicht schwimmen.»

«Ich weiß, ich will nur jemand Glück wünschen und sagen, dass ich mich wie ein Idiot benommen habe.»

«Dem Mädchen mit dem blauen Rad, das jeden Tag mit dem anderen Jungen zum Trainieren kam, was?»

Ich senkte den Kopf und nickte. Das war ja voll peinlich.

«Schön, dass du dich endlich traust und nicht nur immer aus der Ferne zu ihr hinsiehst.»

Bitte?! Gab es hier in dieser Stadt vielleicht noch jemand, der nichts davon mitbekommen hatte? Es wurde wirklich Zeit, dass diese Sache aus der Welt geschafft wurde.

«Weißt du was? Ich lass dich so rein. Viel Glück!» Die Dame lächelte mir aufmunternd zu, und ich ging durch das Drehkreuz.

Na, so hatte mir mein zweifelhafter Ruhm zumindest zu freiem Eintritt verholfen.

Ich tastete mich durch die Gänge und suchte mir einen Platz auf der Tribüne.

Sarahs Gruppe war kurz darauf an der Reihe. Sie stellte sich mit den anderen Schwimmerinnen am Beckenrand auf.

«Auf die Plätze...»

Die Mädchen stiegen auf die Startblöcke.

Sarah war voll konzentriert. Und sah voll süß aus.

Und dann rief ein Idiot: «Hey, Sarah!»

Der Idiot war ich, Sarah schaute hoch.

«... Feeertig...!»

Die anderen Schwimmerinnen beugten sich nach unten. Sarah hatte mich entdeckt. Sie konnte mich auch kaum übersehen, ich war nämlich aufgestanden und winkte wie eine Windmühle. «Es tut mir Leid, ich hab mich benommen wie ein Idiot!», brüllte ich. Oh Mann, das lief ja überhaupt nicht wie geplant. Was war nur in mich gefahren?!

«Los!» Der Startschuss knallte durch die Halle.

Alle sprangen ins Wasser. Bis auf Sarah, die schien völlig aus dem Konzept, fasste sich dann aber und sprang hinterher.

Sie schwamm los. Und wie sie schwamm! Als hätte sie ihr Leben unter Delphinen verbracht. Und sie holte auf. Mann, war das spannend!

«Los, Sarah, schwimm!» Ich klopfte der Frau neben mir auf den Arm. «Die da vorne im grünen Badeanzug ist meine Freundin.»

Die Dame sah mich nur genervt an.

«Na, zumindest hoffe ich, dass sie noch meine Freundin ist oder es zumindest wieder wird. Wissen Sie, es gab da ein paar Probleme und ...»

Die Dame stand auf und setzte sich ein paar Plätze weiter.

Die Menschen haben echt keinen Sinn mehr für Romantik. Egal. Ich feuerte Sarah an, als ginge es um mein Leben. Ging es ja irgendwie auch.

«Sarah, schwimm!»

Die Leute um mich herum sahen mich an, als wäre ich ein Idiot. Die Dame von eben setzte sich noch ein paar Plätze weiter weg.

Der Wettkampf war vorbei. Sarah war Zweite geworden. Eigentlich doch nicht schlecht, oder?

Die Leute standen auf und gingen. Neben mir hörte ich eine Unterhaltung. «Sarah ist nur Zweite geworden. Schade, ich war sicher, sie schafft es locker und schwimmt einen neuen Rekord.»

«Tja, aber bei dem Start, das konnte ja nichts mehr werden.» Vorwurfsvoller Seitenblick zu mir.

Okay, ich hatte der Favoritin den Sieg gekostet.

Sarah stieg aus dem Wasser, blieb am Beckenrand stehen und suchte mit den Augen die Tribüne ab. Mein erster Impuls war, mich flach auf den Boden zu werfen. Mist, ich hätte gehen sollen, solange sie noch im Wasser war.

Sarah hatte mich jetzt im Visier. Sie hatte die Arme vor der Brust verschränkt und sah irgendwie so aus, als würde sie warten. Ich sah mich um. Nein, inzwischen war ich allein, sie musste mich meinen. Gut, also los.

Mit gesenktem Kopf schlich ich zu ihr.

«Hey!»

«Hallo.»

«Du warst super.»

«Hmm.»

«Glückwunsch zum zweiten Platz.» Ich gab ihr die Rose.

«Danke. Ich wollte ja eigentlich den ersten.»

«Ich hab's wohl vermasselt, was?»

«Den Wettkampf? Allerdings!»

«Ich wollte mich entschuldigen und dich fragen, ob

du wieder meine Freundin sein willst», murmelte ich. «Aber ich glaube, ich kann mir deine Antwort denken», fügte ich dann schnell hinzu.

«Du kannst überhaupt nicht denken, wie du ja wohl gerade wieder mal bewiesen hast», meinte Sarah.

Dann kam sie auf mich zu, und ich rechnete fest damit, dass sie mir jetzt einen Boxhieb versetzen wollte.

Tat sie aber nicht, sie küsste mich. Ich war wirklich nicht gut im Denken.

Dann vergaß ich alles um mich herum. Bis zu dem Moment, als wir beide rückwärts ins Wasser fielen.

«Prima, die Blume brauchte dringend Wasser!», rief ich und grinste Sarah an. Leider schluckte ich dabei Wasser, und Sarah musste mich erst mal an den Rand retten.

«Alles okay?»

Ich nickte.

«Es tut mir Leid, Sarah.»

«Ich weiß!»

Und wenn der Bademeister nicht gekommen wäre und mich aus dem Wasser gescheucht und aus dem Schwimmbad geworfen hätte, hätten wir bestimmt einen neuen ‹Im-Wasser-küssen-Rekord› aufgestellt.

27. Kapitel, in dem Sanny den Nachmittag mit ihren Brüdern verbringt

«Wir missen reden iber Zimmer.»

«Aber da gibt es wirklich nichts mehr zu reden.»

«Doch. Sie haben gekauft nix gut Tisch zu Biegeln. Fallen Hemd und Biegeleisen immer runter. So ich nicht kann arbeiten. Tisch stehen schräg hoch. Sie mir zeigen, wie ich soll biegeln so.» Ludmilla schleppte meinen widerstrebenden Vater in Richtung neues Zimmer.

«Aber Sie sollen da auch nicht arbeiten! Das ist mein Büro, und der Tisch ist kein Bügeltisch, sondern mein Zeichentisch!»

«Wow, bei euch ist echt was los», grinste Hubertus. Er war vor ein paar Minuten gekommen und Zeuge dieser für uns inzwischen alltäglichen Situation geworden.

Ich winkte ab: «Das ist gar nichts, das sind nur kleine Unklarheiten über die Benutzung unseres neuen Zimmers.»

Dann kam meine Mutter ins Haus und zog den kleinen Konny hinter sich her. Der hatte seinen Fleischklopfer in der Hand, an dem etliche Schnürsenkel zu einer langen Schnur zusammengeknotet waren.

Hinter Kornelius lief fröhlich Karl-Puschel und bellte uns zur Begrüßung an.

«Was um alles in der Welt hast du da gemacht?», wollte meine Mutter von dem Kleinen wissen.

«Ich hatte Durst.»

«Und dann hängst du ein paar Schnürsenkel in das Vogelbad von Frau Flohmüller?»

«Ich wollte doch eine Limo angeln. Im Zauberweiher neulich hat es funktioniert. Aber dieses olle Vogeldings taugt nix.»

«Hi, Mam, das ist Hubertus.»

«Oh, hallo», grüßte meine Mutter etwas abwesend. «Und wo ist dein Vater?»

Der kam gerade wieder mit Ludmilla. «Nein, Sie können da nicht biegeln ... äh, bügeln», erklärte er verzweifelt. Dann sah er meine Mutter. «Oh, gut, dass du da bist, bitte erkläre doch Ludmilla, dass man auf einem Zeichentisch nicht bügeln kann.»

«Ich wissen selbst, dass nicht können biegeln, fällt immer runter alles. Mann nix gekauft gut Tisch!», beschwerte sich Ludmilla sofort.

«Dann erklär ihr doch bitte, dass das mein Büro ist, und in einem Architektenbüro steht nun mal ein Zeichentisch.»

«Gut, sobald du mir erklärt hast, warum mich Frau Flohmüller wieder anrufen musste, um mir mitzuteilen, dass unser Sohn mit einem Fleischklopfer in ihrem Vogelbad angelt, während sein Hund ihre letzten Blumenzwiebeln ausgräbt.»

Mein Vater zuckte die Schultern. «Vielleicht fällt ihr als Erstes immer deine Büro-Nummer ein», meinte er arglos.

«Es hatte mich eher interessiert, warum der Kleine schon wieder unbeaufsichtigt in fremden Gärten Blödsinn macht!», präzisierte meine Mutter ihre Frage Dann drehte sie sich zu dem Kleinen. «Und überhaupt: Hatten wir nicht gesagt, dass du im Haus bleibst?!», fragte sie streng.

«Konny hat mir das so erklärt: Ich darf nicht woanders als im Haus Bauarbeiten machen. Aber wenn ich keine Bauarbeiten mache, dann darf ich auch aus dem Haus», erklärte der kleine Konny eifrig. «Und ich hab da keine Bauarbeiten gemacht, sondern wollte nur 'ne Limo aus dem Zauberweiher.»

Meine Mutter stöhnte.

Mein Vater sah ihn interessiert an. «Frau Flohmüller hat einen Zauberweiher?»

Der Kleine schüttelte den Kopf. «Kannst du vergessen, funktioniert nicht.»

Hinter uns hörte man die Haustür zuschlagen.

«Kommt noch jemand?», flüsterte Hubertus.

«Nein, ich denke eher, das war der große Konny auf der Flucht», flüsterte ich zurück.

«Sicher eine gute Entscheidung», nickte Hubertus.

«Wo ich jetzt sollen biegeln?! Auf Tisch in Biegelzimmer ist nix gut.»

«Das Bügelzimmer ist immer noch mein Büro!»

«Okay, okay.» Meine Mutter sah irgendwie etwas

müde aus. «Warum machen wir es nicht einfach so: Das Zimmer ist zwar dein...», sie sah meinen Vater vielsagend an, «... *Büro*. Aber Ludmilla bekommt dort eine Bügelecke. Mit Tisch und Schrank. Das Zimmer ist ja weiß Gott groß genug.»

Ludmilla und mein Vater sahen sich an. Schließlich nickte Ludmilla. «*Da*, das sein gut für mich.»

Mein Vater seufzte. «Na, von mir aus. Dann muss ich jetzt aber nochmal in den Baumarkt und einen Tisch und einen Schrank holen.»

Ludmilla setzte sich ihren Hut auf und zog ihre Jacke an. «Ich besser kommen mit. Mann nix wissen, was gut Tisch zu biegeln ist.»

Mein Vater warf einen flehentlichen Blick gen Himmel und ergab sich seinem Schicksal.

Meine Mutter bot dem kleinen Konny an, ihm etwas vorzulesen.

«Besser, wir verschwinden schnell, im Moment beachtet uns niemand», flüsterte ich Hubertus zu und zog ihn zur Tür.

«Geht das bei euch immer so turbulent zu?», wollte er wissen, als wir draußen waren.

«Das war ein verhältnismäßig ruhiger Tag.»

Hubertus lachte.

«Was wollen wir unternehmen?», fragte ich.

«Was immer du willst, aber ich muss zuerst kurz zum Kiosk. Ich hatte Sarahs Großvater versprochen, heute nochmal vorbeizukommen, um den Einsatzplan für die nächste Woche zu besprechen.»

Als wir zum Kiosk kamen, saßen Konny und Sarah davor rum.

Ich schlenderte zu den beiden, während Hubertus zu Sarahs Großvater ging.

«Und was gibt's Neues?», wollte Konny wissen.

«Der Bügelzimmer-Büro-Streit ging unentschieden aus. Ludmilla bügelt jetzt in Paps' Büro.»

«Mutig», grinste Konny.

Hubertus kam zu uns.

«Fertig? Super, dann können wir jetzt was zusammen unternehmen», freute ich mich.

Konny guckte entsetzt in meine Richtung.

«Entspann dich», sagte ich zu ihm. «Ich hab Hubertus und mich gemeint. Du glaubst doch nicht, dass ich freiwillig mehr Zeit als nötig mit meinem Bruder verbringe?»

«Welchen Bruder meinst du?», grinste Konny und zeigte an mir vorbei.

Ich drehte mich um und sah den kleinen Konny mit seinem Schnürsenkel-Fleischklopfer und Karl-Puschel fröhlich auf uns zulaufen.

«He, was machst du denn hier? Bist du wieder abgehauen?», feixte der große Konny.

«Ich will endlich 'ne Limo angeln», erklärte der Kleine.

«Wieso bist du allein hier?», fragte ich verblüfft, «Mami hat doch auf dich aufgepasst?!»

«Mami ist eingeschlafen beim Vorlesen. Ich wollte sie nicht wecken und bin ganz leise gegangen.»

Konstantin jaulte vor Vergnügen – oder war es Schadenfreude?

Ich legte meinem kleinen Bruder die Hand auf die Schulter und sah ihn ernst an. «Hör mal zu, Konny, du weißt doch, dass du nicht allein aus dem Haus gehen sollst!»

«Ich bin nicht allein, Puschel ist doch bei mir.»

«Ich hatte da aber eher an einen Menschen gedacht, jemand aus der Familie. Du kannst hier nicht allein bleiben.»

Jetzt schaute mich der Kleine verblüfft an: «Aber ich bin doch hier bei euch. Ihr gehört doch zu meiner Familie.»

Der große Konny und ich sahen uns an. Dann zog er mich außer Hörweite.

«Kümmer du dich drum», flüsterte Konny mir zu. «Nein, du!», flüsterte ich zurück.

«Ich will jetzt endlich mal mit Sarah allein sein.»

«Ach, und du meinst, ich will mit Hubertus unbedingt in Begleitung eines Fünfjährigen und eines Hundes den Nachmittag verbringen?!»

Fröhliches Kläffen und helles Lachen unterbrachen unsere Diskussion. Wir drehten uns um. Sarah lenkte den Kleinen ab, während Hubertus heimlich eine Flasche Limo an Kornelius' Fleischklopfer-Schnürsenkel band. Karl sprang fröhlich kläffend um die drei herum.

«Tja, mit der trauten Zweisamkeit wird das wohl nichts heute», seufzte Konny. «Du den Hund und ich den Kleinen?»

Ich überlegte: «Lieber umgekehrt. Oder halt, warte mal, nee, ich nehm doch lieber den Hund.»

Konny nickte und setzte sich in Bewegung.

«Halt», rief ich und hielt ihn fest. Ich schüttelte den Kopf: «Wir können die zwei nicht trennen, das macht der Kleine nicht mit.»

Konny stöhnte. «Und, was heißt das jetzt?»

«Einer von uns muss beide nehmen.»

«Also, ich tu mir den Stress ganz bestimmt nicht an, während du dich amüsierst.»

Ich seufzte: «Tja, dann sieht es wohl so aus, als würden wir beide diesen Nachmittag zusammen verbringen.»

Konny sah mich an. «Gruseliger Gedanke. Aber scheint ja die einzig faire Lösung zu sein.»

Ich seufzte.

Und das war dann unser romantischer Nachmittag: Sarah spielte mit Kornelius, Hubertus tollte mit Karl herum, dann gingen sie zum Weiher, Limonade angeln.

Konstantin und ich standen da und schauten unglücklich zu. «Ich kann's nicht glauben», stöhnte ich. «Da habe ich endlich den perfekten Jungen gefunden, und jetzt verbringe ich den Nachmittag mit dir!»

«Also, ich hab mir meinen Nachmittag auch anders vorgestellt, jetzt wo mit Sarah alles wieder in Butter ist!», maulte Konstantin.

Ich schaute den großen Konny an: «Das ist doch absurd!»

Der nickte und kratzte sich am Kopf: «Ziemlich kornblumig, das Ganze. Meinst du, bei uns läuft irgendwann mal was nach Plan?»

Ich zuckte die Schultern.

Ich würde später die Karten befragen.

Oder die Kekse.

ENDE

Und hier gibt es für alle Leserinnen und Leser einen Schwung Glückskeks-Sprüche zur freien Auswahl. Wenn ihr euren Lieblingsspruch gefunden habt, merkt ihn euch, schneidet ihn nicht aus dem Buch aus. Wobei, auf der anderen Seite ist es ja euer Buch, also könnt ihr ihn natürlich auch ausschneiden. Aber nur, wenn es wirklich euer Buch ist. Für ausgeliehene Bücher gilt das nicht.

*Wenn das Reiskorn nach Süden zeigt,
gehe ich nach Norden.*

*Nur der dumme Affe isst die Suppe
mit Stäbchen.*

*Wenn der Drache keine Zähne mehr hat,
sollte er kein Steak bestellen.*

*Der kluge Fisch trinkt nicht das Wasser
in dem er schwimmt.*

*Fauche nur dann wie ein Tiger,
wenn du ein gestreiftes Fell trägst.*

PS: Es verliert ein wenig in der Übersetzung.
(Na ja, ehrlich gesagt, mein Chinesisch ist nicht besonders gut.)

1000 Gründe, ~~keine~~ Liebesbriefe zu schreiben

Für Leandra und Allyssa
und 1000 Dank an Bibi

Inhalt

1. Kapitel, in dem
Sanny einen verhängnisvollen
Psychotest macht 9

2. Kapitel, in dem
Konny erklärt, warum *echte* Jungs keine
Komplimente machen 16

3. Kapitel, in dem
Sanny eine Einkaufsparty gibt 28

4. Kapitel, in dem
Konny erfährt, dass er ein Problem hat 33

5. Kapitel, in dem
Sanny eine Eis-Niederlage
einstecken muss 43

6. Kapitel, in dem
Konny lernt, dass man mit Tiefkühlpizza
kein Herz erwärmt 55

7. Kapitel, in dem
Sanny erfährt, dass sie ein Problem hat 67

8. Kapitel, in dem
Konny Nachhilfeunterricht im
Liebesbriefschreiben nimmt 74

9. Kapitel, in dem
Sanny eine Bestellung für eine Ritterburg
entgegennimmt 82

10. Kapitel, in dem
Konny sich in Cyrano de Bergerac
verwandelt 89

11. Kapitel, in dem
Sanny Hubertus' Großtante von der Liste
der Gemeinsamkeiten streicht 96

12. Kapitel, in dem
Konny den perfekten Liebesbrief
dem falschen Mädchen gibt 102

13. Kapitel, in dem
Sanny erfährt, dass Liebesbriefe
«in» sind 115

14. Kapitel, in dem
Konny unangenehmen Besuch
von Hubertus bekommt 121

15. Kapitel, in dem
Sanny statt eines Liebesbriefes
ein Referat über Fische bekommt 126

16. Kapitel, in dem
Konny die perfekten Vareniki
dem falschen Mädchen gibt 132

17. Kapitel, in dem
Sanny mit Hamlet auf der Bühne steht 144

18. Kapitel, in dem
Konny einer Rachegöttin begegnet 153

19. Kapitel, in dem
Sanny für ein blaues Auge
bei Hubertus sorgt 163

20. Kapitel, in dem
Konny eine Schlechtes-Gewissen-Grippe hat 170

21. Kapitel, in dem
Sanny ein gutes Wort für Konny einlegt 176

22. Kapitel, in dem
Konny sich eine Küchenschürze
umbinden lässt 182

1. Kapitel, in dem Sanny einen verhängnisvollen Psychotest macht

«Hubertus und ich passen nicht zusammen???»
«Sieht wohl so aus.»
«Wieso?»
«Steht hier. Ihr habt von 120 möglichen Punkten null gemacht. Keine Gemeinsamkeiten.» Liz schüttelte bedauernd den Kopf.

«Das kann nicht sein.» Ich riss meiner besten Freundin Liz die Zeitschrift aus der Hand und warf selbst einen Blick auf den Psychotest «Wie gut passt ihr zusammen?», der gerade das Schicksal meiner Beziehung zu meinem Freund Hubertus besiegelt haben sollte.

Wir saßen in einem Eiscafé. Hubertus, Liz und ihr Freund David und dummerweise auch mein kleiner Bruder Konny und dessen Hund Puschel. Wir haben einen großen und einen kleinen Konny in der Familie. Der große heißt Konstantin und der kleine Kornelius. Beide haben sich die äußerst einfallsreiche Abkürzung «Konny» ausgesucht, was unser sowieso schon chaotisches Familienleben nicht gerade einfacher macht. Mein Vater heißt Konrad Kornblum und hat die völlige K-Macke. Daher stammte auch mein Name: Kassandra. Aber um diese K-Schallmauer zu durchbrechen, nenne ich mich Sanny.

Leider hatte mein Vater mir heute mal wieder die Aufsicht über den Kleinen aufs Auge gedrückt. Und da ich meine Pläne mit Hubertus und Liz und David nicht ändern wollte, schleppte ich ihn und seinen Hund kurzerhand mit.

Nun stand der Kleine im Eiscafé vor Hubertus, hielt ihm einen Bauplan vor die Nase und erklärte ihm seine neueste Idee, während Puschel genüsslich Hubertus' Schuh annagte. Wie sollte ich mich da auf den Psychotest, den Liz mit mir machte, konzentrieren können? Der Test hatte völligen Unsinn ergeben. Hubertus und ich waren ein Herz und eine Seele. Wir passten perfekt zusammen. Keine Gemeinsamkeiten – pah! So ein Unsinn!

«Eine prima Hundehütte», meinte Hubertus, lächelte Konny freundlich an und versuchte unauffällig seinen Schuh vor Puschel in Sicherheit zu bringen.

«Das ist doch keine Hundehütte!», rief Konny empört. «Das ist ein Piratenschiffhaus für Puschel! Und wenn andere Schiffe oder Häuser vorbeikommen, kann Puschel sie gleich entern.»

Ich verdrehte die Augen.

Hubertus blieb gelassen. «Dein Hund soll andere Schiffe oder Häuser entern?»

«Na klar! Er ist schließlich ein Piratenhund!»

«Und diese Schiffe oder Häuser kommen bei euch im Garten vorbei?»

«Hoffentlich! Ich darf ja noch nicht alleine auf die Straße...»

Ich schüttelte den Kopf und konnte nicht glauben, was für eine Unterhaltung Hubertus mit meinem kleinen Bruder führte.

Hubertus allerdings schien sie zu gefallen. Er lachte und beugte sich interessiert über den Bauplan, den der kleine Konny uns stolz zeigte. Seit zwanzig Minuten, reihum. Jetzt war gerade wieder Hubertus dran, weswegen er auch die Sache mit dem Test nur mit einem halben Ohr mitbekommen hatte.

«Ich glaube, die Frau da vorne mit dem kleinen Pudel würde sich für ein Piratenschiffhaus interessieren», erklärte ich dem Kleinen und hoffte auf diese Art und Weise, wenigstens mal fünf Minuten meine Ruhe zu haben. Ich musste mit Hubertus zusammen diesen Test noch einmal machen. Das erste Ergebnis konnte so nicht stehen bleiben.

Konny machte sich sofort mit Puschel im Schlepptau auf den Weg zu der Dame. Puschel war eine Mischung zwischen überdimensioniertem Wischmopp und einem in die Jahre gekommenen Fransenteppich, daher musste erst mal der pinkfarbene Pudel der Frau beruhigt und in Sicherheit gebracht werden, bevor Konny ihr die neueste Errungenschaft auf dem Markt für Hundehütten zeigen konnte: die Piratenschiffhundehütte für Piratenhunde. Denn unser Hund Puschel war ein Piratenhund. Das lag daran, dass sein Besitzer, also mein kleiner Bruder, von Beruf Pirat war. Das zumindest verkündete er stets lautstark, bevor er jemanden überfiel und nach Beute verlangte.

«Hubertus, wir passen nicht zusammen», platzte ich mit der wichtigsten Neuigkeit des Nachmittags heraus.

«Ach wirklich? Sagt wer?»

«Dieser dämliche Test!» Ich wedelte mit der Zeitschrift.

«Also, wenn er so dämlich ist, dann hat das Ergebnis ja nichts zu sagen», lachte Hubertus.

«Oh, für uns schon», strahlte Liz. «Schließlich passen wir perfekt zusammen.» Sie lehnte sich an David, der ebenfalls strahlte.

«Hab ich ja gewusst», grinste David und küsste Liz.

«Ich hab's nicht gewusst», lächelte mir Hubertus zu, nahm meine Hand und küsste mich ebenfalls.

«Dürfen wir das denn überhaupt noch?», fragte ich ironisch.

«Tja, wenn es nach dem Test ginge, wohl nicht, aber wer hält sich schon an so einen blöden Test.»

«Wir!», riefen Liz und David im Chor und lachten.

Ich ließ es mir nicht anmerken, aber meine Laune hatte unter dem Ergebnis des Psychotests gelitten.

Ich schaute zu Konny, der der Frau inzwischen die Vorzüge eines Ausgucks auf einer Hundehütte erklärte.

«Und das hat dein Vater entworfen und gezeichnet?», fragte die Frau mit dem Pudel.

«Ja», nickte der Kleine stolz. «Mein Papi ist nämlich Architekt, und besonders gut ist er in Hundehütten.»

Das stimmte, zumindest Ersteres. Mein Vater ist Architekt; und nach einem Disput mit meiner Mutter, welche Arbeit wohl anstrengender sei, die des täglichen Broterwerbs oder die des täglichen Zähmens, Fütterns und Einfangens der Kinder und die Organisation eines Haushaltes (Letzteres ist laut meinem Vater «ein Klacks»), hatten meine Eltern einfach die Jobs getauscht. Meine Mutter verließ seitdem jeden Morgen das Haus und ging in das familieneigene Architekturbüro, und mein Vater brachte unseren Tagesablauf durcheinander.

Nach Punkten führte eindeutig meine Mutter, was man allein schon daran sehen konnte, dass wir eine Haushälterin einstellen mussten, um zu Hause zu überleben.

«Woran denkst du gerade?», fragte mich Hubertus.

«An Ludmilla», antwortete ich wahrheitsgemäß, denn so heißt unsere Haushälterin.

«Du denkst an Ludmilla, während ich hier sitze und deine Hand halte?», lachte Hubertus.

«Wäre es dir lieber, ich würde an Piraten denken?», bot ich hilfsbereit an.

«Wäre es denn so schwer, an mich zu denken?»

«Ich denke, das krieg ich hin», sagte ich grinsend und gab ihm einen Kuss.

«Und wenn es besonders windig ist, dann kann sich Puschel hier an diesen Seilen festhalten. Das ist wichtig für einen Piratenhund.» Konnys Stimme kam jetzt aus einer anderen Ecke.

Man musste ihn ständig im Auge behalten, weil er die dumme Angewohnheit hatte, sich gerne mal zu verdrücken. Deshalb war er auch aus dem Kindergarten geflogen. Sie hatten es satt, ihn ständig im Umkreis von einem Kilometer suchen zu müssen.

Konny stand jetzt mit seinem Plan bei dem Verkäufer hinter der Eistheke. Der hörte geduldig zu, während die Schlange der Eiskunden immer länger wurde.

«Besser, wir fangen ihn mal wieder ein», schlug ich vor und nickte mit dem Kopf in Richtung kleiner Konny.

Hubertus stand auf. «He, Pirat, alle Mann an Bord, wir laufen aus», rief er ihm zu.

Der kleine Konny strahlte. Er mochte Hubertus, und Hubertus mochte den Kleinen. Mich nervte der Kleine, aber was will man machen, man kann sich seine Geschwister ja nicht aussuchen. Und wenn, dann hätte ich mir nie und nimmer meinen Zwillingsbruder Konstantin ausgesucht. Den großen Konny würde ich auf der Stelle gegen *drei* kleine Konnys eintauschen.

Wir verabschiedeten uns von Liz und David; der Kleine verabschiedete sich umständlich von dem Verkäufer, rollte seinen Bauplan zusammen, nahm Puschel am Halsband und ging zu Hubertus.

Der Eisverkäufer atmete sichtlich erleichtert auf.

Hubertus begleitete uns noch nach Hause, und während Konny und Puschel vorausliefen und alles überfielen, was nicht schnell genug die Straßenseite wechselte, schmiegte ich mich an Hubertus und hoffte, dass der Heimweg noch ewig dauern würde. Den blöden Test hatte ich bereits völlig vergessen.

2. Kapitel, in dem Konny erklärt, warum *echte* Jungs keine Komplimente machen

Sarah wischte die Tische ab. Meine *Freundin* Sarah. Ich fand es ziemlich cool, eine feste Freundin zu haben.

Das lag aber auch daran, dass Sarah einfach klasse war. Ganz im Gegensatz zu meiner völlig durchgeknallten Zwillingsschwester Sanny, die ausschließlich damit beschäftigt war, Probleme zu finden, wo es vorher keine gab, und Listen zu erstellen, die kein Mensch brauchte. Aber, hey, man kann sich seine Familie nicht aussuchen.

Ich wartete am Weiher auf meine besten Freunde Felix und Kai, wir waren verabredet. Ich war extra früher gekommen, um noch Zeit mit Sarah zu verbringen. Am Weiher gab es einen kleinen Kiosk mit ein paar Tischen und Stühlen. Der gehört Sarahs Großvater, und sie half ihm ab und zu aus. Hier hatten wir uns auch kennen gelernt, weil die Jungs und ich hier immer zum Angeln herkamen.

Sarah ging von Tisch zu Tisch, das Tuch lässig in der Hand.

Ich könnte ihr stundenlang zusehen.

«Alles okay?», hörte ich plötzlich eine Stimme. Sarahs

Stimme. Es war die coolste Stimme seit Erfindung der Stimmbänder. Egal, was sie sagen würde, selbst wenn sie ein «Best-of» der Lottozahlen der letzten 20 Jahre verkünden würde, ich musste ihr einfach zuhören. Der Klang ihrer Stimme war perfekt.

«Was ist, Konny, hilfst du mir jetzt oder nicht?», rief sie.

«Was?!» Das Einzige, was ich nicht so toll an der Stimme fand, war, dass sie mich immer wieder aus dem Konzept brachte.

Sarah sah mich grinsend an. «Was tust du?»

«Oh, ich denke nach», meinte ich lässig.

«Darüber, dass es echt nett wäre, mir zu helfen, statt einfach nur dumm rumzustehen?»

«Nein. Ich denke darüber nach ... äh ... wie gut das Wischtuch zu deinem Shirt passt und ...»

«Das freut mich sehr, ich habe nämlich ganz viele Wischtücher probiert, bis ich mich für das hier entschieden habe. Vielleicht finden wir ja auch eins, dass zu deinem Shirt passt?»

Das klang jetzt irgendwie zynisch. Ich hatte das dumpfe Gefühl, dass sie mir damit etwas mitteilen wollte. Aber was bloß? War etwas mit meinem Shirt nicht in Ordnung? Ich sah an ihm hinunter. Nein, alles okay. Ich blickte Sarah fragend an.

Sie seufzte. «Ich wollte damit sagen, es wäre echt nett, wenn du dir ein Tuch schnappen und mir helfen könntest.»

Ach so. Wieso sagte sie das denn dann nicht einfach?! Mädchen!

Ich ging lässig zu ihr. «Na klar doch, hey, für dich mach ich alles.»

«Wie schön!» Sie nickte in Richtung des Wassereimers, in dem noch ein Tuch schwamm.

Ich half ihr, die Tische abzuwischen, und nutzte die Zeit, Sarah weiterhin anzuschauen.

«Sehr gesprächig bist du ja nicht gerade», meinte sie nach einer Weile. «Es soll schon vorgekommen sein, dass Jungs mit ihrer Freundin geredet haben.»

«Okay», nickte ich. «Und worüber? Über irgendwas Bestimmtes?»

«Ähm...» Sarah sah angestrengt in die Luft. Dann blickte sie mich gespielt verzweifelt an: «Du hast Recht, Konny – mir fällt auch nichts ein. Ja, es gibt nichts, worüber wir reden könnten. Wir sollten weiterhin schweigen.»

«Das meinst du aber jetzt nicht im Ernst, oder?», erkundigte ich mich vorsichtshalber.

Sarah verdrehte die Augen. «Du könntest zum Beispiel mal was Nettes sagen, mir ein Kompliment machen.»

«Was?!» Was wollte sie denn jetzt von mir. «Hey, das mit dem Tuch und deinem Shirt war doch nett, oder?»

Sie verdrehte die Augen. «Wow! Schon mal was von *echten* Komplimenten gehört?»

«Ach, weißt du, *echte* Jungs stehen da nicht so drauf. Wozu brauchst du das denn?»

«Na, wie soll ich denn sonst wissen, ob du mich überhaupt magst?»

Ich stutzte. Also, das war ja wohl sonnenklar. Schließlich hing ich in meiner gesamten freien Zeit hier rum. Wegen ihr! Was wollte sie bloß von mir hören?!

Sarah sah mich ganz lieb an. «Konny, ich finde dich echt toll. Und ich mag dich.»

Sie machte eine erwartungsvolle Pause.

«Äh, danke», meinte ich.

«Danke? Ich hab eben gesagt, dass ich dich mag.»

Jetzt war ich völlig verunsichert. Was sollte ich denn dazu sagen? Ich mochte sie doch auch.

«Hey, cool», sagte ich dann.

Sarah verdrehte die Augen.

«Was?», erkundigte ich mich. «Was erwartest du von mir?»

Sarah wirkte etwas sauer, als sie antwortete: «Als Erstes, dass du selbst draufkommst! Und ein kleiner Hinweis: Ich habe dir gerade gesagt, dass ich dich mag und dich toll finde. Ein ‹Danke› ist da nicht die beste Antwort. Überhaupt sagst du immer nur so allgemeines Zeug zu mir. Und da wir gerade dabei sind...» Sie redete sich irgendwie in Rage.

Ob sie was Schlechtes gegessen hatte und sich nicht so wohl fühlte?

«Es nervt mich manchmal echt, wie du dich verhältst. Wir machen immer nur dasselbe, hier rumhängen oder ins Kino gehen, und spätestens, wenn deine Freunde in der Nähe sind, spielst du Mister Obercool und ignorierst mich. Das ist voll blöde.»

Ich sah sie verwirrt und ein wenig erschrocken an.

Sarah seufzte, gab mir einen Kuss auf die Nase und wandte sich dem nächsten Tisch zu.

Hey, was sollte das? Wovon sprach sie? Was will sie von mir?

«Ich weiß echt nicht, worauf du hinauswillst. Mit den Jungs mach ich doch auch immer das Gleiche. Wir gehen ins Kino, quatschen und gehen angeln. Und die haben sich noch nie beschwert, dass ich ihnen keine Komplimente mache oder so.»

«Konny, das soll hoffentlich ein Witz sein?!»

«Frag sie!»

Sarah sah an mir vorbei und winkte kurz. «Na, dazu hätte ich ja auch gleich Gelegenheit.»

Ich sah über meine Schulter, Kai und Felix kamen grinsend auf uns zu. Ich drehte mich schnell wieder Sarah zu. «Hör mal, davon kein Wort zu den Jungs, okay?!»

«Okay, Joe Cool, keine Sorge, ich werde dein Image nicht beschädigen.» Dann grinste sie und fügte leise hinzu: «Das schaffst du ganz alleine.»

«Hallo, Jungs!» Ich schaltete jetzt blitzschnell auf lässig um, warf unauffällig das Wischtuch in den Eimer, drehte mich zu ihnen und hob locker die Hand. Es fehlte nämlich gerade noch, dass meine Freunde mitbekamen, dass ich hier Tische putzte oder Problemgespräche mit meiner Freundin führte. «Na, endlich!», grölte ich. «Ihr könnt mich doch hier nicht so lange warten lassen. Seit Stunden stehe ich hier!»

Sarah schoss mir einen wütenden Blick zu. Was hatte sie denn jetzt schon wieder?!

Felix und Kai sahen sich fragend an.

Felix' Blick fiel auf die Uhr: «Dann warst du eindeutig zu früh hier.»

«Wollen wir angeln gehen?», überging ich den Kommentar.

«Was ist denn das für 'ne Frage?» Felix schüttelte den Kopf. «Wieso sollten wir uns sonst am See treffen mit Angeln und 'nem Grill? Um 'ne Holzhütte zu bauen und dann Ski zu fahren?»

«Und habt ihr Lust dazu? Nicht zu langweilig oder so?»

«Ich gehe gerne angeln», meinte Kai.

Felix sah mich an, als hätte ich sie nicht mehr alle.

«Ich wollte ja nur nochmal sichergehen, dass ich auch weiß, was ihr wollt!», sagte ich und schaute Sarah triumphierend an.

Die verdrehte die Augen und schüttelte den Kopf.

«Und was soll ich euch an die Angel hängen?», fragte Sarah die beiden.

«Nichts. Ludmilla hat mir was mitgegeben. Ich hab auch extra noch was für dich mitgenommen», erklärte Kai und fing an, in seiner Tasche zu wühlen.

Eigentlich war unser Angelritual ja ein Geheimnis. Dummerweise hatte Sarah es mitbekommen. Die Jungs und ich gingen gerne angeln. Halt so 'ne echte Männersache. Man sitzt da, angelt, unterhält sich, trinkt 'ne Limo. Wie das Männer eben so machen. Allerdings fand es keiner von uns dreien so klasse, wenn tatsächlich mal ein Fisch angebissen hatte. Genau genommen, waren wir damit völlig überfordert. Zum Glück war es uns nur einmal passiert. Als Ersatz für die Fische, die wir nicht fangen wollten, nahmen wir meist Fischstäbchen mit, die wir auf den Grill warfen. Oder aber Ludmilla gab Kai etwas zu essen mit. Oder wir kauften uns etwas am Kiosk.

Dieses Ritual unterlag strengster Geheimhaltung. Nur leider wussten inzwischen schon Sarah und Ludmilla davon. Ludmilla war die Haushaltshilfe von Kais Mutter und, seit mein Vater sich als Hausmann versuchte, zum Glück auch von uns. Damit war unser Überleben gesichert, denn mein Vater hatte ungefähr so viel Geschick zum Haushaltführen wie ein Elefant zum Seiltanz.

Kai hatte inzwischen gefunden, wonach er suchte, und gab Sarah ein kleines Päckchen. «Das sind Vareniki, gefüllte Teigtaschen, die kleinere ist als Nachtisch gedacht, die ist süß und mit Obst gefüllt. Die andere ist mit Pilzen und Kartoffeln und Röstzwiebeln gefüllt. Wenn du noch ein wenig Sauerrahm drübertust, schmeckt's am besten. Probier doch mal.»

«Hört, hört», rief ich und schüttelte den Kopf. Es war eine Sache, dass wir das Angeln ein wenig abänderten, was die Nahrungsjagd anbelangte, aber dass wir jetzt auch noch einen Spezialitäten-Kochkurs daraus machten, war ein Zacken zu viel.

Sarah nahm das Päckchen. «Hey, das ist ja total lieb von dir, vielen Dank.» Sie strahlte Kai an. «Das ist doch echt mal was anderes.» Sie warf mir einen Blick zu, packte eines dieser Teigdinger aus und biss hinein. «Mhmm, das schmeckt lecker.»

Kai strahlte zurück. «Wenn du willst, kann ich Ludmilla auch gerne mal nach dem Rezept fragen.»

«Ah, verstehe, das ist es, was du willst. Einen Freund, mit dem du über Kochrezepte reden kannst», raunte ich ihr spöttisch zu.

Sie stieß mir ihren Ellbogen in die Rippen. «Idiot!», zischte sie zurück. «Okay, Jungs, dann viel Spaß noch.» Kauend ging sie zurück in den Kiosk.

Felix sah mich forschend an. «Ärger im Paradies?»

«Wo?»

«Okay, das war schon die Antwort.»

«Oh, du meinst, ob wir Stress haben? So was wie: Ich wüsste nicht, was sie wirklich will, und erzähle ihr immer nur Allgemeinkram und so? Blödsinn, wie kommst du denn auf die Idee?»

Felix und Kai sahen sich an.

«Na, was jetzt? Sind wir hier zum Löcher-in-die-Luft-Starren, oder wollen wir angeln gehen und Fische fangen?»

«Also Fische fangen eigentlich nicht gerade...», überlegte Superhirn Kai.

«Halt einfach die Klappe und komm», knurrte ich ihn an und ging los.

Felix und Kai folgten mir.

Wir gingen zu unserer Teichecke, wo wir immer unsere Angeln ins Wasser hängten. Hier gab es am wenigsten Fische, sodass die Gefahr, dass sich einer in selbstmörderischer Absicht in einen unserer Haken stürzen würde, sehr gering war.

Wir bauten unsere Ausrüstung auf und setzten uns ans Ufer. Ich war ziemlich einsilbig und starrte ins Wasser.

Felix schubste mich an. «Okay, was ist? Sagst du es freiwillig, oder sollen wir uns erst mal über dich lustig machen?»

«Es ist gar nichts. Lass mich in Ruhe.»

Felix grinste. «Na gut, dann rate ich doch mal. Du hast Stress mit Sarah, weil du nicht weißt, was sie will, und du ihr immer nur allgemeinen Quatsch erzählst?»

«Wer hat dir das erzählt?!» Ich drehte mich empört zu ihm um.

«Du selbst, eben. Was ist los, hast du dein Hirn auf Stand-by runtergefahren?»

«Das ist ein echtes Problem», mischte sich jetzt Kai ein und nickte nachdenklich mit dem Kopf.

«Was, das mit dem Hirn-Stand-by?»

Kai schüttelte den Kopf. «Damit hab ich keine Erfahrung. Nein, ich meine das mit Sarah und dem Nichtwissen, was sie will und so. Das ist ein Problem.»

Felix und ich starrten Kai an.

«Was hast du da gerade gesagt?!» Ich konnte es nicht glauben.

Kai drehte sich zu Felix. «Ich glaube, seine Ohren sind auch auf Stand-by.» Dann drehte er sich wieder zu mir. «Es ist nicht einfach, zu wissen, was die Mädchen wollen. Da muss man sich echt Mühe geben.»

«Wow, du Schlaubacke. Und woher hast du diese Weisheit?» Der Junge machte mich echt fertig. Keine Ahnung von nichts, aber hier einen erzählen.

«Von Ludmilla. Sie meinte, dass Jungs die Phantasie fehlt und sie ganz schön was tun müssten, um das aufzuholen.»

«Du redest mit Ludmilla über Mädchen?» Nicht zu fassen.

«Na klar», nickte Kai. Er überlegte kurz. «Wieso nicht? Schließlich war sie ja auch mal ein Mädchen.»

Ludmilla – ein Mädchen?! Die Vorstellung war mir viel zu skurril. Eher konnte ich mir vorstellen, dass der Terminator Häkelkurse in Russland gab.

Ich sah Felix hilfesuchend an und machte eine stumme Geste zu Kai.

Felix zuckte ratlos mit den Schultern.

Kai fing an, seine russischen Teigtaschen auszupacken und auf den Grill zu legen. «Na, auf alle Fälle solltest du dir wirklich mehr Mühe mit Sarah geben. Lass dir mal was einfallen. Wäre doch schade. Ich meine, Sarah ist total nett.»

«Und was würde Ludmilla wohl in meinem Fall raten?»

«Ich kann Ludmilla gerne mal fragen.»

«Nein!» Das fehlte mir gerade noch, dass sich mein etwas unterbelichteter Freund Tipps für mein Liebesleben bei unserer Haushaltshilfe holte, die mich aus unerfindlichen Gründen nicht besonders gut leiden konnte.

«Ja, lass dir mal Nachhilfe von Ludmilla geben», feixte Felix.

«Bevor du dich hier lustig machst, such dir erst mal selbst 'ne Freundin!» Okay, ich wusste, das war gemein, aber so langsam war mein Tageslimit an Tiefschlägen gegen mein Selbstbewusstsein erreicht.

Felix sah mich finster an.

«Ludmilla hat bestimmt auch ein paar Tipps für dich», bot Kai Felix an.

«Kai, halt die Klappe!» Felix und ich gaben einen guten Chor ab. Vor allem einen lauten.

«Sorry, hab ich nicht so gemeint», sagte ich leise zu Felix.

«Okay. Ich weiß ja, du hast momentan jede Menge Probleme, die du nicht allein lösen kannst.»

«Hey!» Da reichte man diesem Kerl die Hand, und er holte zum nächsten Schlag aus. Wir standen uns jetzt in Kampfhaltung gegenüber.

«Männer, die Vareniki sind fertig!», rief Kai fröhlich dazwischen. «Greift euch eure Serviette und passt auf, dass ihr die Teller nicht anstoßt, das kann Ludmilla nämlich gar nicht leiden.»

Felix und ich sahen uns an.

Dann entspannten wir uns. So, wie Kai heute drauf war, konnten wir den Nachmittag wohl nur als Team überleben.

3. Kapitel, in dem Sanny eine Einkaufsparty gibt

«Okay, können wir los?» Hubertus hatte mich abgeholt. Wir wollten uns mit Liz und David treffen.

«Ja, aber wir müssen uns ganz leise rausschleichen», nickte ich ihm zu.

«Warum? Ist dein kleiner Bruder wieder auf Beutejagd?»

«Nein, viel schlimmer, mein Vater sucht jemanden, dem er seine Pflichten aufs Auge drücken kann. Er nennt das Erziehung.»

«Gutes Konzept.»

Ich öffnete ganz leise meine Zimmertür, und wir schlichen die Treppe hinunter. Neben das Telefon legte ich einen Zettel mit der Info, dass ich unterwegs war. Jetzt trennten uns nur noch ein paar Meter von der Haustür.

«Sanny, bist du das?»

Ich überlegte kurz, ob Leugnen helfen würde.

Zu spät. Mein Vater stand schon neben uns.

«Ah, ihr wollt gehen?»

«Ja, wir sind verabredet und schon viel zu spät dran», sagte ich und schob Hubertus schnell zur Tür.

«Ach, wenn du sowieso unterwegs bist, kannst du doch auch gleich ein paar Einkäufe für mich erledigen.»

«Paps!», stöhnte ich auf.

«Gut, ich kann das gerne selbst machen, aber dann brauche ich jemanden, der auf Konny aufpasst.»

«Den großen oder den kleinen?»

«Such dir einen aus», grinste er.

Eins hatte mein Vater richtig schnell gelernt: wie man mit unlauteren Mitteln seine Kinder dazu bringt, das zu tun, was man will. Darin war er ein echtes Talent.

«Einkaufen oder Babysitten? Das sind meine Optionen? Und was macht der große Konny?»

«Stimmt ...», murmelte mein Vater vor sich hin. Dann lächelte er.

«Okay, also dann tschüs», rief ich.

«Halt, was denn jetzt? Einkaufen oder Piratendienst?»

«Ich dachte, das hätten wir gerade geklärt.»

«Nein», schüttelte mein Vater den Kopf.

Ich gab auf und streckte die Hand nach dem Einkaufszettel aus.

«Eine gute Wahl», lächelte mein Vater. Er gab mir ein paar Geldscheine und einen eng beschriebenen DIN-A4-Zettel.

«Hey, wie soll ich denn das alles nach Hause schleppen?», fragte ich empört.

«Du bist doch mit Freunden unterwegs, da packt sicher jeder gerne mit an», meinte mein Vater, lächelte Hubertus zu und drehte sich um.

«Oh, und ich lade euch dafür zu einem Eis ein», rief uns mein Vater noch hinterher. «Viel Spaß!»

Na toll. Ich sah Hubertus mit einer Mischung von «Es-tut-mir-leid» und «Ich-hasse-es» an.

Der zuckte die Schultern, grinste und legte den Arm um mich. «Hey, bestimmt wird es nett, und zumindest wissen wir jetzt, wo wir hingehen.»

«Wir gehen einkaufen? Jetzt? In einen Supermarkt?» Liz schien ein Problem mit den Ohren zu haben.

«Hättest du lieber wieder auf meinen kleinen Bruder aufpassen wollen?»

«Oh, dein Vater nimmt den Tag frei?»

«Wenn es ihm gelingt, dem großen Konny jetzt noch den kleinen Konny aufs Auge zu drücken: ja.»

Liz grinste: «Er ist echt gut darin.»

Ich seufzte und nickte.

Wir gingen in den Supermarkt und arbeiteten uns durch die Liste.

Ich kam mir vor wie ein General bei der alles entscheidenden Lebensmittelschlacht.

«He, Sanny, ich hab nur die Semmelbrösel in einer gelben Packung gefunden, gehen die auch?», rief David und wedelte mit einer Packung.

«Die anderen mit dem finster aussehenden Mann drauf wären besser. Der erinnert Ludmilla an ihre Heimat, und dann kriegen wir immer einen besonders leckeren russischen Nachtisch.»

«Die gibt's hier nicht.» David zog mit den Semmelbröseln wieder ab.

«Ihr habt das superflauschige Toilettenpapier?», fragte Liz und schleppte eine Klinikpackung an, hinter der man sie kaum noch sehen konnte.

«Der kleine Konny besteht darauf. Ich glaube, Puschel spielt am liebsten damit, und der Kleine will nicht, dass er sich die Schnauze verletzt.»

«Wer von euch isst denn Schokolade mit Rosinen?», wollte Hubertus wissen.

«Ich, wieso?»

Hubertus schüttelte sich. «Nur so, ich kann Rosinen nämlich nicht leiden.»

Wir näherten uns den Kassen und damit auch den Zeitschriften. Liz rief eine Rast aus.

«Man soll jede Gelegenheit nutzen, um sich zu bilden», erklärte sie und stürzte sich auf die einschlägigen Mädchen-Zeitschriften.

Wir scharten uns um sie, während sie kichernd die neusten Trends verkündete.

Auch die Jungs hatten Spaß daran, während mich das Ganze wieder an diesen bescheuerten Psychotest erinnerte und daran, dass Hubertus und ich nicht zusammenpassen sollten, weil wir keine Gemeinsamkeiten hatten. Wie kann man nur so einen Blödsinn schreiben?! Hubertus und ich passten hervorragend zusammen, das konnte doch jeder sehen.

«In diesen Zeitschriften steht eh nur Unsinn, kommt, lasst uns jetzt endlich ein Eis essen.» Damit rollte ich den Einkaufswagen zur Kasse.

Die anderen kamen hinterher, ich zahlte, und endlich saßen wir – umgeben von Einkaufstüten – wieder im Eiscafé.

«Das mit dem Psychotest war doch echt lustig», kicherte Liz.

Erst wollte ich Liz anblaffen, warum sie mit diesem blöden Test einfach keine Ruhe gab, dann aber entschied ich mich um: Ich würde ihr beweisen, dass Hubertus und ich genauso gut zusammenpassten wie Liz und David. Nein, wir passten sogar noch viel besser zusammen.

4. Kapitel, in dem Konny erfährt, dass er ein Problem hat

Mal was Nettes sagen! Komplimente machen, sonst wüsste sie nicht, dass ich sie mag. Also wirklich. Wie kommt Sarah denn darauf? Wir würden immer nur dasselbe machen. So ein Unfug. Was sollen wir denn noch alles unternehmen?!

Ich werde sie mit einem Besuch der Monster-Truck-Show überraschen. Ob sie dann immer noch der Meinung ist, mir fiele nichts ein, werden wir ja sehen.

Ich schlich mich leise die Treppe hinunter. Ich wollte auf keinen Fall meinem Vater in die Hände fallen, da er neuerdings noch mehr als sonst die Auffassung vertrat, wir seien nun alt genug, um uns verstärkt an familien- und haushaltstechnischen Pflichten zu beteiligen. Das bedeutete, er wälzte die wenigen «Hausfrauen-Pflichten», die man ihm noch zutraute, auf meine Schwester und mich ab.

Noch drei Schritte, dann langsam die Tür öffnen und ...

«Sohn!»

Mist!

«Ich hab's echt eilig und bin verabredet. Ich komme schon zu spät», versuchte ich einen Fluchtversuch.

«Dann solltest du endlich mal lernen, rechtzeitig loszugehen», sagte mein Vater freundlich. «Du musst mir helfen und auf den Kleinen aufpassen.»

«Paps!», stöhnte ich.

«Okay, ich kann das auch machen, aber dann kann ich nicht einkaufen gehen, dann müsstest du das übernehmen», zuckte er die Schultern.

Ich hasste es einzukaufen und die ganzen Sachen in Tüten und Taschen durch die Gegend zu schleppen. Das war völlig uncool. Hat denn jemals jemand James Bond im Supermarkt und später mit Einkaufstüten beladen rumstapfen sehen? Sicher nicht. Ich seufzte und entschied mich für den Kurzen.

«Konny. Puschel. Wir gehen 'ne Runde.»

Ein lautes «Nehmt euch in Acht, ihr Kaufleute da draußen!» ertönte, gefolgt von lautem Gebell. Mein Bruder hatte nämlich nicht einfach beschlossen, später mal Pirat zu werden, er hatte beschlossen, es jetzt schon zu sein. Seit diesem Zeitpunkt wurde alles geentert, was nicht niet- und nagelfest war oder sich nicht verteidigen konnte.

Ich sah ärgerlich zu meinem Vater. «Du hast mal wieder gewonnen.»

«Danke, Junge», strahlte er mich an. »Ich wusste, dass du dich fürs Piratensitten entscheidest.» Er drückte mir Geld in die Hand, schnappte sich seine Autoschlüssel und ging aus dem Haus. «Kauft euch ein Eis», rief er mir noch über die Schulter zu und fuhr los.

Während ich auf die Piraten-Crew wartete, überlegte ich. Irgendwas an dieser Situation kam mir komisch vor.

«Okay, Käpt'n, alles klar zum Entern», krähte der Kleine und baute sich vor mir auf.

«Wuff», erklärte Puschel.

«Na, dann los.» Ich ging mit den beiden zum Kiosk am Weiher, um Sarah abzuholen.

Konny war gerne dort, und Puschel liebte es, ins Wasser zu springen und sich so einzusauen, dass er jeder Kanalratte Konkurrenz machen konnte.

Das allerdings liebte Ludmilla weniger.

Was ein Problem werden würde.

Aber darum würde ich mich später kümmern. Oder auch nicht. Immerhin hatte mich ja mein Vater gezwungen, Puschel mitzunehmen. Ja, damit konnte ich arbeiten.

Der Kleine nahm Sarah sofort in Beschlag. Umständlich erklärte er ihr den Bauplan von Puschels neuer Piratenschiffhundehütte. «Wenn es sehr warm ist, kann er sich unter das Segel legen», meinte er eifrig. «Das hat der Frau mit dem Pudel besonders gut gefallen.»

Sarah lachte. Dann sah sie zu mir rüber und grinste.

«'ne echt coole Sache, diese Hütte, was?», sagte ich lässig.

«Das ist keine Hütte!», korrigierte mich Konny empört. «Du darfst Puschels Haus nicht so nennen.»

«Schon gut», winkte ich ab. «Apropos Puschel, ich glaube, du solltest ihn mal langsam einfangen. Inzwischen hat er schon Ähnlichkeit mit einer pelzigen Version von Flipper.»

Der Kleine drückte Sarah den Plan in die Hand und bat sie, darauf aufzupassen. Dann widmete er sich seinem Hund und war binnen kürzester Zeit kaum noch von ihm zu unterscheiden.

«Na», sagte Sarah und rutschte zu mir.

«Hi», antwortete ich lässig.

Sie sah mich erwartungsvoll an.

Ich nahm ihre Hand. Das konnte nie verkehrt sein.

Sie lächelte. Ja, Treffer!

«Und?»

Gut, Hand nehmen alleine reichte wohl nicht. Ich betrachtete ihre Hand. «Hey, du hast Sommersprossen auf der Hand. So was hab ich ja noch nie gesehen!»

Sie zog die Hand wieder weg.

«Echt zum Totlachen», setzte ich hinzu.

Jetzt stand sie auf. «Konny, weißt du, was dein Problem ist?»

«Habe ich denn eins?»

Sie ignorierte meine Frage. «Du hast einfach überhaupt keine Ahnung, was Mädchen wollen.»

Autsch, das tat weh. Schließlich war ich der größte Frauenversteher schlechthin. «Ich denke, du übertreibst», versuchte ich den Vorwurf wegzulächeln. «Ich hab mir eine tolle Überraschung für dich ausgedacht: Wir gehen zur

Monster-Truck-Show, ist bloß 'ne Woche hier, und ich hab Eintrittskarten.»

«Monster-Truck-Show? Diese riesigen gigantischen hässlichen Autos, die über andere Autos drüberfahren?»

«Genau die!», strahlte ich.

«Und damit wolltest du mir eine Freude machen?»

«Jawohl!»

«Vergiss es. Fang lieber deinen Bruder wieder ein. Der verschwindet nämlich gerade dahinten im Schilf.»

«Au, verdammt!» Ich sprang auf.

Sarah ging in den Kiosk und begann die Zuckertütchen neu zu sortieren.

Den kleinen Bruder zu verlieren stand ganz oben auf der Liste der Dinge, die Ärger verursachten.

Ich sprintete hinter Konny und Puschel her. Ich fing nach einer kleinen Hetzjagd beide ein, aber schlammig und nass war ich jetzt auch. In diesem Aufzug nochmal zu Sarah zurückzugehen, hatte nicht viel Sinn.

«Tschüs bis morgen!», rief ich Sarah aus der Ferne zu. «Ich hol dich zur Monster-Truck-Show ab.»

Sie zuckte nur mit den Schultern.

Sie sah aus, als hätte sie ein Problem. Aber was für eins?

Ich saß in meinem Zimmer und dachte nach.

Nichts. Mir fiel einfach nichts ein. Ich hatte keinen blassen Schimmer, was mit Sarah los war.

Gut, dann musste ich mit jemandem reden. Über Sarah. Jemand musste mir erklären, was sie wollte und wovon sie sprach. Wie konnte ich ihr denn sonst helfen?

Vielleicht sollte ich mit meinem Vater reden, überlegte ich. So von Mann zu Mann. Irgendwie musste er meine Mutter ja auch mal überredet haben, ihn so sehr zu mögen, dass sie ihn sogar geheiratet hat. Also konnte er ja nicht allzu unbegabt sein. Okay, das war Jahrhunderte her, aber wer weiß, manchmal fahren die Mädels ja auch gerade auf so einen altertümlichen Kram ab. Könnte also sogar von Vorteil sein, dass seine Tipps nicht mehr taufrisch waren.

Ich machte mich auf die Suche nach meinem Vater.

Unten steuerte ich erst mal das neue Büro meines Vaters an. Ludmilla war gerade dabei, den Esstisch im Wohnzimmer zu decken. Ich schlich mich an ihr vorbei. Der Gedanke, dass Kai mit ihr über meine Probleme redete, führte dazu, dass ich mich in ihrer Gegenwart noch unwohler fühlte als sonst. Nicht dass ich etwas gegen Ludmilla hätte, sie war unsere absolute Rettung nach dem Rollentausch meiner Eltern, aber irgendwie hatte sie mich auf dem Kieker, warum auch immer, und ließ keine Gelegenheit aus, mir entweder eine Arbeit zuzuteilen oder aber an mir herumzumeckern.

Meine Eltern saßen beide im Arbeitszimmer. Ihre Stimmen waren schon von weitem zu hören.

«Du willst was?!» Meine Mutter klang nicht besonders begeistert.

«Ich finde die Idee gut», verteidigte sich mein Vater.

Hm, eine Meinungsverschiedenheit oder gar ein Streit. Das klang interessant und war natürlich noch besser als einfach nur ein Tipp. Ich würde sozusagen bei einem Praxis-Test meines Vaters dabei sein. Ich schlich näher und stellte mich neben die halb geöffnete Tür. Ich wollte die beiden ja nicht stören.

«Und was genau soll an deiner Idee gut sein?», wollte meine Mutter von meinem Vater wissen.

«Nun, ich arbeite und verdiene Geld und kann hier trotzdem noch nach dem Rechten sehen.»

«Ach richtig, ich vergaß, zu Hause alles im Griff haben ist ja so ein Kinderspiel, dass man locker noch nebenher arbeiten kann», meinte meine Mutter spöttisch.

Meinem Vater schien der scharfe Unterton entgangen zu sein. Oder er ignorierte ihn einfach. Ich nahm mir vor, ihn später danach zu fragen. Ich wollte ja etwas lernen.

«Genau», strahlte er. «Das hab ich ja die ganze Zeit gesagt.»

«Und eine Haushaltshilfe eingestellt», konterte meine Mutter sofort.

Wieder ignorierte er die Bemerkung. Gute Technik. Stattdessen sagte er: «Die Kinder sind doch groß und können alleine auf sich aufpassen, du hast sie bloß zu sehr verhätschelt.»

«Nicht nur die Kinder», murmelte meine Mutter. «Ich nehme an, du zählst auch den kleinen Konny zu den großen Kindern? Der, auf den man eigentlich rund um die Uhr aufpassen muss, weil er sonst die Gegend erkundet oder den Garten unserer Nachbarin mit seinem Piratenhund umgräbt?»

Oh, Mist. Jetzt fiel mir ein, dass mein Vater mir den Auftrag gegeben hatte, auf meinen kleinen Bruder aufzupassen.

Wo war er? Hatte ich ihn am Weiher vergessen? Nein, wir waren gemeinsam zurückgegangen. Glaubte ich zumindest. Oder? Ich hatte vorhin hier ein Bellen gehört. Wenn Puschel hier war, konnte Konny auch nicht weit sein. Ich nahm mir vor, gleich mal nachzusehen.

«Ach, der kann doch bei mir sein, dann kann ich ihm gleich was beibringen.»

«Und das wäre?»

«Susanne, bitte! Wie viele Kinder haben wohl schon das Glück, ihrem Vater bei seiner täglichen Arbeit über die Schulter sehen zu können.»

«Bei welcher Arbeit? Die Arbeit findet bei uns im Architekturbüro statt. Da sind die Kunden.»

«Aber die Leute wollen zu mir», entgegnete mein Vater trotzig. «Ich habe ja angeboten, dass sich unser Architektur-Büro um die Sache kümmert, aber die Dame wollte unbedingt, dass ich persönlich ihr Haus entwerfe. Das hat sie am Telefon gesagt.»

«Schon mal was von Telefonstreichen gehört?!»

«Wozu sollte ich denn sonst ein Arbeitszimmer haben?», fragte mein Vater leicht verzweifelt. Er schien sich in seine Idee so richtig verliebt zu haben. Was auch immer das für eine Idee sein mochte.

«Genau das habe ich dich ja von Anfang an gefragt. Ich wollte lieber ein Familienzimmer.»

«Du hast Angst, dass ich besser sein werde als du», trumpfte mein Vater auf.

«Ach, so wie beim Haushaltführen?» Eiskalter Sarkasmus erfüllte die Stimme meiner Mutter.

Jetzt wurde es eng. Ich war gespannt, wie mein Vater sich da wieder rausreden würde. Wenn er es schaffte, würde er mein Held sein und ich mich blind seinen Ratschlägen unterwerfen.

Eine Hand legte sich schwer auf meine Schulter. «Was du schleichen hier?»

Ich wirbelte herum und krallte mich erst mal in den Türrahmen. «O mein Gott, Ludmilla, Sie haben mich zu Tode erschreckt.»

Ludmilla sah mich prüfend an, schüttelte den Kopf. «Dafür du noch reden zu viel. Warum du hier schleichen?»

«Ich schleiche nicht.»

«Ich hab Huhn zu rupfen mit dir! Du kleine Pirat gesagt, er solle sitzen in Karton?»

Ich strahlte: «Ja, genau!» Da war der kleine Konny! Da hatte ich ihn gelassen. Im alten Karton unseres Staubsaugers. Mein kleiner Bruder ging mir nämlich auf die Nerven mit seinem ewigen Piratenhütten-Gerede, da hatte ich ihm gesagt, als echter Pirat müsse er die Karton-Probe bestehen. Das heißt, man muss in einen Karton klettern und so lange ruhig darin sitzen bleiben, bis man gefunden wird. Offensichtlich hatte Ludmilla ihn gefunden.

«Sagen Sie dem Kleinen, er hat die Probe bestanden», meinte ich zu Ludmilla.

Ludmillas Augen funkelten böse.

«Oder ... oder ich entschuldige mich bei ihm?», schlug ich vor.

Ludmillas Blick wurde noch eisiger.

«Und ich ... ähm ... spiele mit ihm?»

«Njet, nix spielen. Du putzen Kieche als Strafe!»

Inzwischen waren auch meine Eltern aufmerksam geworden und kamen zur Tür.

«Er schleichen», informierte sie Ludmilla und ging wieder.

«Was tust du?», fragte mein Vater, der heilfroh über die Unterbrechung schien.

«Er schleicht», informierte ihn meine Mutter.

«Ich schleiche nicht. Ich stehe», korrigierte ich für das Protokoll und überlegte, ob es eigentlich irgendwelche Regeln gab, die das Stehen hinter oder vor Türen verboten, während sich die Eltern stritten.

«Er steht», sagte mein Vater in leicht belehrendem Ton.

Meine Mutter verdrehte die Augen, ignorierte meinen Vater und wandte sich direkt an mich. «Konny, was ist los? Was willst du denn?»

Ich überlegte, an wen die Runde eben wohl gegangen war und wen ich um Rat bitten sollte.

5. Kapitel, in dem Sanny eine Eis-Niederlage einstecken muss

«Und was möchtet ihr?», wollte die Kellnerin im Eiscafé wissen.

Okay, jetzt musste ich mich konzentrieren. Ich musste deutlich machen, dass Hubertus und ich das Paar des Jahrtausends sind. Ich würde Liz vor Augen führen, dass ich Hubertus in- und auswendig kannte, dass wir in allem perfekt übereinstimmten.

«Ich nehme 'nen Erdbeerbecher», bestellte Liz.

«Ich auch», schloss sich David an. «Den mag ich am liebsten.» Die beiden strahlten sich an.

Pfff, Amateure. Jetzt kam mein Auftritt.

«Also, mein Freund nimmt den Piratenbecher, und ich ...»

«Oh, nein, Sanny, bitte nicht. Im Piratenbecher ist Schokoeis drin, das mag ich nicht», fiel mir Hubertus ins Wort.

«Wie kann man kein Schokoeis mögen? Ich liebe es.» Ich schüttelte den Kopf und starrte Hubertus fassungslos an.

Hubertus zuckte die Schultern. «Außerdem mag ich keine Sahne auf dem Eis.»

«Du magst keine Sahne auf dem Eis?! Das ist das Beste!»

«Vielleicht sollte dein Freund einfach selbst bestellen?», schlug die Kellnerin vor. «Also, im Pfirsichbecher ist weder Schokoeis noch Sahne.»

«Er mag aber keine Pfirsiche», mischte ich mich wieder ein. »Die schmecken ihm nicht.»

«Das stimmt nicht», korrigierte mich Hubertus. «Pfirsiche mit Eis schmecken echt lecker.»

«Ach ja?!» So langsam entglitt mir das Ganze. Genau genommen wurde es zu einem echten Desaster, zumal sich jetzt auch noch Liz und David einmischten und Hubertus Vorschläge machten.

«Hey, ich weiß was», stoppte Hubertus die anderen und wandte sich an mich: «Wir können uns doch einen ‹Copacabana für zwei› bestellen. Den wollte ich schon immer mal probieren. Du isst das Schokoeis und die Sahne, ich die Pfirsiche, und über den Rest werden wir uns auch noch einig.»

Ich nickte ergeben. Gut. Copacabana für zwei. Hat ja auch nichts zu bedeuten, ob man Schokoeis mag oder nicht. Oder Pfirsiche. Alles egal. Psychotest hin oder her.

Ich ließ mir nichts anmerken, aber als das Eis kam, fiel mein leicht eifersüchtiger Blick auf David und Liz, die beide das gleiche Eis aßen, während Hubertus und ich uns den Copacabana teilten.

Meine gute Laune kam aber dann doch wieder: Wir stritten um die Kirsche!

Na ja, streiten war zu viel gesagt, aber wir näherten uns ihr beide gleichzeitig mit unseren Löffeln.

«Ach, willst du die Kirsche?», fragte Hubertus.

«Du auch?»

Er nickte.

Ich strahlte.

Dann strahlte ich David und Liz an. «Hey, wir streiten uns gerade um die Kirsche. Wir wollen sie beide!»

Liz und David sahen sich kurz an. Dann stocherte David weiter in seinem Eisbecher. «Ich hab noch 'ne halbe Erdbeere, die könnt ihr haben», meinte er leicht verwirrt.

«Ist schon gut», meinte Hubertus. «Sanny kann sie haben, ich mag sie eh nicht so gerne.»

«Was?!» Die pure Empörung sprach aus mir. «Jetzt tu doch nicht so. Du wolltest sie, ich hab's genau gesehen!»

«Nein, wirklich. Das ist in Ordnung. Kirschen schmecken mir nicht sooo gut, ich beiße nur gerne auf den Kernen rum.»

«Musstest du das jetzt sagen?!», fuhr ich ihn an.

«Was?» Hubertus sah hilfesuchend zu den beiden anderen, die zuckten aber auch nur die Schultern. «Sanny, wo ist das Problem, iss doch jetzt einfach die Kirsche, und wenn du magst, bestell ich dir noch eine.»

«Nein! Ich will, dass du sie isst.» Ich wollte meinen so mühsam errungenen Sieg nicht so einfach wieder hergeben. Wir hatten endlich eine Gemeinsamkeit.

«Okay.» Hubertus aß schnell die Kirsche und verschluckte sich prompt daran. Als er wieder einigermaßen zu Atem gekommen war, keuchte er: «Erinnere mich bitte daran, dass ich mir nie wieder etwas mit dir teile, was eine Kirsche beinhaltet.»

Ich versprach es ihm.

Wir unterhielten uns über alles Mögliche, und ich musste feststellen, dass Hubertus' Meinung und Vorlieben von meinen doch ganz erheblich abwichen.

Meine Verunsicherung nahm zu. Hatte der blöde Psychotest doch recht?

Liz und David gingen, Liz begleitete David noch zu seiner Theaterprobe, und Hubertus schlug vor, wir könnten uns doch einen Film ausleihen und ihn uns gemeinsam ansehen.

Ich schöpfte neuen Mut. Filme! Ein perfektes Feld für Gemeinsamkeiten.

Wir gingen zur Videothek, und ich wurde immer fröhlicher und zuversichtlicher – bis Hubertus in die Abteilung mit den Filmen aus den 80er Jahren stürmte.

«So was magst du?!» Ich konnte es nicht fassen.

«Na ja», grinste er. «Mögen ist vielleicht übertrieben, aber die hatten 'ne ganz gute Musik, und über die Klamotten und Frisuren kann man sich totlachen. Ich sehe das als echt schräge Comedy mit Musikbegleitung. Kennst du den hier?» Er hielt einen Film hoch.

Ich schüttelte den Kopf.

«Was möchtest du denn sehen?»

«Ben Hur oder Kleopatra.»

«Was denn, so alte Schinken?»

«Das hat einen eigenen Charme, und man kann sogar noch was dabei lernen», verteidigte ich meine Wahl.

«Hey, warum sucht nicht jeder einen Film aus, und dann lernen wir was und lachen ein bisschen?», schlug Hubertus vor.

So machten wir es. Anschließend gingen wir zu ihm und sahen die Filme. Ich musste zugeben, dass es echt witzig war, so einen Musikfilm aus dem 80ern zu sehen, und Hubertus fand Ben Hur auch echt interessant. Trotzdem war ich etwas niedergeschlagen, weil wir nicht auf die gleichen Filme losgestürmt waren. Ob man so was lernen kann?

Hubertus brachte mich noch nach Hause, aber ich war nicht besonders gesprächig. Diese Gemeinsamkeitensache ging mir dauernd im Kopf herum.

Irgendwie war mir das früher nie so aufgefallen, aber zugegebenermaßen hatte ich auch nicht besonders darauf geachtet. Wir hatten einfach Spaß, und ich war über beide Ohren verliebt. Das war ich natürlich immer noch, aber so langsam machte mich die Sache mit den fehlenden Gemeinsamkeiten doch ein wenig nervös.

Später saß ich in meinem Zimmer und starrte ärgerlich auf die Zeitschrift mit dem Psychotest. Nicht dass ich tatsächlich an dieses Ergebnis geglaubt hätte – das hatte ich schon mit meinen Orakelfischen geklärt.

Bei besonders schweren oder wichtigen Fragen zog

ich nämlich immer Pixi und Dixi, meine beiden Orakelfische, zurate. Die bestätigten dann oder lehnten ab. Je nachdem. Davon wusste allerdings niemand, weil die Welt im Allgemeinen und dieser Haushalt im Besonderen einfach noch nicht reif für Orakelfische war. Nur Ludmilla schien einen Verdacht zu haben, sie machte manchmal merkwürdige Andeutungen, wie etwa: «Du zu viel reden mit Fische in Zimmer, nix gesund, gehen in Garten, reden mit Käfer in Gras.»

Üblicherweise wendete ich die Futtermethode an. Dabei stellte ich die entsprechende Frage und streute Futter ins Wasser. Schwammen die Fische nach oben und fraßen, bedeutete das ja, wenn sie nicht fraßen, nein.

Eben hatte ich ihnen die Frage «Ist dieser Test Blödsinn?» gestellt. Pixi schwamm hoch und futterte los. Dixi rührte sich nicht. Alles klar, das war ein ganz deutliches Ja für Blödsinn. Dixi fand es wohl so absurd, dass er sich noch nicht mal dafür bewegen wollte. Na bitte.

Trotzdem ärgerte mich dieser Test. Wieso sollte es so offensichtlich sein, dass David und Liz zusammenpassten und Hubertus und ich nicht? Ich meine, wieso versagte der Test bei uns und nicht auch bei ihnen?

Ich wollte, dass die ganze Welt sich darüber im Klaren war, wie gut Hubertus und ich zusammenpassten. Auch diesem dämlichen Test sollte es klar sein!

Ich streute neues Futter ins Aquarium. «Wer der Meinung ist, Hubertus und ich passen perfekt zusammen, schwimmt jetzt nach oben und frisst!»

Meine Orakelfische bewegten sich nicht, sie suchten den Grund nach Futter ab.

Okay, mein Fehler. Korrektur: «Wer der Meinung ist, Hubertus und ich passen perfekt zusammen, sucht den Boden nach Futter ab.»

Aha, na bitte, die beiden futterten unbeirrt unten weiter. Also, alles im grünen Bereich. Ich konnte mich entspannen.

In dem Moment flog die Tür auf, und mein Bruder stand in meinem Zimmer. Der Hirnamputierte. Konny, der Ältere. Meine Eltern behaupten, der große Konny und ich seien Zwillinge. Ich bezweifle das immer noch. Das kann nicht sein, wir sind einfach zu verschieden. Ich denke ja sogar, dass Konstantin gar nicht mit uns blutsverwandt ist, meine Eltern haben ihn unter Garantie aus dem Tierheim.

«Hey, Sanny ... », fing er an.

«Hey, du erkennst mich! Das ist ein gutes Zeichen. Dann wirst du vielleicht auch erkennen, dass das hier mein Zimmer ist und du hier nichts zu suchen hast.»

«Tztztz», machte mein Bruder. «Weißt du eigentlich, wie fürchterlich deine Stimme klingt, wenn du so genervt bist? Das mögen Männer gar nicht. Damit verscheuchst du sie.»

«Meine Stimme versagt nur bei einem ganz bestimmten Hohlkopf in diesem Zimmer. Wie muss ich klingen, damit du gehst?»

«Schwesterchen ... »

«Was hast du eigentlich für ein Problem?»

«Gut, dass du fragst, pass auf ...» Er warf sich auf mein Bett und fing an, es sich gemütlich zu machen.

«Und wer hat gesagt, dass du dich setzen sollst?»

«Du. Eben. Na ja, nicht so direkt, aber ich kenn dich ja und weiß, du tust dich etwas schwer, das zu sagen, was du wirklich meinst. Also hab ich ...»

«Steh auf und verzieh dich. Und das meine ich genau so, wie ich es sage.»

«Hey, ich hab echt ein Problem.»

«Tut mir leid, aber gibt es dafür nicht irgendwelche Telefonnummern?»

Konny legte seinen Hundeblick auf, aber seit wir einen echten Hund im Haus hatten, wirkte der nicht mehr. Gegen Puschel war Konny wie ein absoluter Amateur, es sah aus, als würde man von einer Ratte angeschmachtet.

Konnys Blick fiel auf meine Zeitschrift. Er starrte wie gebannt auf den Titel und murmelte: «‹Wie du deinem Freund sagen kannst, wie viel er dir bedeutet.› Brauchst du die noch?», und griff danach.

«Die Zeitschrift?!»

Konny sah mich an: «Was ist? Kann ich die haben?»

Nachdem das eine Möglichkeit schien, ihn loszuwerden, nickte ich nur.

Es funktionierte. Er stand auf und ging zur Tür. Dabei stieß er mit Liz zusammen.

«Hallo, du Glanz meiner Augen», begrüßte er sie ganz

souverän und hob dabei lässig die Hand mit der Zeitschrift.

Liz verdrehte die Augen, stutzte dann aber, als sie die Zeitschrift sah.

«Unser Aushilfs-James-Bond liest Mädchen-Zeitschriften?», spottete sie und griff nach der Zeitschrift.

«Was?» Konny war verwirrt, sah auf die Zeitschrift und suchte nach einer Ausrede. «Ich? Aber bitte. Sanny hat gesagt, ich soll sie mitnehmen.» Dabei hielt er sie eisern fest.

«Hab ich nicht», schüttelte ich den Kopf.

«Hat sie nicht», wiederholte Liz und grinste.

«Echt?» Konny sah mich an. «Dann muss ich wohl was falsch verstanden haben. Na dann, Mädels. Macht's gut.» Er ließ die Zeitschrift los und ging.

Liz kam herein, schloss die Tür und ließ sich auf mein Bett fallen. «Hey, warum warst du denn vorhin so wortkarg.»

Ich zuckte die Schultern.

Liz sah auf die Zeitschrift. «Das hat nicht zufällig was mit diesem Test zu tun?»

«Ach bitte, Liz, du weißt doch, so was hat rein empirisch keine Relevanz, die Fragen und die Auswertung sind völlig aus der Luft gegriffen», dozierte ich. «Ich würde mir darauf nicht allzu viel einbilden.»

«Sicher, das würde ich auch nicht. Vor allem, wenn der Test bei David und mir so verheerend ausgegangen wäre wie bei euch», grinste sie.

«Ich bitte dich, du kennst mich. Ich lass mir doch von so einem Test nicht vorschreiben, wer zu mir passt und wer nicht.»

«Hm, eben drum. Aber du bist durchaus in der Lage, dem Test beibringen zu wollen, dass er Blödsinn enthält.»

«Und wie sollte ich das tun wollen?»

«Tja, genau das ist der Punkt, der mich etwas unruhig macht.» Ein Artikel hatte ihre Aufmerksamkeit geweckt. «Hey, schau mal, der gute alte Liebesbrief ist wieder in. Wer hätte das gedacht.» Sie fing an zu lesen. «Das muss ich ausprobieren. David und ich werden uns jetzt Liebesbriefe schreiben», beschloss sie.

«Woher willst du wissen, dass er das mitmacht.»

«Weil wir perfekt zusammenpassen», grinste sie.

Ich stöhnte. «Vielleicht können wir dieses Thema endlich mal lassen.»

«Klar», meinte sie und warf mir die Zeitschrift zu. «Aber Liebesbriefe schreiben klingt so herrlich romantisch. David und ich werden es auf jeden Fall machen.»

«Gab es eigentlich einen Grund, warum du vorbeigekommen bist oder wolltest du nur ein bisschen lesen?»

«Ach richtig, kannst du mir mal dein Mathebuch leihen? Ich muss noch die Hausaufgaben machen und habe meins in der Schule gelassen.» Sie überlegte kurz. «Oder vielleicht kannst du mir auch gleich die Hausaufgaben leihen?»

Ich musste lachen. «Geht klar.»

«Prima, ich helf dir dann auch beim Liebesbriefschreiben», schlug sie vor.

Ich sah sie durchdringend an. «Liebesbriefe! Liz, ich bitte dich! Was soll denn das bringen! Ich kann dir jede Menge Gründe nennen, die dagegen sprechen ...»

Liz hob abwehrend die Hände. «Schon gut, war ja nur ein Angebot.»

Ich suchte mein Matheheft. «Ich geh mal schnell runter und mach dir eine Kopie.»

«Okay.» Liz versank wieder in der Zeitschrift, und ich ging in das Büro meines Vaters.

Er unterhielt sich gerade mit einer Frau. Einer etwas merkwürdigen Frau. Sie hatte die gleiche Haarfarbe wie ihr Pudel: rosa. Irgendwie kam sie mir bekannt vor. Wahrscheinlich aus irgendeiner TV-Serie. Da lassen sie die älteren Damen meist so rumlaufen.

«Sorry, ich bin gleich wieder weg, ich mach nur kurz 'ne Kopie», entschuldigte ich mich.

»Sanny, nicht jetzt. Das ist ein geschäftlicher Termin», ermahnte mich mein Vater.

«Ach, lassen Sie doch, mich stört das nicht. Mach ruhig, Kindchen», lächelte mir die Dame zu. «Wir können uns ja schon weiter unterhalten», erklärte sie meinem Vater.

Der sah auf seine Aufzeichnungen. «Und Sie wollen das Haus wirklich in Rosa?»

Die Dame nickte und deutet auf ihren rosagefärbten Pudel. «Das ist doch ihre Lieblingsfarbe.»

«Verstehe», murmelte mein Vater.

Ich hatte meine Kopie gemacht und ging wieder. Unterwegs traf ich meine Mutter.

«Bei Paps ist 'ne rosa Frau mit Hund und bestellt ein rosafarbenes Haus», erstattete ich ihr kurz Bericht.

«Ich halte mich da raus. Wenn er denkt, es ist eine gute Idee ...»

«Rosa?!»

«Ich glaube, es wird nicht hier in der Gegend stehen», erklärte meine Mutter abwesend.

«Was macht Paps denn da überhaupt?»

Meine Mutter zuckte die Schultern. «Frag ihn.»

«Nein danke. Ein anderes Mal. Liz wartet auf mich.» Ich ging wieder nach oben.

6. Kapitel, in dem Konny lernt, dass man mit Tiefkühlpizza kein Herz erwärmt

Es war Schulschluss, und ich war auf dem Weg zu Sarahs Schule. Wir waren nicht verabredet, ich wollte sie nur einfach sehen. Nur für ein paar Minuten. Ich könnte sie nach Hause begleiten, das würde sie vielleicht mögen. Aber dann würde ich mit Ludmilla Ärger bekommen, wenn ich zum Mittagessen zu spät nach Hause kam. Ich könnte sagen, ich hätte nachsitzen müssen, das nimmt sie mir bestimmt ab. Außerdem musste ich mir immer noch was Besonderes für Sarah einfallen lassen. Sicher, die Monster-Trucks waren schon klasse, aber irgendwie hatte ich das Gefühl, dass das noch nicht reichen würde. Mir schwirrte der Kopf.

Die Schule hätte ich eigentlich auch komplett ausfallen lassen können. Ich war sowieso nur körperlich anwesend, was blöderweise so ziemlich in jeder Stunde auffiel und den jeweiligen Lehrer zu einem dummen Spruch veranlasste. Man hätte heute eine Hitparade der besten Lehrersprüche für geistige Abwesenheit erstellen können.

Ich hatte gestern Abend nochmal mit meinem Vater

unter vier Augen gesprochen. Ganz locker, versteht sich, eigentlich nur so ein wenig geplaudert. Und wie üblich verlief das Gespräch total schräg. Mein Vater wollte nämlich mit mir reden.

«Hey, Sohn, hast du mal ein paar Minuten?»

Im ersten Moment befürchtete ich, er habe meine Mathearbeit gefunden, die ich völlig versiebt hatte.

«Konny, wie, findest du, mache ich mich hier so im Haushalt?»

Okay, das war der Moment, in dem ich mir wünschte, er wollte über meine Leistungen in Mathe reden.

«Einzigartig.» Das war nicht gelogen, und meinem Vater schien es zu gefallen.

«Gut, sehr gut. Das solltest du gelegentlich mal deiner Mutter erzählen. Trotzdem habe ich beschlossen, mich wieder ein wenig um die Geschäfte zu kümmern. Und zwar von zu Hause aus. Damit ich nach wie vor für euch da sein kann. Wie findest du das?»

Ich schaute ihn groß an: «Darauf willst du von mir doch keine Antwort?!»

Nein, wollte er nicht, es folgte eine Einführung in das Architektur-Business, die Schwierigkeit der Selbständigkeit und wie man Kunden gewinnt.

Für mein möglichst allgemein gehaltenes Problem hatte er nur kurze Hinweise wie Tür aufhalten, Blumen mitbringen, den Müll rausbringen und auf keinen Fall den Hochzeitstag vergessen.

Trotzdem war ich jetzt nervös. So viel wie an Sarah lag

mir noch nie an einem Mädchen. Meine Füße liefen automatisch zu Sarahs Schule, und währenddessen verfiel ich in Tagträume von Sarah.

Plötzlich stand sie vor mir.
«Hey!», meinte sie überrascht.
«Hey», antwortete ich möglichst lässig.
Schweigen.
«Das ist meine Schule», informierte mich Sarah. «Wieso bist du hier?»
Ich sah mich um. «Ja, klar. Sicher. Ich war in der Gegend und dachte, ich sag mal hallo.»
«Ah so. Tja, dann hallo.»
«Hallo.» Mann, das wurde ja immer blöder. Zum ersten Mal kamen mir Zweifel an Bond und seinen legendären Frauenerfolgen. Wenn man sich das mal genauer anschaut, hatte er auch ständig andere Freundinnen. Ich lernte eine wichtige Lektion: Cool sein wie James Bond ist der Garant für das erste Kennenlernen. Aber wenn man eine Beziehung aufrechterhalten will, sollte man die Taktik ändern.
«Ach, Blödsinn, ich war nicht in der Gegend. Ich bin extra gekommen, um dich zu sehen.»
Sarah strahlte mich an und hängte sich bei mir ein. «Das finde ich schön. Sonst noch was?»
«Nein.»
«Nein? Du bist nur gekommen, um mich zu sehen? Na, dann hast du mich ja jetzt gesehen. War's das?»

«Na ja, ich dachte, äh... dass du vielleicht hungrig bist...»

«Und du möchtest etwas dagegen unternehmen?»

«Äh... sicher... klar...»

Sarah strahlte: «Hast du etwa für mich gekocht?»

«Ich?!... Nein, natürlich nicht, ich...»

Sarahs enttäuschtes Gesicht gab mir einen Hinweis darauf, dass das nicht die Antwort war, die sie hören wollte. Die Szene am Weiher fiel mir ein. «Aber weil dir neulich diese Teigdinger von Ludmilla so gut geschmeckt hatten, dachte ich, vielleicht möchtest du mit zu mir zum Essen kommen, und Ludmilla wird speziell für dich diese... russischen... Dinger... machen?»

«Meinst du, das ist ihr recht?»

«Aber klar, ich hab doch schon alles arrangiert! Extra für dich. Als Überraschung.»

Das Strahlen war wieder zurück. «Das finde ich ja total lieb von dir. Ich komme gerne mit.»

Yes! Ich war auf der Siegerstraße! Ich legte meinen Arm um Sarah und versuchte, nicht daran zu denken, wie Ludmilla wohl reagieren würde, wenn ich plötzlich mit einem Gast ankommen würde. Wäre eigentlich eine ganz gute Idee gewesen, das vorher abzusprechen.

«Was du denken? Ich hier haben Kieche für Stadt?»

«Es war eine spontane Idee, und Sarah mag Ihr Essen so gerne...», wand ich mich.

«Du haben spontan Idee? Ich auch haben diese Idee.

Ich haben spontan Idee, du hier heute machen Kieche sauber. Was du halten hiervon?»

«Geht in Ordnung, das mache ich gerne ...»

Ludmilla ignorierte mich und sah Sarah genau an. «Du sein Freindin von große Dummkopf», fragte sie und deutete auf mich. «Warum?»

Ich stöhnte und versuchte die Farbe der Küchenfliesen anzunehmen. Was hatte mich bloß geritten, Sarah als Zeichen meiner großen Liebe mit nach Hause zum Essen zu nehmen. Vielleicht hätte ich es doch lieber mit Blumen versuchen sollen. Die hätten wenigstens den Mund gehalten und mich nicht beleidigt.

Sarah schien auch erst etwas erstaunt, musste dann aber grinsen. «Ach, wissen Sie, er hat auch seine lichten Momente», meinte sie.

War sie süß! Ich starrte sie einfach nur völlig verliebt an. Ich würde alles tun, um sie nicht zu verlieren.

Ludmilla nickte und grinste ebenfalls. «Da, du setzen an Tisch. Essen gleich da. Und du nehmen große Dummkopf mit. Er gucken, als ob er nicht finden Tisch sonst.»

Was?! Ich sah von Ludmilla zu Sarah, und dummerweise fiel mir immer noch kein cooler Spruch ein. Sarah nahm mich an der Hand und zog mich zum Tisch. «Ich find es echt süß von dir, was du für mich auf dich nimmst», flüsterte sie mir auf dem Weg zu.

«Hey, für dich mach ich doch alles», zwinkerte ich ihr zu.

Dann fiel mir ein, was ich Sarah versprochen hatte,

und ich lief rasch zurück zu Ludmilla. Leise flüsterte ich ihr zu: «Wir hätten gerne diese russischen gefüllten Dinger, die so lecker schmecken.»

«Vareniki?»

«Ja, genau.»

Ludmilla lachte herzhaft. «Und ich hätten gerne Datscha an Krim!»

Was wollte sie mir damit sagen?

O Mann, das war alles gründlich schief gegangen. Es gab Tiefkühlpizza und mehrere schiefe Blicke von Sarah, die mich leider binnen kürzester Zeit durchschaut hatte und ziemlich schweigsam war, als ich sie dann zum Kiosk begleitete.

Okay, ich brauchte Hilfe. Von Experten. Aber Kai und Felix waren da nicht die richtigen Ansprechpartner.

Meine Schwester Sanny war zwar ein Mädchen, aber ein sehr merkwürdiges Exemplar der Gattung und außerdem meine Schwester.

Aber Moment mal, bei Sanny lag doch diese Zeitschrift rum. Und da stand irgendwas mit Liebesbriefen drin und die richtige Art zu zeigen, dass man sich liebt. Das klang viel versprechend. Die Mädchen-Zeitschriftenmacher wussten auf alle Fälle, was Mädchen mochten. Sonst würde es die Zeitschriften ja nicht mehr geben. Hier saßen meine Experten. Diese Zeitschrift brauchte ich. Und zwar jetzt. Sofort.

Ich rannte los und steuerte den nächsten Zeitschriftenladen an. Bei irgendwelchen blöden Fragen des Verkäufers würde ich erzählen, dass ich sie für meine Schwester kaufen musste oder dass wir gerade ein Schulprojekt machen würden.

Mist! Ich suchte alle Regale nach der Zeitschrift ab, allerdings ohne Erfolg. Mir blieb auch nichts erspart. Jetzt musste ich auch noch danach fragen. Ich ging zur Kasse und hoffte, dass wie immer der alte Mann da war.

Nein, war er nicht. Eine echt süße Maus kam an die Kasse, grinste mich an und wollte wissen, was sie für mich tun konnte.

Das weckte doch gleich den James Bond in mir. Außerdem konnte eine kleine Aufmunterung meines angeschlagenen Egos nicht schaden. Ich setzte also mein bestes Bond-Grinsen auf, lehnte mich lässig auf die Theke und sah ihr in die Augen. «Nun, für den Anfang vielleicht deine Telefonnummer. Und dann verrate mir doch den Grund, warum deine Augen wie wunderschöne Sterne aussehen.»

Sie verdrehte die Augen. «Meine Telefonnummer steht im Telefonbuch, und meine Augen sehen wahrscheinlich wie Sterne aus, weil ich wünschte, ich wäre jetzt dort und müsste mir nicht so blöde Sprüche anhören.»

Autsch. Mein Ego ging ein wenig tiefer in die Knie.

«Also, was möchtest du?»

«Äh ... ich suche eine Zeitschrift.»

«Na prima, dann hast du ja schon mal das richtige Geschäft gefunden.»

Harte Nuss.

Ich sah sie stumm an. Nie im Leben konnte ich ihr die Zeitschrift beschreiben, die ich suchte.

«Okay, du brauchst noch Bedenkzeit, aber dann lass mich doch schon mal weitermachen.» Sie griff an mir vorbei, nahm dem Mädchen hinter mir die Zeitschrift ab, die es kaufen wollte, und legte sie auf den Tresen.

Ups! Mein Glückstag! Es war genau die Zeitschrift, die ich brauchte. Ich drehte mich zu dem Mädchen um. «Wo hast du die her?»

«Aus dem Regal, aber das war die letzte.»

«Ich brauch sie dringend!»

Mit meinem überschäumenden Charme und dem Angebot, ihr zwei andere Zeitschriften zu kaufen, gelang es mir, das Mädchen von meinem Tauschgeschäft zu überzeugen.

Erleichtert klemmte ich mir die Zeitschrift unter den Arm und raste nach Hause.

Kurz vor der Haustür hatte ich mir die Zeitschrift sicherheitshalber unter meinen Pulli geschoben. Bei meiner Familie weiß man ja nie. An der Treppe überfiel mich plötzlich der kleine Konny. Aus dem Nichts kam er hervorgeschossen. Ich schrie kurz auf und machte einen Satz nach hinten.

Er hielt mir einen Zettel unter die Nase, auf den er

eine Art Haus mit einem Baum auf dem Dach gemalt hatte, und rief: «Los, rück raus!»

Ich sah abwechselnd den Zettel, meinen kleinen Bruder Konny und Puschel an, während ich versuchte, meine zitternden Knie und den schnellen Atem wieder unter Kontrolle zu bringen. Der Kleine hatte mich an den Rand einer Herzattacke gebracht. «Was soll ich rausrücken, und wieso lauerst du hier auf mich? Tu das nie wieder! Und warum soll ich mir ein Bild von einem Haus mit Baum anschauen?»

«Das ist ein Piratenhaus mit Piratenflagge, und wir sind Piraten, und wenn du das alles siehst, musst du vor Angst zittern und mir all dein Gold und deine Schätze geben», informierte mich der Kurze.

«Wuff», bellte der Piraten-Flohteppich neben ihm fröhlich.

«Eine Piratenflagge hat einen Schädel in der Mitte mit zwei gekreuzten Knochen darunter. Das hier sieht aus, als ob du im Zeichen der Immobilienmakler oder für Greenpeace unterwegs wärst.»

«Das andere kann ich aber nicht malen. Und außerdem ist das doch auch egal. Schließlich sag ich ja, dass ich Pirat bin und dich entere. Also, ich überfalle dich jetzt.»

Er fing an, mich mit dem Kochlöffelstiel zu piesacken, bis schließlich die Zeitschrift unter dem Pulli herausrutschte.

Puschel bellte fröhlich dazu, schnappte sich die Zeitschrift und lief davon.

«He, gib die her. Ich brauche sie», rief ich und nahm die Verfolgung auf.

«Einnasiger Puschel, wir haben doch vorhin über das Teilen gesprochen. Komm zurück», rief Konny seinem Hund hinterher.

Ich stoppte kurz. «Einnasiger Puschel?»

«Piratenhunde haben solche Namen», zuckte Konny die Schultern. «Das klingt schrecklicher, und die Überfallenen haben mehr Angst vor ihnen.»

«Verteilt ihr beim Überfall Visitenkarten? Und du meinst nicht vielleicht *einäugiger* oder *einbeiniger* Puschel?»

Konny schüttelte den Kopf. «Nee, das stimmt doch gar nicht. Zähl doch mal nach.»

Okay, alles klar. Wir machten weiter Jagd auf Puschel, dem das sichtlich Spaß machte und der uns durch das ganze Haus lotste. Schließlich stellten wir ihn im Garten unser Nachbarin Frau Flohmüller, wo er gerade dabei war, seinen Schatz zu vergraben.

Nach einem kurzen Kampf, der dem Zustand der Zeitschrift nicht gerade zuträglich war, hielt ich ein zerfetztes, angesabbertes und mit Erde bedecktes Exemplar in der Hand.

«Ihr schuldet mir 'ne neue Zeitschrift», informierte ich die beiden Piraten.

«Tut mir leid, aber wir übernehmen keine Verantwortung für unsere Überfälle.» Konny überlegte kurz. «Und überhaupt schuldest du uns 'ne neue Beute.»

«Was?»

«Nett, dass du fragst. Am liebsten die Piratenausgabe von den drei kleinen Lämmchen.»

Ich verzichtete auf eine weitere Diskussion und ging mit meinen Zeitschriften-Überresten zurück nach Hause. An der Mülltonne zögerte ich kurz, aber dann fiel mir ein, dass es das letzte Exemplar war, und ich nahm das zerfetzte Modell doch mit in mein Zimmer.

Ich starrte eine Zeit lang darauf und konnte mich nicht wirklich überreden, sie aufzuschlagen. Vielleicht könnte ich sie unbemerkt gegen Sannys Exemplar austauschen.

Ich ging zu Sannys Zimmer, aber auf halbem Weg kam mir Konny und sein vor Erde und Dreck strotzender Hilfspirat entgegen.

Er deutete auf Sannys Zimmer. «Geh da besser nicht rein. Sie hat schlechte Laune und keine Lust, sich überfallen zu lassen.» Dann sah er mich nachdenklich an.

«Hey, vergiss es», versuchte ich ihm gleich den Zahn zu ziehen. «Du hast mich heute schon mal überfallen, und nach der Piraten-Ehrenregel Nr. 13 darf man nur einmal am Tag den Gleichen überfallen. Das ist Ehrensache für einen Piraten.»

«Echt?! So was Gemeines!», empörte sich der Kleine, dann zuckte er die Schultern. «Dann bis morgen.»

Ich ging zurück in mein Zimmer, schnappte mir unterwegs noch ein paar Handtücher aus dem Bad und wischte die Zeitschrift so gut es ging ab. Leider löste sie sich dabei in noch mehr Einzelteile auf.

Ich versuchte den Artikel über Liebesbriefe wieder zusammenzupuzzeln. Doch das war gar nicht so einfach. Alles ging wild durcheinander, ich hatte sogar ein paar Schnipsel von der Witzseite mit drin, und es dauerte ewig, bis mir der Fehler auffiel.

7. Kapitel, in dem **Sanny** erfährt, dass sie ein Problem hat

Endlich hatte ich sie gefunden, die Semmelbrösel mit dem finsteren Mann drauf, die es im Supermarkt nicht gegeben hatte. Als ich nach Hause kam, saß Liz in der Küche und plauderte mit Ludmilla.

«Ich denke schon, dass sie damit ein Problem hat», hörte ich Liz sagen.

«Das auch sein Problem», stimmte Ludmilla zu.

«Ja, aber ich finde, das sollte man wirklich nicht so ernst nehmen», meinte Liz jetzt wieder.

«Nicht, wenn nicht stimmen. Aber wenn stimmen, dann müssen machen was.»

Die beiden waren so in ihr Gespräch vertieft, dass sie mich gar nicht wahrgenommen hatten.

«Sie meinen, Gemeinsamkeiten sind wichtig?», fragte Liz.

«Ich meinen, es geben viel Gründe, zu sein zusammen mit Freind. Gleiche mögen nur eine von viel. Aber wenn gar nicht mögen gleich, dann schlächt für Freindschaft. Nicht halten lang. Dann Sanny wieder starren in Fischglas und mit Fische reden.»

«Ihr redet über mich?!», fragte ich empört.

«Oh. Hallo, Sanny», begrüßte mich Liz.

«Du haben Brösel von Semmel mit richtige Bild?», wollte Ludmilla wissen.

Ich nickte und reichte ihr die Packung. Sie sah auf den grimmigen Mann und lächelte. «Da, das sein Mann nach meine Geschmack. Damit ich kann kochen.»

«Redet ihr über mich?», fragte ich erneut.

«Sanny, gleich!» Liz wandte sich wieder an Ludmilla. «Aber glauben Sie denn so einem Test?»

«Also, ich glaube nicht an den Test, und ich hab auch gar keine Lust, darüber zu reden», funkte ich empört dazwischen.

«Musst du ja auch nicht», beruhigte mich Liz.

«Ah, das sein Geschmiere von Mensch, der nicht wissen, was sollen machen mit seine Zeit.» Ludmilla machte eine abfällige Handbewegung. «Bei uns in Minsk, wir machen andere Test. Wir schicken Paar für Woche in Wildnis. Wenn kommen zurück zusammen, dann passen zusammen. Da.»

Mann, war ich froh, nicht in Minsk zu wohnen.

Liz sah mich nachdenklich an.

«Vergiss es! Es gibt hier keine Wildnis», rief ich. «Und jetzt lass uns gehen.» Liz und ich wollten nämlich gemeinsam shoppen gehen.

«Test sein Bledsinn. Es geben viel Meglichkeit für Gemeinsamkeit. Man nur muss sehen. Wenn nicht meglich zu sehen. Dann nicht passen zusammen.»

Wir gingen und ließen Ludmilla mit ihrer Lieblingspackung Semmelbrösel allein.

«Was soll das denn, ich hab echt kein Problem mit diesem Test.»

«Solltest du ja auch nicht.»

«Und wieso redest du mit Ludmilla über meine Probleme?»

«Aha! Du hast also doch ein Problem?»

«NEIN!»

Liz sah mich prüfend an.

«Hubertus und ich passen wunderbar zusammen. Ich zweifle keine Sekunde daran. Und das mit den nicht sichtbaren Gemeinsamkeiten krieg ich schon irgendwie hin.»

Damit war das Thema erledigt, und wir wandten uns dem Shoppen zu. Etwas, was Liz und mir Spaß machte. Eine Gemeinsamkeit, die sie und David nicht hatten, dachte ich.

Als ich später nach Hause kam, erwartete mich ein Familienessen. Mein Vater hatte alle zusammengetrommelt. Auch meine Mutter war dabei.

«Hallo, Familie», fing mein Vater nach dem Essen eine Rede an. «Ihr wundert euch sicherlich, warum wir hier alle sitzen.»

«Eigentlich nicht», antwortete der kleine Konny. «Wir sitzen abends immer hier und essen.»

«Wuff!», stimmte Puschel zu.

Mein Vater sah leicht irritiert zu Konny, während meine Mutter versuchte, ein Grinsen zu unterdrücken.

«Wenn ich mich auch nicht wundere, darf ich dann schon gehen?», fragte der große Konny.

«Also, ein paar Minuten wirst du ja wohl noch haben», erwiderte mein Vater empört.

Der große Konny sah auf die Uhr. «Eigentlich nicht.»

Ein Blick meines Vaters brachte mich zum Einlenken. «Okay. Aber wirklich nur ein paar Minuten. Ich hab noch was Wichtiges vor, und wenn ihr mich hier nicht mehr braucht, wäre ich sehr froh ...»

«Setz dich hin und hör zu», zischte ihn mein Vater an.

Konny hob die Hände und ließ sich in die Rückenlehne seines Stuhls fallen.

«Gut, also, ich möchte euch etwas mitteilen», versuchte mein Vater den Faden wiederaufzunehmen. «Wir haben doch diesen wunderbaren Anbau am Wohnzimmer.»

«Au Backe, das war 'ne Aktion gewesen», grinste Konny.

«Ja, an das Chaos mag ich gar nicht mehr denken. So ziemlich alles ging schief», erinnerte ich mich.

«Und ich durfte nicht bauarbeiten», beschwerte sich der Kleine und ging in Schmollhaltung.

«Und dann wurde es noch nicht mal ein Spielzimmer. So was richtig Cooles mit Pool-Billard und so.»

«Nein, es wurde mein Arbeitszimmer. Entschuldigt bitte.» Die Laune meines Vaters sank zusehends.

«Und Ludmillas Bügelzimmer», erinnerte der kleine

Konny. «Sie schickt dich nämlich immer raus, wenn sie da drin bügeln will.»

«Sie schickt mich nicht raus, ich überlasse ihr netterweise das Zimmer», stellte mein Vater richtig.

«Na, wie auch immer, können wir mal langsam zur Sache kommen?» Konny sah auf die Uhr.

«Ich hätte auch noch was zu erledigen», stimmte ich ihm zu. Ich musste noch dringend mit meinen Orakelfischen verhandeln.

«Hat Paps nicht schon ein Arbeitszimmer?», fragte Konny meine Mutter. «Ich meine, ihr habt doch ein eigenes Büro, oder?»

«Ja, aber ich mache mich hier zu Hause selbständig», ging mein Vater verzweifelt dazwischen.

«Als Hausfrau? Du bist jetzt eine selbständige Hausfrau?», wollte Konny grinsend wissen.

«Ich bin Architekt!», donnerte mein Vater. «Und ich habe auch schon meinen ersten Auftrag.»

Meine Mutter klopfte ihm beruhigend auf den Arm.

«Mam, erlaubst du das?», wollte ich wissen.

«Bitte?!», schnappte mein Vater.

«Na ja, ihr seid doch dann Konkurrenten.»

Meine Eltern sahen sich an.

«So kann man das nicht sagen. Ich greife deiner Mutter sozusagen unter die Arme.»

«Du tust was?», wollte meine Mutter wissen.

«Na ja, du weißt schon ...», stotterte mein Vater.

«Nein, weiß ich nicht. Alles, was ich weiß, ist, dass ich

prima zurechtkomme und mir niemand unter die Arme greifen muss. Wohingegen wir für dich hier sogar eine Haushälterin einstellen mussten, die dir unter die Arme greift.»

Auf den Streit wollte sich mein Vater nicht wirklich einlassen. «Also, sehen wir es doch als Ergänzung», bot er an.

«Oh, als Ergänzung. Wozu? Zu deinen vielfältigen Aufgaben in der Kindererziehung und -betreuung?»

«Susanne, wir haben darüber geredet.»

«Ja, aber es hat leider nichts genutzt.»

«Hört mal, Leute, könnt ihr euch später streiten? Oder kann ich schon mal gehen? Ich muss echt noch was tun», fing mein großer Bruder wieder an.

«Du interessierst dich wohl gar nicht für deine Familie, was?», fuhr mein Vater ihn an.

«Doch, tue ich. Paps, ich finde es großartig, was du machst, so mit selbständig machen und so. Als was auch immer. Und, Mam, ich finde es auch großartig, was du machst. Kann ich jetzt gehen?»

Mein Vater winkte nur müde, und Konny sprang auf und verschwand.

«Also, mich interessiert ja wirklich, wie das hier ausgeht, aber vielleicht könntet ihr mir morgen einfach nur das Resultat mitteilen, und den Weg dahin lassen wir aus?»

Mein Vater nickte nur, und ich machte mich auch aus dem Staub.

Hinter mir hörte ich noch den Kleinen sagen: «Ich bleib bei euch, keine Angst. Und Puschel auch. Macht weiter mit eurem Streit.»

«Wir streiten nicht!», fauchte mein Vater.

Meine Mutter sagte gar nichts.

Was für ein Tag.

8. Kapitel, in dem Konny Nachhilfeunterricht im Liebesbriefschreiben nimmt

Puh, jetzt war ich gerade noch mal der Familiendynamik entkommen. Solche Wortgefechte zwischen meinen Eltern konnten sich nämlich ganz schön hinziehen. Und ich hatte doch noch etwas Wichtiges vor: Ich wollte Sarah einen Liebesbrief schreiben. Das würde sie bestimmt freuen und mir ein paar Tage Ruhe einbringen. Schließlich sagt ein Liebesbrief ja ganz deutlich, dass ich sie mochte.

Ich beugte mich über mein Puzzle und hoffte auf Inspiration. Nicht dass ich nicht selbst in der Lage war, einen romantischen Liebesbrief zu schreiben. Aber, hey, ein paar Tipps von Experten konnten ja nicht schaden.

Ich fing an zu lesen. «Dir fehlen oft die Worte, und du kannst deine Gefühle nicht so ausdrücken, wie ... du gerne möchtest?»

Hm, also ich würde das ja nicht so sehen. Aber weiter. «Versuch es mit einem Liebesbrief. Über die Jahrhunderte hat er Menschen verzaubert und die zusammengebracht, die zusammengehören.»

O mein Gott, was für ein Schnulz-Kram! Da taten

einem ja schon beim Lesen die Augen weh. So ein Blödsinn!

Ich kämpfte mich ganz tapfer durch den Artikel und kam endlich an die Stelle, wo es richtig losging.

«Beginne deinen Brief mit einer vertrauten Anrede, also einem Namen, der für dich und deine Liebe steht. Sei ruhig ein wenig phantasievoll und poetisch.»

Ich schnappte mir einen Stift und einen Block. «Mein cooles Wischläppchen ...» Das klang doch schon mal nicht schlecht. Poetisch und phantasievoll. Genau! Ich las weiter. «Vermeide dabei bitte unbedingt Klischees oder Anreden, auf die dein Freund allergisch reagieren könnte.»

Hm, sollte mir das was sagen? Vielleicht sollte ich besser doch nicht die Verbindung Wischen und Lappen nehmen? Schließlich hatte damit die ganze Diskussion angefangen.

Wie würde Bond wohl so einen Liebesbrief schreiben? Ich überlegte, dann zerknüllte ich wütend den Zettel. Bond würde überhaupt keinen Liebesbrief schreiben. James hatte das nämlich gar nicht nötig. Und ich hatte auch keine Lust dazu.

Auf der anderen Seite war Bond aber auch nicht mit Sarah zusammen. Ich nahm das Blatt und strich es wieder glatt. Gut, also weiter. Um die Anrede würde ich mich später kümmern.

«Ziel des Briefes ist es, deinem Liebsten deine Gefühle für ihn zu offenbaren ...»

«Sarah, ich finde es echt cool, bei dir rumzuhängen» – wo ist das Problem?

«Auch dabei solltest du sehr phantasievoll sein. Beziehe dich vielleicht auf euer erstes Treffen und deine Gefühle dabei. Oder auf Dinge, die ihr gemeinsam habt und die euch verbinden.»

Okay, Sarah hatte ich zum ersten Mal gesehen ... ja, am Weiher, als ich mit den Jungs angeln war. Da ließe sich bestimmt was daraus machen.

«Jeder Fisch erinnert mich an dich.» Hey, ich bin ein Dichter. Stolz sah ich auf den Satz, dann kamen mir Zweifel. War wohl doch eher ein schlechter. Gut, neuer Versuch. «Als ich dich zum allererstenmal am Kiosk sah, wusste ich: Ich hing am Haken!» Ja, besser. Allerdings, die Vorstellung, an einem Haken zu hängen, womöglich noch zusammen mit einem Wurm ... Yeiks, ist das eklig. Ich strich den Satz sofort wieder. So funktionierte das nicht. Ich musste mich wohl erst mal in die richtige Stimmung bringen. Ich stellte mich vor den Spiegel und nahm meine coolste Bond-Pose ein.

So, jetzt schnell wieder setzen und weiterschreiben.

«Hey, Baby, du bist es.» Yeah. Ich sah auf mein Blatt mit den ganzen durchgestrichenen Sätzen und konnte mir nicht so richtig vorstellen, dass Sarah davon beeindruckt wäre. Teufel, war das schwer! Vielleicht sollte ich doch mit dem Anfang anfangen. Ich meine, wenn ich eine perfekte Anrede hatte, würde der Rest bestimmt wie von selbst aus meiner Feder fließen, wie es in dem Artikel hieß. Momentan tropfte ja noch nicht mal ansatzweise was aus meinem Kuli.

Ich werde mir einfach ein bisschen Inspiration von außen holen, beschloss ich. Bei meiner Familie.

Falls sie aufgehört hatten zu streiten.

Als Erstes lief mir der kleine Konny über den Weg.

Ich schnappte ihn mir. «Hey, wie nennst du eigentlich Puschel?»

Der Kleine sah mich groß an. «Puschel.»

«Ja, genau, wie nennst du ihn?»

«Ich nenne ihn Puschel, das ist sein Name.»

«Okay, aber wenn du was Nettes sagen willst?»

Der Kleine sah mich kurz an, zuckte dann die Schultern. «Puschel, das hast du gut gemacht, man macht nämlich keine Pfütze auf den Wohnzimmerteppich. Das mag Mami gar nicht, und wir kriegen dann großen Ärger.»

Ich atmete tief ein. So würden wir wohl nicht weiterkommen. «Gut, also, wenn du Puschel einen Brief schreiben würdest...»

Konny sah mich an, als wäre ich durchgeknallt. «Puschel ist ein Hund», sagte er ganz langsam und superdeutlich. «Er kann nicht lesen, weißt du? Deshalb würde ich ihm auch keinen Brief schreiben. Und außerdem kann ich auch noch nicht schreiben.»

Okay, da hatte er einen Punkt. «Gut, also angenommen, Puschel könnte lesen und du könntest schreiben. Was würdest du ihm dann so schreiben?»

Konny überlegte. «Als Erstes würde ich ihn fragen, warum wir nicht mehr miteinander reden.»

Ich gab auf. Hier war kein Blumentopf zu gewinnen, und außerdem verwirrte mich der Kleine zunehmend.

«Okay, danke, wir sehen uns dann morgen.»

«Ja, pünktlich zum Entern», freute sich Konny und zog mit Puschel davon.

Meine Mutter fand ich im Wohnzimmer, wo sie über einem Zettel brütete. Mein Vater schien nicht in der Nähe zu sein, und von stürmischer See war nichts zu spüren. Ich traute mich rein.

«Hey, Mam.»

Sie sah auf. «Hallo, Konny.»

Ich sah auf den Zettel. Ein Brief, wie praktisch, da könnte ich das Thema doch ganz geschickt auf mein Problem lenken. «Ah, du schreibst einen Brief.»

Sie nickte.

«Gar nicht so einfach, was?»

«Kommt darauf an.»

«Ich denke, die Anrede ist das Wichtigste», klärte ich sie auf. «Wenn man die erst mal hat, fließt einem der Rest praktisch aus der Feder. Was für eine Anrede hast du gewählt?»

Meine Mutter sah mich verblüfft an. «Sehr geehrter Herr Zamecki.»

Aha. Ich nickte zustimmend. «Nicht schlecht, nicht schlecht.»

Meine Mutter war irritiert. «Danke, es freut mich wirklich sehr, dass du so Anteil an meiner Korrespondenz nimmst.»

«Das wird ein Geschäftsbrief, was?», riet ich.

«Treffer.»

«Mal angenommen, du würdest einer Freundin, einer richtig guten Freundin, einen Brief schreiben, wie würdest du dann beginnen?»

«Hallo, Irene.»

Meine Güte, meine Mutter war ja noch unbegabter als ich selbst. Kein Wunder, das mussten die Gene sein. Sie konnte echt froh sein, dass sie Paps schon gefunden hatte. Mit solchen Anreden hätte sie heutzutage kaum noch Chancen. Aber vielleicht war auch die Ausgangsposition, dass sie einen Brief an eine *Freundin* schreiben sollte, verkehrt. Das würde ich nochmal korrigieren.

«Und wenn du einen Brief an einen superengen Freund schreiben würdest?»

«Dann würde ich ganz sicher nicht mit dir darüber reden», grinste sie.

Ich sah sie groß an.

«Hey, war ein Scherz», lachte meine Mutter. «Natürlich habe ich keinen Freund. Ich bin glücklich mit deinem Vater.» Sie sah in Richtung seines Arbeitszimmers. «Auch wenn er manchmal wirklich sogar den kleinen Konny übertrifft, was seine merkwürdigen Ideen anbelangt.» Sie seufzte. «Ein eigenes Büro in unserem Wohnzimmeranbau, in dem er ein pinkfarbenes Schloss entwirft.»

Ich zuckte die Schultern. «Wenn es ihm Spaß macht?

Wenigstens kann er dann weniger im Haushalt anstellen.»

«Wohl wahr», nickte meine Mutter leicht abwesend, dann sah sie mich streng an. «Wie redest du denn von deinem Vater?»

«Hey, du bist ja den ganzen Tag weg», sagte ich empört.

Meine Mutter sah mich schuldbewusst an.

«Obwohl es mit Ludmilla schon echt klasse ist. Sie hat alles prima im Griff», setzte ich noch schnell hinzu.

Nachdenklich fragte meine Mutter: «Kann ich irgendwas für dich tun? Du wolltest doch was. Hast du Probleme mit deiner Freundin? Ist nicht so einfach, was?»

«Hey, alles im Griff.» Keine Ahnung, warum ich das sagte. «Ich lass dich dann mal weiter deinen Brief schreiben.»

Meine Mutter nickte. «Okay, aber du weißt, dass du jederzeit zu mir kommen kannst, ja? Oder auch zu Paps. Wir sind für dich da.»

«Schon okay, mach dir keine Gedanken. Hier läuft wirklich alles super. Kein Problem.»

Es gibt nichts Anstrengenderes als schuldbewusste Eltern. Es sei denn, man ist über 18, hat den Führerschein und will sich ihr Auto leihen. Dann kann das ganz praktisch sein, aber ansonsten sollte man sich so schnell wie möglich außer Reichweite bringen. So was endet meist in tödlich langweiligen Familienabenden, und ich hatte heute ja noch was zu tun.

Viel weiter hatte mich das Gespräch mit meiner Mutter bei der Lösung meines Problems allerdings nicht gebracht. Ob ich Sanny um Rat fragen sollte? Schließlich ist sie ein Mädchen, wenn auch ein sehr komisches.

9. Kapitel, in dem Sanny eine Bestellung für eine Ritterburg entgegennimmt

Eltern! Also wirklich, die haben vielleicht Probleme! Und warum sollten wir uns eigentlich damit beschäftigen? Als Teenager hat man genug eigene Probleme!

Ich schüttelte den Kopf und wandte mich wieder meinen Überlegungen zu.

Woran lag es bloß, dass Liz und David so wunderbar zueinander passten, und woher hatten sie nur all die Gemeinsamkeiten?

Ich war mir absolut sicher, dass Hubertus und ich noch viel besser zusammenpassten. Aber warum um alles in der Welt hatten wir denn dann so gar nichts gemeinsam?!

Ich musste mich der Sache wissenschaftlich nähern.

Vielleicht stand die Summe der Gemeinsamkeiten ja im Zusammenhang mit ... genau ... womit bloß?

Mit der Häufigkeit des Treffens? Hubertus und ich sahen uns schon recht oft. Zu oft? Wie war das bei Liz und David?

David musste oft ins Theater zur Probe. Liz begleitete ihn dann. Hey, das war ein Anfang! Damit könnte ich arbeiten. Ich würde Hubertus jetzt öfter begleiten, wenn er etwas vorhatte. Einfach so. Vielleicht würde das ja etwas ändern, und wir würden Gemeinsamkeiten entdecken.

Mein Plan stand fest: Was auch immer Hubertus morgen vorhaben würde, ich würde ihn begleiten. Ob er wollte oder nicht. Wobei David es ja immer schön fand, wenn Liz mitkam. Also sollte Hubertus es besser mal auch schön finden.

Gedankenverloren ging ich zu meinem Aquarium und streute Futter ins Wasser. Dabei fiel mir auf, dass ich Pixi und Dixi noch gar keine Frage gestellt hatte. Egal, die Fische schwammen nach oben, und ich deutete das als positives Zeichen. Mein Plan war gut, Pixi und Dixi damit einverstanden.

«Hey, wie geht's denn so?»

Ich schrak zusammen. Natürlich. Mein Bruder. Der große. Lehnte lässig im Türrahmen, als hätten geschlossene Türen einzig und allein die Aufgabe, sich für ihn zu öffnen, um ihn möglichst cool zu präsentieren.

«Okay, die Sache mit dem Klopfen und Warten hatten wir ja eigentlich schon …»

«Gut, dann können wir das ja überspringen.»

«Was ist los, kann dich dein Zimmer jetzt auch schon nicht mehr ertragen und hat dich rausgeschmissen?»

«Kommen wir gleich zur Sache.»

«Wolltest du nicht dringend was erledigen?»

«Stimmt genau, und deshalb bin ich auch hier.»

Konny ging zum Aquarium, sah auf das Futter, das

noch im Wasser schwamm, und schüttelte den Kopf. «Du hast sie schon wieder gefüttert? Was hast du vor? Den Monsterfisch zu züchten? Du solltest mal 'ne Liste schreiben: 1000 Gründe, meine Fische nicht zu Tode zu füttern.»

«Danke für den Tipp, gut, dass wir darüber gesprochen haben. Ich glaube, ich sollte lieber mal 'ne Liste schreiben: 1000 Gründe, warum mein Bruder nervt. Tschüs.»

«Wenn du einen Brief schreiben würdest, sagen wir mal an ... Hubertus. Wie würdest du ihn wohl beginnen?»

«Was?!»

«Also, wenn du ihm einen Brief schreiben würdest ...»

«Würde ich ihn vermutlich fragen, ob er einen Auftragsmord an meinem Bruder annehmen würde.»

Konny sah mich an und nickte dann. «Okay, und wie würdest du ihn da anreden?»

«Hallo, Killer?»

«Hey, Sanny, sei mal bitte ernst, ich hab echt ein Problem. Ich muss Sarah einen Brief schreiben, und mir fällt noch nicht mal die Anrede ein.»

«Wie wäre es mit ‹Hallo, Sarah›?»

«Es sollte persönlicher sein.»

«Persönlicher als ihr Name?»

«Du verstehst das nicht.»

«Und das bringt mich wieder zum Anfang: Raus hier! Ich hab selbst genug um die Ohren, auch ohne einen schwachköpfigen Bruder, der im Teenageralter noch Briefe schreiben lernen muss.»

Konny sah mich nachdenklich an. «Wegen Hubertus?»

Es warf mich immer völlig aus der Bahn, wenn Konny plötzlich, in einem seltenen Anfall von Sozialverhalten, sich für einen anderen außer für sich selbst interessierte. Und wenn ich aus der Bahn geworfen wurde, war ich meist erst mal sprachlos.

«Ich weiß», nickte Konny mitfühlend. «Er bringt es nicht fertig, mit dir über seine Gefühle zu reden, erzählt immer nur Blödsinn, zum Beispiel über Wischlappen und Shirts, und macht dir nie Komplimente, was?»

Ich sah Konny ungläubig an. «Was?! Ist dir in letzter Zeit was richtig Großes und Schweres auf den Kopf geknallt?! Blödsinn! Ganz im Gegenteil: Hubertus ist total süß und aufmerksam, er macht mir Komplimente, redet oft davon, wie gerne er mich mag, und wir unternehmen ganz viele tolle Sachen zusammen.»

«Im Ernst?!» Konny sah mich ungläubig an. «Wer ist der Typ? Superman?! Man sollte etwas gegen ihn unternehmen.»

Ich zuckte die Schultern.

«Und ... was meinst du, wie er dich in einem Brief anreden würde?»

Okay, das Interesse für andere war wieder erloschen. Und das brachte mich zu meiner ursprünglichen Reaktion: «Raus!»

Konny ging auch tatsächlich in Richtung Tür. «Hast du denn schon mal einen Brief von ihm bekommen?» Und dann machte er gerade noch rechtzeitig genug die Tür zu, um nicht mein Mathebuch an den Kopf zu bekommen. Es knallte gegen die Tür und rutschte dann auf den Boden. Den Knick im Einband würde ich am Schuljahresende wohl erklären müssen. Aber bis dahin war ja noch viel Zeit.

Das Telefon klingelte. Wie üblich fühlte sich mal wieder niemand zuständig, und da mich das Klingeln störte, ging ich hin.

«Ist dort das Architekturbüro Kornblum?», wollte eine Stimme wissen.

Ich überlegte. «Also, eigentlich nicht direkt. Aber ich kann Ihnen gerne meine Mutter geben. Oder die Telefonnummer ihres Büros.»

«Aber ich bin mit Kornblum verbunden?»

«Ja.» Ich klang leicht genervt. Ich wollte keine Büroanrufe hier entgegennehmen.

«Gut, die Nummer ist also richtig. Die hat mir der junge Mann gegeben. Gibt es denn einen Architekten bei Ihnen im Haus?»

«Genau genommen sogar zwei.»

«Ich möchte den mit den Häusern sprechen.»

Hm, das machte es nicht einfacher. Bevor ich antworten konnte, stand der kleine Konny plötzlich neben mir.

«Wer ist das?», wollte er wissen.

«Jemand, der einen Architekten sucht», flüsterte ich ihm zu, während ich den Hörer zuhielt.

«Gib her», verlangte er und streckte die Hand aus.

«Hier wird niemand fernmündlich überfallen und geentert», erklärte ich ihm streng.

«Das ist für mich.»

«Du bist Architekt?»

«Nein, aber ich kenne einen.»

«Ich kenne auch einen Polizisten, aber ich würde kaum seine Telefonanrufe entgegennehmen.»

Dem Kleinen wurde das jetzt zu viel. Er trat mir kurz entschlossen gegen das Schienbein und nutzte meine Überraschung und meinen Schmerz, um mir das Telefon aus der Hand zu nehmen.

«Danke», sagte er freundlich lächelnd zu mir. Dann sprach er ins Telefon. «Ja, hallo? ... Ja, ganz richtig.... Eine Ritterburg also, ja, das müsste gehen...»

Ich stand ratlos daneben und hielt mir das Schienbein. Konny richtete nur Chaos an. Ich sollte ihm den Hörer möglichst schnell wieder abnehmen.

Der Kleine schien das zu ahnen und rannte plötzlich in sein Zimmer und schlug die Tür hinter sich zu.

Petzen war normalerweise ja nicht meine Art, aber bevor mein kleiner Bruder einen Auftrag für eine Ritterburg annahm, sollte ich vielleicht doch lieber mal meinen Eltern Bescheid sagen.

Ich rannte nach unten und fand die beiden im Arbeitszimmer meines Vaters.

«Kornelius ist am Telefon», rief ich.

Meine Eltern sahen sich verwirrt um.

«Das ist in Ordnung, er darf telefonieren», lächelte mir mein Vater zu.

«Auch mit einem Kunden, von dem er den Auftrag für eine Ritterburg entgegennimmt?» Also, Erwachsene stehen manchmal echt auf der Leitung!

«Was?!» Meine Eltern sahen sich an.

»Ich regle das«, meinte mein Vater und ging.

10. Kapitel, in dem Konny sich in Cyrano de Bergerac verwandelt

Heute Morgen war ich extra eine halbe Stunde früher aufgestanden, um sicherzugehen, dass ich genügend Zeit für ein besonders cooles Outfit haben würde. Nur für den Fall, dass der Liebesbrief an Sarah vielleicht doch etwas zu gefühlvoll ausgefallen war und ich möglicherweise in den Verdacht geraten könnte, ein Weichei zu sein. Dem wollte ich vorbeugen. Also cooles und hartes Outfit für die Überbringung eines gefühlvollen Liebesbriefs. Das stand zwar nicht in dem Artikel, aber das war Konny-Regel.

Die Wahl der Hose war einfach: Jeans. Das hatte was von Freiheit, Abenteuer und Unbeugsamkeit. Genau das richtige Statement. Die Auswahl der Shirts beschränkte sich auf drei bzw. vier verschiedene Exemplare, wenn man das mit dem kleinen Ketchup-Fleck auch noch in die engere Wahl kommen ließ.

Ludmilla weigerte sich nämlich, meine Klamotten zum Waschen aus meinem Zimmer zu fischen, und ich vergaß immer wieder, sie ins Bad zur schmutzigen Wäsche zu bringen. Okay, kein Problem, ich war gut im Improvisieren. Das Shirt mit dem Fleck schied schnell wieder aus, da die Ketchup-Farbe nicht so richtig zur Grundfarbe des Shirts passte. Und wer wollte sich schon ein schlechtes Auge für die Zusammenstellung von Farben nachsagen lassen.

Das zweite Shirt fiel unter moderne Kunst. Grundfarbe weiß und ein buntes Geschmiere vorne auf der Brust, das auch noch über die rechte Schulter auf den Rücken ging. Hin und wieder konnte man einen kleinen Kinderhand-Abdruck erkennen. Konny hatte es mit Fingerfarben «verschönert», angeblich um es mir zum Geburtstag zu schenken. Das war zumindest seine Erklärung, als man ihn dabei erwischte.

Gut, blieben noch zwei. Ich entschied mich schließlich gegen das Shirt mit dem Aufdruck «Halt Abstand» und für das schlichte dunkelblaue. Understatement. Genau richtig. Außerdem sehe ich darin wirklich total cool aus.

Ich hatte gestern Abend nämlich tatsächlich noch den perfekten Liebesbrief zu Papier gebracht.

Allerdings mit Hilfe von etwas ungewöhnlicher Seite. Ludmilla hatte mich mit meinem Block durchs Haus schleichen sehen und mich in die Küche beordert. «Du mir helfen hier in Kieche. Dann du machen keine Bledsinn.» Sie sah mich forschend an. «Außerdem das sein Sache, die megen Mädchen. Mann, der sich kennt aus in Kieche, ist gute Mann.»

«Im Ernst?» Ich war zwar nicht besonders scharf darauf, in der Küche zu schuften, aber meine Suche nach liebesbrieflicher Inspiration war so frustrierend, dass es darauf auch nicht mehr ankam.

«Ich dir zeigen, wie man macht Vareniki. Du dann können kochen für Mädchen. Mädchen megen russische Essen, da?»

Ich sah Ludmilla verblüfft an. «Ja, sie mag das total gerne, super Idee.» Und jetzt war ich mit Feuereifer dabei.

«Du haben keine Angst, auch große Dummkopf können kochen, was ich dir jetzt zeigen.»

«Oh, da mach ich mir keine Sorgen.»

«Daran man kann sehen, wie große Dummkopf du sein», seufzte Ludmilla und fing an, mir Anweisungen zu geben. Ich musste Zwiebeln und Kartoffeln schälen.

«Du reden viel mit nette Mädchen?»

«Ja, aber ich denke, ich sollte es vielleicht lieber mal mit Schreiben versuchen.»

«Du machen Mädchen Komplimente?»

Ich nickte. «Aber ich glaube, sie gefallen ihr nicht so.»

«Was du sagen?»

«Na, dass ihr Wischtuch echt gut zu ihrem T-Shirt passt und so.»

Ludmilla schüttelte tadelnd den Kopf. «Nix gut. Du besser lernen kochen.»

«Na ja, aber die Farben sahen echt gut zusammen aus», verteidigte ich mich.

«Das ich meinen. Das du können sagen zu Teppich

und Vorhang in Zimmer von Hotel oder zu Socke und Senkel zu schnüren von Schuh von Mann an Tür von Kaufhaus.»

Ich stoppte mit dem Kartoffelschälen und starrte Ludmilla an.

«Was du gucken mich an? Ich haben Huhn auf Kopf? Du besser gucken auf Hand, wenn andere Hand haben Messer.»

Ich konzentrierte mich wieder auf die Kartoffeln und mein Messer. «Sie meinen, ich sollte ihr echt so was wie ein Kompliment machen? Über etwas, was nicht so offensichtlich ist, etwas, was man nur weiß, wenn man sie besser kennt?»

«Aah, große Dummkopf kann benutzen doch Kopf zu denken.»

Ich grinste meine Kartoffel an. Diese Beleidigung war aus Ludmillas Mund ein riesiges Kompliment.

«Und wie würden Sie einen Brief an sie beginnen?»

«Ich würde sie reden an.»

«Aber wie?»

«Das du musst wissen selbst. Sie ist deine Freindin. Wie du sie begrüßen, wenn du sie sehen?»

«Hallo, Sarah.»

Ludmilla atmete tief ein. «Oh, ich sehen. Du schwerer Fall von nicht wissen, wie man geht um mit Mädchen.»

«Hey, Moment mal, ich bin prima darin.»

«Das so ist, dann wir können reden jetzt über Kartoffel und die Topf.»

«Na ja, ein bisschen Hilfe könnte ich schon gebrauchen», gab ich schnell zu.

«Nur ein bisschen?» Ludmilla war echt gnadenlos.

Ich seufzte.

Ludmilla lächelte zufrieden. «Da, das ich meinen auch. Und wenn du jetzt putzen die Pilz da, wir finden heraus, was dir gefallen so an ihr. Das du dann missen schreiben ihr.»

Ich griff nach den Pilzen. «Hey, wir machen Vareniki, stimmt's?», fragte ich stolz. Ich hatte es erkannt und mir sogar den Namen gemerkt.

Ludmilla nickte.

«Die mag Sarah total gerne.»

«Da, du das wissen. Das nicht kann sehen jeder, der kommt vorbei. Aber du jetzt nix sagen, Sie haben Hemd, das passen gut zu Vareniki, da?!»

Ich musste lachen. «Okay, ich werd's mir verkneifen.»

Nach diesem Kochkurs war ich perfekt im Liebesbriefschreiben. Und außerdem konnte ich Sarahs russisches Lieblingsgericht kochen. Na ja, okay, es war das einzige, das sie kannte, aber sie mochte es.

Ich würde Sarah den Brief heute Mittag gleich nach dem Essen bringen. Ihr Großvater hatte einen Termin in der Stadt, und sie würde direkt nach der Schule am Kiosk sein. Ich konnte es gar nicht erwarten.

«Hey, Konny», rief jemand hinter mir. Es war Kai.

«Nenn mich Cyrano», sagte ich großmütig.

«Nicht mehr Konny? Das wird deinem Vater nicht gefallen, er mag doch so gerne K-Namen.»

Das stimmte. Deswegen fingen unsere Namen auch alle mit K an.

«Nein, nach Cyrano de Bergerac», erklärte ich geduldig.

«Du willst auch nicht mehr Kornblum heißen. Also, ich weiß ja nicht, ob das so einfach geht.»

Felix stieß zu uns. «Hey, Leute, was gibt's Neues? Bist du wieder klar im Kopf?», wollte er von mir wissen und schubste mich freundschaftlich an.

«Er will, dass wir ihn Cyrano nennen», klärte ihn Kai auf und warf einen besorgten Blick in meine Richtung.

«Hat er gesagt, warum?», fragte Felix zurück.

«So weit war ich noch nicht. Dann bist du gekommen. Kornblum will er übrigens auch nicht mehr heißen.»

«Das kann ich verstehen», nickte Felix.

«Halloho, ich bin noch da, falls euch das entfallen sein sollte», brachte ich mich wieder in Erinnerung.

«Gut, und was soll das mit diesem Namensquatsch?», wollte Felix wissen.

«Ihr seid echt Intelligenzbestien. Ich meine Cyrano de Bergerac, der Meister im Liebesbriefeschreiben. Denn genau den habt ihr vor euch. Ja, meine Freunde, Konny weiß, was die Mädels wollen. Ich habe den perfekten Liebesbrief für Sarah geschrieben. Danach wird sie mir zu Füßen liegen und auf jedes Wort von mir ungeduldig warten.»

«Ach, hat Ludmilla gestern Abend mit dir geredet? Ich habe sie darum gebeten, dir mal ein wenig unter die Arme zu greifen», stoppte Kai recht abrupt meinen Höhenflug. «Schön, dass es geklappt hat.»

«Du lässt dir von eurer russischen Haushaltshilfe deine Liebesbriefe schreiben?», feixte Felix.

«Geschrieben hab ich ihn selbst, klar?!»

«Ist doch auch egal», versuchte Kai zu vermitteln. «Konny hat seinen Liebesbrief und wir wieder einen normalen Konny.» Er überlegte kurz. «Oder soll ich Cyrano sagen?»

11. Kapitel, in dem Sanny Hubertus' Großtante von der Liste der Gemeinsamkeiten streicht

Okay, heute war der «Ich-begleite-meinen-Freund-Tag». Hubertus wusste nichts davon. Ich dachte mir, so ein kleiner Überraschungseffekt wäre sicher auch ganz nett.

Das Ganze fing damit an, dass er nicht zu Hause war.

«Und wo ist er hin?», wollte ich von seiner Mutter wissen.

«Zu seiner Großtante. Die besucht er einmal im Monat.»

Ich überlegte blitzschnell. Das klang gut. Ich meine, das war ganz eindeutig ein «Hubertus-Unternehmen». Also etwas, womit ich wirklich nichts zu tun hatte. Und genau so etwas suchte ich. Genau wie bei Liz, denn die hatte ja mit Theaterspielen auch nicht wirklich etwas am Hut und begleitete David trotzdem immer dorthin.

«Sehr schön. Und wo wohnt sie?»

Hubertus' Mutter schien erst etwas irritiert, deutete dann aber in eine Richtung und erklärte mir den Weg. Ich ließ mir sicherheitshalber noch die Adresse aufschreiben und lief, so schnell ich konnte, Hubertus hinterher.

Ich rannte, weil Hubertus' Mutter gesagt hatte, dass er noch nicht sehr lange weg war, und ich wollte ihn gerne auf dem Weg einholen. Schließlich ging es ja auch um das Begleiten.

Ich stand schließlich vor der Haustür, ohne Hubertus getroffen zu haben. Schade. Aber dann würde ich ihm eben jetzt Gesellschaft leisten. Ich klingelte.

Eine ältere Dame öffnete mir. Sie musterte mich streng und entschloss sich zu einem: «Ja, bitte?»

«Hallo, ich bin Sanny, ich wollte zu Hubertus.»

«Der wohnt hier aber nicht.»

«Ich weiß, aber er wollte Sie besuchen. Ist er da?» Ich wollte an ihr vorbeigehen, aber sie trat mir in den Weg.

«Bitte?»

«Oh, das ist okay, ich bin seine Freundin. Sanny. Er wird sich freuen, mich zu sehen.»

«Wie kommst du überhaupt hierher?», wollte sie wissen und wich keinen Millimeter zur Seite.

«Von Hubertus aus die Hauptstraße runter, dann durch den Magnolienweg, am Goetheplatz rechts, und dann ist man ja praktisch schon hier.»

Jetzt wechselte ihr Gesichtsausdruck von streng zu verdutzt.

«Hubertus' Mutter hat mir Ihre Adresse gegeben.» Ich hielt ihr den Zettel wie eine Eintrittskarte unter die Nase.

Kopfschüttelnd ließ sie mich schließlich rein. Allerdings ohne eine Ecke abzureißen.

Sie führte mich in den «Salon», wie sie sich ausdrückte, wo auf einem Tisch eine Kaffeetafel aufgebaut war.

«Hubertus hätte mir Bescheid sagen sollen, dass er eine Freundin mitbringt. Es ist nicht sehr höflich, das zu unterlassen», erklärte sie, während sie indigniert ein weiteres Gedeck aus dem Schrank holte und auf den Tisch stellte.

«Er wusste es selbst nicht.»

«Er wusste nicht, dass er eine Freundin mitbringt?»

«Ich überrasche ihn damit. Außerdem ist es wegen der Gemeinsamkeiten.»

Sie sah mich einen Moment an, als ob sie den Teller gleich wieder abräumen wollte. Zum Glück klingelte es in dem Moment an der Tür.

«Ich geh schon», bot ich an und nutzte die Gelegenheit, ihrem abschätzenden Blick zu entkommen.

Als ich die Tür öffnete, starrte mich Hubertus völlig verwirrt an. Dann machte er einen Schritt nach hinten und sah sich das Haus genau an.

«Alles okay, du bist bei deiner Tante», beruhigte ich ihn.

«Gut.» Er sah erleichtert aus. «Aber warum bist du hier?»

«Oh, ich dachte, ich begleite dich mal. So wegen der Gemeinsamkeiten.»

«Hier?!» Er sah einigermaßen entsetzt aus.

«Wieso kommst du jetzt erst?», erkundigte ich mich.

Er hielt als Erklärung einen Strauß Blumen hoch.

«Ach so», nickte ich. «Gute Idee. Komm doch rein. Wir sind im Salon.»

Ich führte ihn in den Salon, und er begrüßte seine Tante.

«Es wäre nett, wenn du mir das nächste Mal weiteren Besuch ankündigen könntest», empfing sie ihn.

Das war jetzt unfair. Schließlich hatten wir bereits darüber gesprochen und alles abgeklärt. «Er wusste davon wirklich nichts», versicherte ich ihr erneut. «Und ich will auch gar nicht stören. Wissen Sie was, ich nehme mir einfach meinen Teller und die Tasse und setze mich aufs Sofa da vorne. Machen Sie einfach alles so wie sonst auch.»

Ein weiterer missbilligender Blick der Tante streifte mich, und ein nach wie vor verwirrter Blick von Hubertus ruhte auf mir.

Das Gespräch der beiden kam recht schleppend in Gang. Allerdings konnte ich mir nicht vorstellen, dass das an mir liegen sollte.

Irgendwann hörte ich auch auf zuzuhören. Es war einfach zu langweilig. Ob es Liz im Theater auch so ging? Ich überlegte kurz, ob ich Liz anrufen und sie fragen sollte, aber ich nahm von der Idee wieder Abstand. Wahrscheinlich wäre es nicht sehr gut angekommen. Auf alle Fälle beschloss ich, dass das keine Maßnahme auf Dauer wäre. Solche Besuche würden Hubertus und mich eher auseinander bringen. Da war ich mir sicher.

Zwei Stunden später stand Hubertus endlich auf und

verabschiedete sich. Ich versuchte, nicht allzu erleichtert auszusehen, und versicherte seiner Tante, dass der Besuch bei ihr eine sehr interessante und wichtige Erfahrung gewesen sei.

«Eine sehr interessante Erfahrung?», wiederholte Hubertus, als wir außer Hörweite waren.

Ich nickte. «Ja, irgendwie schon. Das hat mich echt weitergebracht.» Keine Begleitungen mehr!

«Na dann...» Hubertus lachte. «Ich schätze mal, für sie war es auch eine sehr interessante Erfahrung. Du scheinst sie ziemlich aus dem Gleichgewicht gebracht zu haben.»

Hubertus begleitete mich dann nach Hause, was ich als erfolgreiche gemeinsame Unternehmung wertete. Na bitte, klappt doch. Liz würde Augen machen, wenn ich ihr davon erzählte. Noch ein oder zwei weitere Gemeinsamkeiten, und schon hätten wir meine beste Freundin und ihren Freund an Gemeinsamkeiten überholt.

Meine Mutter war noch nicht da, und mein Vater schien tatsächlich einen weiteren Kunden zu haben. Zumindest saß ein Mann in seinem Arbeitszimmer und gab meinem Vater Anweisungen.

«Die Zinnen sind besonders wichtig. Er soll dort oben eine richtig schöne Aussichtsplattform bekommen. Damit er schon von weitem sehen kann, wenn der Briefträger kommt.»

«Das ist eine sehr gute Entscheidung», nickte der kleine Konny, der im Piraten-Edel-Outfit (gekämmte Haare) daneben saß.

«Ist es das?» Mein Vater sah leicht gequält zuerst den kleinen, dann den großen Kunden an.

«So einen Wasserdings drum herum auch?», fragte Konny.

Mein Vater stöhnte auf.

Der Mann überlegte, schüttelte dann den Kopf. «Nein, da bekommt er immer so schmutzige Pfoten.»

«Kein Wasserdings», teilte Konny meinem Vater mit. Der nickte ergeben.

Wow, diese Fachgespräche hatte ich mir aber anders vorgestellt. Es war doch gar nicht so einfach, Architekt zu sein.

12. Kapitel, in dem Konny den perfekten Liebesbrief dem falschen Mädchen gibt

Ich war unterwegs zu Sarah, und je näher ich dem Kiosk kam, umso schneller schlug mein Herz, und meine Knie wurden etwas weicher. Hoffentlich bekam ich unterwegs keine Grippe.

Ich vergewisserte mich immer wieder, dass ich den Brief auch dabeihatte.

Bis zum Kiosk waren es keine fünf Minuten mehr, und ich wurde immer nervöser. Vielleicht sollte ich ja nochmal eine Nacht darüber schlafen und ihr den Brief erst morgen geben. Oder vielleicht war Sarah ja heute nicht nach Liebesbrieflesen zumute. Wer weiß, vielleicht hatte sie überanstrengte Augen und musste geschont werden.

Ich riss mich zusammen. So ein Blödsinn. Ich atmete tief durch und ging weiter. Jetzt war der Kiosk schon in Sichtweite. In sehr guter Sichtweite sogar.

«Hey, Konny!» Hubertus stand plötzlich vor mir. «Hast du mal zwei Sekunden Zeit, ich brauch einen Rat, vielleicht kannst du mir helfen.»

«Worum geht's?»

«Deine Schwester.»

«Oh, Kumpel, vergiss es, da kommt jede Hilfe zu spät.»

«Jetzt lass doch mal den Blödsinn. Ich will einfach nur wissen, warum sie sich so merkwürdig verhält.»

«Sie ist meine Schwester und ziemlich durchgeknallt.»

«Inwiefern?»

«Wir haben dieselben Eltern, und dadurch wird man automatisch zu Geschwistern.»

«Vielleicht kannst du für einen Moment aufhören, den Komiker zu spielen?»

«Was willst du wissen? Ich hab's eilig.»

«Hast du eine Ahnung, was in letzter Zeit mit Sanny los ist? Sie benimmt sich so seltsam.»

«Ach», winkte ich ab. «Das ist völlig normal. Sie benimmt sich immer so. Mach dir keine Gedanken!»

Hubertus schaute mich etwas verwirrt an.

Ich zuckte die Schultern. «Hey, keiner hat dich gezwungen, mit ihr befreundet zu sein. So, und jetzt muss ich wirklich los. Ich hab nämlich noch was Wichtiges zu erledigen. Viel Glück.» Ich klopfte ihm ermunternd auf die Schulter und ging weiter. Die Probleme anderer Leute möchte ich haben.

Jetzt galt es, Sarah den Brief zu überreichen. Bloß wie? Ohne Worte würde bei ihr nicht gut ankommen. Aber was sollte ich lange reden? Der Brief sollte für mich sprechen. Ich überlegte. Vielleicht wäre ein Bote die perfekte Lösung? Und dazu noch romantisch. Ja, das war's. Und dann würde ich dazukommen und den Dank und die Begeisterung entgegennehmen. Ja, das war perfekt. Außerdem musste ich ihn dann nicht selbst Sarah in die Hand drücken. Meine Hände zitterten nämlich ein kleines bisschen. Nicht sehr cool.

Ich sah mich um. Neben dem Kiosk war ein Minigolf-Platz, und da hüpften gerade jede Menge Kids rum. Für ein Eis oder 'ne Tüte Gummibärchen würde eines von ihnen bestimmt den Briefboten spielen.

Ich schnappte mir so einen halben Meter, erklärte ihm seinen Job und zeigte ihm Sarah, die gerade einem gleichaltrigen Mädchen etwas verkaufte.

Der Kleine willigte ein, ich gab ihm Geld für das Eis, und er trabte los.

Ich atmete tief durch und ging erst mal in Deckung. Ich wollte nicht, dass Sarah mich sofort sehen würde. Sie sollte den Brief erst in Ruhe lesen, und dann würde ich kommen. Ich hatte nämlich nicht mit meinem Namen unterschrieben, sondern mit «Dein weißer Ritter». Dein »Russischer Koch» hatte irgendwie nicht ganz so viel Charme, meinte Ludmilla. Wo hatte ich eigentlich die Vareniki? Murks, natürlich vergessen. Egal, darum konnte ich mich jetzt nicht kümmern. Bestimmt würde Sarah den Brief direkt öffnen und lesen. Da musste ich zur Stelle sein, ihre Reaktion wollte ich auf keinen Fall verpassen.

Ich holte tief Luft und zwang meine Beine, den Weg in Richtung Kiosk und Sarah aufzunehmen. Das war gar nicht so einfach, wahrscheinlich war ich in den letzten Tagen zu viel gelaufen. Sie waren ganz müde und wackelig. Ich schaffte den Weg trotzdem und kam schließlich bei Sarah an. Sie räumte gerade im Kiosk die Kaugummi-Regale ein. Ich hielt mich an der Theke fest.

«Hallo, Sarah.»

Sie sah auf. «Oh, hallo, Konny, mit dir habe ich ja gar nicht gerechnet.»

Nein?! Ach ja, klar, ich hatte ihr ja schon einen Brief geschickt. «Och, ich dachte, ich komme auch persönlich vorbei», grinste ich und ließ mich auf ihr Spiel ein.

«Persönlich? Schickst du sonst einen Vertreter?»

«Ja, das kann man wohl so sagen.»

«Den muss ich wohl verpasst haben.»

Biest. Das war echt nicht fair. Ich schreibe mir hier die Seele aus dem Leib, koche sogar russische Teigklopse, und sie machte sich über mich lustig.

«Tja, dann ist es ja gut, dass ich doch noch persönlich vorbeigekommen bin.»

«Wenn du es sagst», grinste Sarah.

Warum tat sie so, als wäre nichts? Aber gut, dann würde ich bei diesem Spielchen auch mitmachen. Mich konnte sie nicht so leicht aus der Reserve locken. Spiele spielen konnte ich auch gut. Ich würde den Brief mit keiner Silbe erwähnen.

«Und, gibt es irgendwas Neues? Post vielleicht?»

«Post?»

Na gut, vielleicht musste ich doch deutlicher werden. Ich hielt die Spannung nicht mehr aus. «Weißt du, ich habe mir eine Menge Gedanken über das gemacht, was du neulich gesagt hast. Und ich habe etwas gelernt und es umgesetzt. Ich dachte, es würde dir gefallen...»

«Der da war's», krähte plötzlich eine Stimme hinter mir.

Ich drehte mich um und stand vor meinem kleinen Briefboten. Neben ihm stand das Mädchen, das vorhin bei Sarah etwas gekauft hatte.

Der Kleine zeigte mit dem Finger auf mich. «Der hat mir den Brief gegeben.»

«Und? Was willst du? Du hast doch dein Eis bekommen.»

«Ja», nickte der Kleine fröhlich. «Danke, tschüs!»

«Das ist echt total süß von dir», hauchte mir das Mädchen in dem Moment ins Ohr und küsste mich auf die Wange.

Völlig verwirrt blickte ich zu Sarah. Ihr Blick sprach Bände.

Ich machte mich aus ihrer Umarmung frei. «Was? Das mit dem Eis? War doch logisch. Hab ich dem Kleinen ja versprochen.»

«Und du bist echt lustig», kicherte das Mädchen.

Was um Himmels willen war denn hier los?! Ich sah mich um. Bestimmt war das wieder so ein blöder Scherz von Felix und Kai; gleich würden die beiden aus dem

Gebüsch hervorgesprungen kommen und sich halb totlachen.

«Okay, Jungs, wir haben alle sehr gelacht, jetzt kommt raus!», rief ich und drehte mich dabei um meine Achse. «Na los, ich weiß doch, dass ihr hier seid.»

«Ist alles okay mit dir?» Das Mädchen sah mich besorgt an.

Jetzt wurde ich unsicher. Doch kein Scherz von Kai und Felix? Was war es dann? War etwas schief gelaufen?.

«Weißt du, so einen schönen Liebesbrief habe ich wirklich noch nie bekommen.»

«*Du* ... du hast den Liebesbrief bekommen.»

«Ja, und ich finde es echt total süß von dir.»

NEIN!!!! Sarah sah ich sicherheitshalber erst gar nicht an. Ihren Blick würde ich bestimmt nicht überleben. Ich musste etwas unternehmen, die Situation retten oder mich zumindest in Luft auflösen. «Ich ... äh ... der war nicht von mir!», presste ich mühsam hervor. Murks, was hatte ich da gesagt? Der war nicht von mir?! «Der war nicht für dich» sollte es heißen. Zu spät.

«Aber du hast ihn meinem kleinen Bruder gegeben, damit er ihn mir gibt.»

Sarah verschränkte die Arme vor der Brust und sah mich abwartend an.

«Okay, aber das heißt ja nicht, dass ich ihn auch geschrieben habe», versuchte ich mich zu retten.

«Oh», meinte das Mädchen und wurde rot. «Von wem war er dann?»

«Ach, irgend so ein Typ hat ihn mir in die Hand gedrückt. Den kennst du bestimmt nicht. Nicht weiter wichtig. Am besten, du vergisst das alles wieder.»

«War das der Typ, mit dem du dich da vorne unterhalten hast?», fragte sie nach.

«Ja, genau.» Mit wem hatte ich mich denn unterhalten?

Das Mädchen strahlte und tat ganz verzückt. «O mein Gott! Hubertus Hollstein schreibt mir einen Liebesbrief!»

«Hubertus!? Du kennst ihn?» Jetzt war ich völlig baff.

«Ja, wir haben zusammen einen Sportkurs gehabt. Ich wäre nie darauf gekommen, dass er in mich verliebt ist ... Hubertus hat mir einen Liebesbrief geschrieben.» Das Mädchen seufzte und drückte den Brief an ihr Herz. «Und dann noch so einen schönen. Er ist wirklich etwas ganz Besonderes.»

Ich nickte säuerlich. Na klasse, jetzt konnte Hubertus auch noch die Lorbeeren ernten, die eigentlich mir zustanden. Dieses verträumte Lächeln und das Lob, etwas ganz Besonderes zu sein, hätte ich eigentlich von Sarah bekommen sollen.

«Na dann, vielen Dank. Und sorry wegen des Kusses», fügte das Mädchen kleinlaut hinzu und verabschiedete sich. »Tschüs!»

Ich drehte mich zu Sarah. «Mann, was 'ne Aktion!», stöhnte ich.

Sarah sah mich fragend an. «Allerdings. Hubertus, der

Freund deiner Schwester, schreibt anderen Mädchen Liebesbriefe?!»

«Was?!»

«Und du überbringst sie auch noch?»

«Hör mal, das ist alles nicht so, wie es vielleicht aussieht», versuchte ich mich etwas lahm zur Wehr zu setzen.

«Nein, ist es nicht? Du meinst nicht, du unterstützt den Freund deiner Schwester dabei, wie er sich an andere Mädels ranmacht?»

«NEIN!»

«Und wie erklärst du das eben dann?»

«Hör mal, du weißt doch, wie Jungs sind. Das ist alles nicht so ernst gemeint.»

«Wie bitte?!»

«Na ja, man sagt was, man schreibt einen Brief. Ist nicht ernst gemeint.»

«Ach, und was von dem, was du mir gesagt hast, war nicht ernst gemeint?»

«Nichts war nicht ernst gemeint!» Ich war empört, dann wurde ich unsicher. «Was hab ich denn so gesagt?»

«Konny, du bist ein Idiot!» Sarah drehte sich um und ging.

Puh!

«Hey, wie wär's heute Abend mit den Monster-Trucks?», rief ich ihr hinterher.

Sie winkte ab. «Vergiss es! Und das meine ich genau so, wie ich es sage!»

«Sarah! Warte!» Ich wollte hinter ihr in den Kiosk, aber sie hatte die Tür geschlossen.

«Bring erst mal wieder in Ordnung, was du gerade angerichtet hast. Ich denke, du solltest mal ein ernstes Gespräch mit Hubertus führen. Vorher rede ich nicht mehr mit dir», ertönte es aus dem Kiosk.

Mir blieb nichts anderes übrig, als zu gehen. Die Audienz war eindeutig beendet.

Verflucht, verflucht, verflucht! Ich glaubte es ja nicht! Jetzt lief dieses Huhn mit meinem Liebesbrief durch die Gegend.

«Bring das erst mal wieder in Ordnung!» Was denn? Wie denn? Hubertus hatte den Brief ja nicht geschrieben, er wusste nicht einmal etwas von dem Brief. Also war da nichts in Ordnung zu bringen, und das «ernste Gespräch» mit ihm konnte ich mir schenken.

Viel wichtiger war doch, dass ich den Brief zurückbekam, Teufel nochmal. Das war ein einzigartiges Stück hohe Literatur. Sarah hätte mir zu Füßen gelegen, wenn sie ihn gelesen hätte. Und nun war dieses Huhn damit unterwegs.

So eine Pleite!

Während ich nach Hause lief, blieb ich plötzlich abrupt stehen, denn mir war eingefallen, was zu tun war: Ich musste dieses Mädchen finden und den Brief zurückverlangen. Dann würde ich ihn Sarah geben, sie würde merken, dass ich der beste Freund der Welt bin, und alles wäre wieder in Ordnung.

Ich suchte am Weiher und im Park, aber das Mädchen war weg.

Der kleine Bruder fiel mir ein. Der musste mir weiterhelfen.

Ich ging zurück zum Minigolf-Platz und hielt nach dem Knirps Ausschau, der den Brief seiner Schwester gegeben hatte, statt ihn Sarah zu überreichen.

Er spielte noch.

«Hey, Kleiner, wo ist deine Schwester?»

«Die musste dringend telefonieren. Irgendwas wegen einem Freund.»

«Sie hat einen Freund?!» Na klasse, es wurde immer besser. Sie hatte einen Freund und kassierte meinen Liebesbrief ein?! So was sollte echt verboten werden.

Aber der Kleine schüttelte den Kopf. «Die doch nicht.»

«Und mit wem telefoniert sie jetzt?»

«Mit ihrer Freundin. Aber die quietschen und gackern nur.»

Ja, das kannte ich nur zu gut.

«Wo ist sie?»

Der Kleine zuckte die Schultern: «Irgendwo.»

Okay, ich musste das Gelände absuchen.

Sie saß auf einer Parkbank und quietschte und gackerte tatsächlich ins Telefon, wie der Kleine es beschrieben hatte.

Ich stellte mich hinter sie. Sie nahm nicht wirklich Notiz von mir, drehte sich nur noch etwas weg.

Ich klopfte ihr auf die Schulter. «Du, entschuldige.»

Sie drehte sich um und sah mich ungnädig an. «Ich telefoniere.»

«Ja, das sehe ich. Ich muss mit dir reden. Es dauert nicht lange.»

Sie verdrehte die Augen, drehte sich weg und sprach weiter ins Telefon.

«Es geht um den Liebesbrief ...», begann ich.

Sie drehte sich wieder zu mir, kniff die Augen zusammen und sah mich misstrauisch an. «Ja?»

«Ich brauche ihn. Kannst du ihn mir bitte zurückgeben?»

Sie wich empört zurück. «Wieso denn?» Dann redete sie in den Hörer. «Kannst du dir vorstellen, dieser komische Typ, der Bote, der den Liebesbrief gebracht hat, will ihn wiederhaben. Das ist doch unglaublich.»

Ich lief um die Bank herum und stellte mich vor sie.

«Es gibt einen Grund», rief ich laut genug, dass die Freundin am anderen Ende es auch verstehen konnte.

Das Mädchen lauschte in den Hörer, drehte sich dann wieder zu mir. «Mich interessiert es nicht, aber Nell will wissen, wieso.»

«Na, weil ... also, weißt du, ich wollte den Liebesbrief eigentlich meiner Freundin geben und ...»

«... du willst *deiner* Freundin einen fremden Liebesbrief geben?», unterbrach sie mich. «Mann, du hast sie ja nicht mehr alle! Schreib gefälligst deinen eigenen. Du bist ja ein elender Faulpelz.»

Sie redete wieder mit ihrer Freundin.

Großer Mist. Den Plan konnte ich vergessen. Eher regnete es ein Jahr lang in der Wüste, als dass ich meinen Brief zurückbekam. Diesen Brief rückte sie nicht mehr raus.

Ich seufzte. «Na, aber vielleicht könntest du ihn mir wenigstens nochmal zeigen?»

«Willst du ihn etwa abschreiben?»

Ich strahlte: «Genau!»

Das wär immer noch besser als nichts. Denn den Inhalt würde ich so nie wieder zustande bringen. Wieso hab ich mir auch keine Kopie gemacht? Aber wer macht schon Kopien von den eigenen Briefen?

Leider war dieses Mädchen überhaupt nicht kooperativ. Sie stand auf, stemmte einen Arm in die Seite und trat wütend auf mich zu.

«Das glaub ich ja wohl nicht! Bist du völlig durchgeknallt?!»

«Nein, bin ich nicht. Ich will den Brief doch nur nochmal kurz sehen.»

Sie schüttelte den Kopf.

«Frag doch mal deine Freundin Nell, was sie meint», bat ich verzweifelt. Sie war meine letzte Chance.

«Was meinst du denn dazu?», fragte sie in den Hörer. Sie lauschte einen Moment, dann drehte sie sich wieder zu mir. «In allen Einzelheiten willst du das nicht wissen. Ich fasse es mal zusammen: Vergiss es! Und jetzt lass mich endlich in Ruhe.» Sie drehte mir den Rücken zu, und ich gab auf. Klasse. Da ging er hin, der Brief zum Herzen meiner Freundin. Und die war auch noch sauer auf mich. Ob ich die Zeitschrift verklagen könnte?

Ich murmelte «Dumme Gans» in Richtung des Mädchens und trottete nach Hause.

13. Kapitel, in dem Sanny erfährt, dass Liebesbriefe «in» sind

«Hier, der ist für dich.»

«Danke und das hier ist deiner.»

Liz und David tauschten Briefe aus.

«Reden die beiden nicht mehr miteinander?», fragte mich Hubertus.

Ich zuckte die Schultern. Keine Ahnung, was mit den beiden jetzt schon wieder los war.

Wir hatten uns zum Bowlen verabredet.

Liz und David nahmen ihre Briefe aus den Umschlägen und fingen an zu lesen. Dabei kicherten sie immer wieder, lächelten sich zu und sagten so Dinge wie «Oh, wie süß» und «Ja, mir geht's genauso».

«Was tut ihr da?», fragte ich Liz. «Habt ihr 'ne neue Geheimschrift erfunden?»

«Moment», meinte Liz. «Ich bin gleich fertig.»

Ich wartete geduldig. Dann quiekte Liz kurz auf, sagte «Ich dich auch» und gab David einen Kuss. Der strahlte und faltete seinen Brief zusammen.

«Also?», erinnerte ich Liz an ihre Antwort.

«Oh, wir schreiben uns Liebesbriefe», erklärte sie mir ganz nebenbei, während sie ihren Brief wegsteckte.

«Warum redet ihr nicht einfach miteinander? Ihr steht euch gerade gegenüber?»

«Das ist viel romantischer. Außerdem kann man den Brief zu Hause nochmal in Ruhe durchlesen. Und es macht uns beiden Spaß.»

Tja, das leuchtete mir ein. Also das mit dem Zu-Hause-nochmal-Durchlesen. Dann konnte man wenigstens nichts vergessen und der andere konnte auch nichts abstreiten, man hatte es schwarz auf weiß. Oder welche Farbe die Tintenhersteller auch immer gerade im Angebot haben würden.

Ich nahm mir vor, mit Liz nochmal in Ruhe darüber zu reden.

Zuerst aber fingen wir an zu spielen. Liz und David waren in einem Team und Hubertus und ich.

Selbst beim Bowlen schienen die beiden ein Traumpaar zu sein. Zumindest schlugen sie Hubertus und mich haushoch.

«Dafür hatten wir viel mehr Spaß», lachte Hubertus und nahm mich in den Arm.

«Gute Ausrede», grinste David.

Hubertus und David brachten die Schuhe weg, und mir fielen die Liebesbriefe wieder ein.

«Wie seid ihr denn auf diese Liebesbrief-Nummer gekommen?», wollte ich von Liz wissen.

«Ach, das stand doch auch in dieser Zeitschrift», meinte sie.

«In welcher?»

«In der mit dem Psychotest. Nur ein paar Seiten weiter. Liebesbriefe sind wieder voll in. Die coolste Art, sich seiner gegenseitigen Liebe zu versichern. Oder so ähnlich. Auf alle Fälle ist es echt witzig.»

«Und was schreibt ihr euch da so?»

«Na, du willst es ja genau wissen.»

«Ja.» Ich nickte. Warum würde ich sonst fragen?!

«Na ja, dass wir uns mögen.»

«Aber das ist doch wohl sowieso klar, sonst würdet ihr ja nicht so viel Zeit miteinander verbringen! Außerdem ist das ja mit einem Satz gesagt, und eure Briefe sind seitenlang!»

Liz musste lachen. «Also, ein bisschen mehr steht da schon drin. Zum Beispiel, was wir am anderen so mögen und was uns bei unserem letzten Treffen gefallen hat und warum wir uns die Briefe schreiben.»

Ich nickte nachdenklich.

«Warum probierst du es denn nicht auch mal aus? David liebt es, diese Briefe zu schreiben. Es kann echt total lustig sein. Und wir lernen uns auch nochmal ein bisschen besser kennen.»

«Und findet Gemeinsamkeiten?»

Liz zuckte die Schultern. «Ja, irgendwie auch das. Sicher...» Sie sah mich prüfend an. «Hängst du immer noch an diesem Test? Hör mal, der sagt doch wirklich nichts aus.»

«Weiß ich, aber die eine oder andere Gemeinsamkeit wäre schon nett.»

Die Jungs kamen zurück, und wir waren dabei aufzubrechen.

«Ach, übrigens, hier sind noch die beiden Referate, nach denen du mich gefragt hattest», meinte David, zog ein paar Zettel aus seinem Rucksack und gab sie Liz.

Ich war in Gedanken immer noch bei den Liebesbriefen. Einen Versuch war es doch wert.

«Das probieren wir jetzt auch», sagte ich zu Hubertus und deutete auf Liz und David.

«Was?», fragte der verwirrt.

«Na, diesen Austausch. Ich glaube, das ist eine gute Idee. Es könnte uns weiterbringen.»

Hubertus sah völlig überfordert von Liz, die die Zettel überflog, zu David und dann zu mir. «Im Ernst?»

«Ja, sicher.»

«Und ... denkst du an was Bestimmtes?»

«Also wirklich, das werde ich dir gerade vorsagen. Lass dir was einfallen. Überrasch mich.»

«Na gut, wenn du meinst ...»

Manchmal war Hubertus wirklich etwas umständlich.

Als ich nach Hause kam, versammelte sich meine Familie gerade am Esstisch.

Ludmilla kam herein und wandte sich an meinen Vater. «Sie missen gucken auf Bild von Chaus auf Plan. Sie machen Fehler mit Größe.»

«Wie kommen Sie denn darauf?» Mein Vater sah leicht

panisch aus. «Sie haben nichts an meinen Plänen verloren.»

Ludmilla zuckte die Schultern. «Ich missen biegeln. Sie immer legen Sachen auf Biegeltisch. Ich missen legen wieder weg. So ich haben gesehen Bild von Chaus. Chaus viel zu klein. So klein kann chöchstens wohnen drin Chund. Kleine Chund.»

Mein Vater sah betreten zu Boden. Bei meiner Mutter und mir fiel ungefähr gleichzeitig der Groschen. Auch Ludmilla stutzte kurz und sah für einen Moment fast leicht bedauernd aus. «Aber was ich wissen schon», sagte sie und verschwand in der Küche.

«Du baust ein Haus für einen Hund?», fragte der große Konny ungläubig. Er brauchte mal wieder etwas länger. «War Lassie hier?»

«Konny!» Meine Mutter fuhr ihn an. Ich glaube, wenn er nicht so weit weg gesessen hätte, hätte sie ihm auch noch gegen das Bein getreten.

«Sorry», murmelte Konny grinsend.

Danach herrschte betretene Stille am Tisch.

Meine Mutter tätschelte die Hand meines Vaters tröstend. «Nun, irgendjemand muss das ja auch machen», meinte sie. «Wie viele schlecht gebaute Hundehütt…, …häuser gibt es schließlich.» Dabei musste sie allerdings verzweifelt ein Grinsen unterdrücken.

«Das wird bestimmt ein sehr glücklicher Hund», versuchte ich meinen Teil als verständnisvolle und liebevolle Tochter beizutragen. «Vorausgesetzt, er mag rosafarbene

Zinnen. Aber vielleicht ist es ja auch ein farbenblinder Hund.»

«Das sind zwei verschiedene Aufträge», erklärte mein Vater gequält.

«Und es werden noch viel mehr!», krähte der kleine Konny. «Ich bin nämlich Papis Champignon.»

«Kompagnon», verbesserte mein Vater.

«Und Puschel auch», ergänzte er unbeirrt.

«Hey, Paps, du hast vergrößert und Leute eingestellt? Du arbeitest jetzt mit einem Fünfjährigen und einem Hund? Echt coole Truppe», grinste der große Konny.

«Und nebenbei bin ich immer noch Ansprechpartner für all deine Belange, also sei vorsichtig», fauchte mein Vater.

Konny schwieg, aber das Grinsen kriegte er nicht aus dem Gesicht.

«Wir werden ein richtig großes Hundehüttengeschäft», begeisterte sich Kornelius weiter.

Mein Vater lächelte ihn gequält an. «Weißt du, ich wollte ja eigentlich nicht ins Hundehüttenbaugeschäft einsteigen…»

«Aber zum Glück hast du ja mich. Ich helfe dir», krähte der Kleine und umarmte meinen Vater.

14. Kapitel, in dem Konny unangenehmen Besuch von Hubertus bekommt

Na toll. Die Sache mit dem Liebesbrief war gründlich schiefgelaufen, und es war absolut nicht meine Schuld.

So sauer war Sarah noch nie auf mich.

Verdammt, hätte ich ihr doch nur den Brief selbst gegeben! Alle Versuche, ihn nochmal neu zu schreiben, schlugen fehl. Nicht einmal die Anrede war mir wieder eingefallen. Und Ludmilla nochmal zu fragen, traute ich mich auch nicht.

Hey, Moment mal. Mir fielen die Vareniki wieder ein. Ich hatte sie doch für Sarah gemacht und ganz vergessen, sie mitzunehmen. Dabei hatte Ludmilla extra welche zur Seite gelegt. Die musste ich schnellstens Sarah bringen. Das war eine Versöhnungsgeste ganz besonderer Art. Das konnte sie nicht ausschlagen. Welcher Junge lernt schon schwierige russische Rezepte für seine Freundin zuzubereiten?!

Ich stürmte in die Küche und durchwühlte den Kühlschrank. Nichts. Sämtliche Töpfe und Schüsseln – leer. Ich bekam Panik.

Ludmilla sah mir finster mit in die Hüften gestemmten Händen zu.

«Wo sind sie?», rief ich verzweifelt. Meine einzige Chance, jemals wieder mit Sarah zu reden, entschwand in unendlich weite Ferne.

«Was du suchen? Deine Manieren und Benehmen? Ich dir sagen, du nicht werden finden in meine Topf für Suppe.»

«Nein, die Vareniki. Hier waren doch extra noch ein paar für Sarah.» Ich suchte fieberhaft weiter.

«Dein Vater kommen hier, hat gesucht was zum Bieten an für fremde Mann. Hat genommen Vareniki.»

«Und Sie haben sie ihm gegeben?»

«Er hier wohnen. Und ich nicht bin persönliche Beschützer von Vareniki.»

Ich rannte in Richtung seines neuen Büros.

«Du ihm sagen, ich kommen gleich und biegeln. Dann ich brauchen mein Biegelzimmer», rief mir Ludmilla noch hinterher.

Ich stürzte in das Büro und sah, wie der Mann die Hand ausstreckte, um sich eine von meinen Vareniki zu angeln, die ihm mein Vater gerade anbot.

«Nein! Halt! Nicht essen!», rief ich und sprang zum Tisch.

Der Mann erschrak und zog schnell seine Hand wieder zurück.

Mein Vater sah erschrocken auf den Teller, dann auf mich. «Was ist los?»

«Die hab ich für meine Freundin gemacht.» Ich riss meinem Vater den Teller aus der Hand. Na ja, ich wollte es, aber er hielt fest.

«Spinnst du jetzt völlig?», zischte er mir zu, während wir verbissen um den Teller kämpften. «Lass los.»

«Nein, sorry, Paps, ich brauche die dringend. Weil das mit dem Liebesbrief doch schon schief gegangen ist.»

«Sie schon wieder streiten mit große Dummkopf? Wann das endlich hören auf?!», hörten wir eine Stimme hinter uns.

Mein Vater sah irritiert an mir vorbei. Und ließ los. Zu schnell und zu unerwartet für mich. Ich stolperte nach hinten, und die Vareniki flogen im hohen Bogen vom Teller.

Während ich die aufgeplatzten Teigtaschen wieder einsammelte, drehte ich mich kurz um und sah Ludmilla im Türrahmen stehen. Ach richtig. «Paps, ich soll dir von Ludmilla ausrichten, dass sie bügeln muss und ihr Bügelzimmer braucht.»

«Aber doch nicht jetzt», meinte mein Vater unglücklich und wusste nicht so recht, ob er mit mir oder mit Ludmilla verhandeln musste.

«Sie wollen haben Hemd ohne Falten? Da, dann ich missen biegeln. Jetzt!» Ludmilla war unerbittlich.

Mein Vater wand sich, gab aber auf. «Herr Huber, wenn es Ihnen nichts ausmacht, gehen wir vielleicht einfach nach nebenan.»

Herr Huber hatte nichts dagegen, und unser Trupp setzte sich in Richtung Wohnzimmer in Bewegung.

Mein Vater fegte schnell ein paar Zeitungen und Krümel vom Sofa, richtete kurz die Kissen und bat Herrn Huber, sich zu setzen.

Ich wollte mich gerade verziehen, da stürmte ein ziemlich wütender Hubertus zur Tür herein. Gefolgt vom kleinen Konny und Piraten-Puschel.

«Da ist er. Darf ich dich jetzt überfallen?», fragte der Kleine.

«Später, Kleiner», meinte Hubertus und stellte sich mir dicht gegenüber. «Was soll das?»

«Was?»

«Die Sache mit dem Liebesbrief!»

«Liebesbrief ...», wiederholte ich gedehnt. «Was meinst du?»

«Das weißt du genau! Spiel jetzt bloß nicht den Ahnungslosen, Konny!»

«Lass uns mal nach nebenan gehen», versuchte ich Hubertus erst einmal zu beruhigen. So aufgebracht, wie der war, konnten wir kein vernünftiges Gespräch unter Männern führen.

Mein Vater und Herr Huber blickten uns verständnislos hinterher.

Der kleine Konny ging zu Herrn Huber, klopfte ihm auf den Arm und meinte freundlich: «Wenn Sie hier fertig sind, überfalle ich Sie. Versprochen.» Dann stellte er sich neben meinen Vater. Weil Herr Huber ziemlich irritiert schaute, deutete der kleine Konny auf sich und meinen Vater und erklärte: «Wir sind Champignons.»

Die Irritation wich dadurch nicht aus Herrn Hubers Gesicht.

15. Kapitel, in dem Sanny statt eines Liebesbriefes ein Referat über Fische bekommt

Ich war mit meinem ersten Liebesbrief auf dem Weg zu Hubertus. Wir hatten uns zur feierlichen Übergabe verabredet. Es war gar nicht so einfach gewesen, einen Liebesbrief zu schreiben. Und es hat irre lang gedauert. Aber einen Versuch war es trotzdem wert.

Hubertus wartete schon. Ich übergab ihm meinen Brief im Briefumschlag und sah ihn auffordernd an. Er schien etwas überrascht, zog dann aber einen Hefter mit ein paar DIN-A4-Seiten heraus und gab ihn mir.

Jetzt war ich ein wenig überrascht. «Eine interessante Form.»

Er sah auf den Brief. «Das dachte ich auch gerade.»

«Aber praktisch. So kann man es gleich ohne großen Aufwand aufbewahren.»

«Na ja. Dein Format ist aber auch ganz praktisch. Es ist so ... schön klein. Erlauben eure Lehrer das?»

«Was!? Ich hab sie nicht gefragt, aber wieso sollte ich auch?» Jetzt verwirrte er mich wirklich.

Und ich ihn wohl auch. Wir standen uns gegenüber und sahen verwundert auf die Liebesbriefe in unseren

Händen. Bei Liz und David hatte das irgendwie anders ausgesehen. Ich hätte echt nie gedacht, dass das Überreichen von Liebesbriefen schon eine Kunst sein könnte. Auf so etwas bereitet einen natürlich wieder niemand vor.

«Tja, dann ...»

«Lesen wir es doch», schlug ich vor.

«Jetzt gleich? Hier?»

«Warum nicht. Ich meine, wenn du nicht willst ...»

»Ach, das ist schon okay. Wenn du möchtest. Klar. Lesen wir.»

Hubertus packte meinen Brief aus, und ich sah mir den Hefter etwas genauer an. Wow, das waren sieben Seiten. Er hatte sich ja wirklich Mühe gegeben. Sogar mit Gliederung und verschiedenen Überschriften.

Ich fing an zu lesen. «Die Hauptunterscheidungsmerkmale von Süß- und Salzwasserfischen?!» Ich wollte, dass wir uns Liebesbriefe schreiben, um Gemeinsamkeiten zu finden, und er schrieb mir einen über Unterschiede?! Was sollte das denn?

Hubertus sah mich unsicher an. «Ich hoffe, es gefällt dir. Es war nicht einfach, etwas zu finden.»

«Ach, bestimmt», versuchte ich ihn zu beruhigen. Und gleichzeitig auch mich. Das war schon ein sehr merkwürdiger Liebesbrief.

«Ich dachte, weil du doch Fische magst. Ich meine, du hast dieses Aquarium und starrst da dauernd rein und so.»

«Hm», sagte ich unbestimmt. Ich suchte die Stelle, wo es etwas mehr in Richtung Liebesbrief gehen würde.

Hubertus gab erst mal auf und fing seinerseits an zu lesen. Er stutzte und sah mich an. «Was für ein Fach ist das denn?»

«Muss denn immer alles kategorisiert werden?» Ja, mein Liebesbrief wich sicher etwas von der Norm ab, trotzdem hatte ich mir Mühe gegeben und meinte jedes Wort so.

«Schon gut, ich hab ja nur gefragt», murmelte Hubertus und las weiter.

Ich las ebenfalls weiter und suchte nach Hinweisen, dass Hubertus mich mögen oder irgendwas an mir gut finden würde. Nichts. Einfach nur eine Abhandlung über Süß- und Salzwasserfische. Vielleicht entging mir ja die tiefere Bedeutung, die Symbolik. Ich grübelte und las nochmal quer. Vielleicht war es als Parabel gedacht, oder so ... Aber auch die war sehr schwer verständlich. Nach erneutem Lesen war ich mir sicher: Es war definitiv kein Liebesbrief! Ich starrte auf die Gliederung.

Dann fiel bei mir der Groschen: «Das ist ja ein Referat von dir!»

«Und das ist ... was ist *das* hier eigentlich?»

«Ein Liebesbrief!»

«Ja, klar.» Hubertus klang etwas spöttisch. «Das ist 'ne Liste, 'ne Aufstellung von verschiedenen Gründen. Weshalb man schreiben sollte und auf was man achten sollte und ...»

Ich deutete auf die Überschrift meines Liebesbriefes.

«Tausend Gründe, einen Liebesbrief zu schreiben...», las er vor. Dann ließ er den Brief sinken und sah mich an. «Das soll wirklich ein Liebesbrief sein, was?»

Ich nickte. Dann hielt ich seine Zettel hoch. «Und das hier?»

«Ist kein Liebesbrief.»

«Irgendwie beruhigt mich das, aber was soll das?»

«Warum schreibst du mir einen Liebesbrief?»

«Weil ich dich mag, entschuldige!»

«Nein, so hab ich das ja nicht gemeint...»

«Und warum bringst du mir ein altes Referat von dir mit?»

«Ich dachte, es interessiert dich.»

«Ja, es ist wirklich sehr interessant, danke. Aber wir wollten uns doch Liebesbriefe schreiben.»

«Wollten wir?»

Ich nickte.

«Ich dachte, wir wollten Referate austauschen, wie Liz und David.»

«Wie kommst du denn darauf?»

«Weil du es gesagt hast», verteidigte er sich.

«So was würde ich nie sagen.»

«Doch, als David Liz sein Referat gegeben hatte, hast du gesagt, wir sollen so etwas auch machen.»

Ich überlegte. Möglich, dass da etwas schief gelaufen war. Und David hatte Liz tatsächlich ein paar alte Referate von sich mitgebracht, mit denen sie sich auf eine Arbeit vorbereiten wollte.

«Ups. Das ging wohl schief, was?» Ich musste lachen. «Aber dein Referat ist wirklich nicht schlecht.»

Hubertus lachte ebenfalls. «Und dein Liebesbrief ist ein echter Sanny-Liebesbrief.»

«Was willst du denn damit sagen?»

«Nur das Beste.»

«Okay, nachdem das geklärt ist: Wollen wir es nochmal versuchen? Also das mit den Liebesbriefen.»

«Weißt du, Sanny ...» Hubertus sah leicht gequält aus. «Nimm mir das bitte nicht übel, aber ich bin einfach kein Typ fürs Liebesbriefschreiben. Ehrlich, ich ...»

«Endlich», hörten wir eine Stimme hinter uns. «Da bist du ja!»

Wir drehten uns gleichzeitig um. Vor uns stand ein Mädchen, dass Hubertus strahlend anlächelte.

«Ich hab's ja erst gar nicht glauben können», sagte sie zu Hubertus und wedelte mit einem Brief in der Hand. «Aber hier steht es schwarz auf weiß, beziehungsweise blau auf weiß. Ich hab dich überall gesucht.»

Hubertus drehte sich um, um zu checken, ob noch jemand hinter ihm stand.

Ich machte das Gleiche.

Dann sahen Hubertus und ich uns an. Hubertus zuckte die Schultern. «Kann es sein, dass du mich verwechselst?»

Das Mädchen lachte. «Doch nicht nach so einem Brief.

Du bist wirklich total süß. Und das hier ist der schönste und romantischste Liebesbrief, den ich je bekommen habe.»

Hubertus sah sie groß an.

Ich sah Hubertus groß an.

Das Mädchen räusperte sich. «Und, ja, ich liebe dich auch. Schon seit dem Moment vor einem Jahr, als wir das allererste Mal Sport zusammen hatten.» Sie holte tief Luft, kam auf Hubertus zu, schlang ihre Arme um seinen Hals und küsste ihn.

Wie bitte??? Ich sah Hubertus empört an. «Kein Typ für Liebesbriefe, was?!»

Hubertus schob das Mädchen von sich. «Was?» Er sah hoffnungslos überfordert aus.

«Anderen Mädchen Liebesbriefe schreiben? Aber mir bringst du ein paar alte Referate mit.»

«Aber ich ... »

«Keine Lügen!» Das hatte mir gerade noch gefehlt, faule Ausreden und Lügen.

Ich drehte mich um und ging. Seit einem Jahr kannte er das Mädchen bereits!

«Aber Sanny ... », hörte ich Hubertus noch hinter mir herrufen. «Ich weiß doch auch nicht, was das alles soll.»

«Dann solltest du dir vielleicht mal den Liebesbrief durchlesen, den du ihr geschrieben hast», rief ich noch über die Schulter und fing an zu rennen.

Die Tränen liefen ebenso schnell.

16. Kapitel, in dem Konny die perfekten Vareniki dem falschen Mädchen gibt

Hubertus loszuwerden war wirklich nicht einfach gewesen. Der Typ war ganz schön hartnäckig.

«Welchen Liebesbrief meinst du?», fragte ich betont arglos, als wir in meinem Zimmer saßen.

«Den, den ich angeblich geschrieben habe und den du angeblich überbringen solltest.»

«Ach der... Also weißt du, das darfst du nicht so ernst nehmen.»

«Das hättest du dem Mädchen sagen sollen.» Hubertus packte mich am Arm – die Vareniki auf dem Teller, an dem ich mich festhielt, wackelten bedenklich.

«Das habe ich versucht...»

«Was soll das Ganze? Hast du was dagegen, dass ich mich mit deiner Schwester treffe, oder was?»

«Da halte ich mich raus.»

«Der erste sinnvolle Satz, den ich von dir höre.»

«Hey, lass dir das mal in aller Ruhe erklären. Die Sache mit dem Brief war sozusagen Notwehr. Der Bote, der den Brief überbringen sollte, hat einen Fehler gemacht. Und als das Mädchen mir um den Hals fallen wollte, stand Sarah direkt neben mir. Ich hatte keine andere Wahl.»

«Na klasse. Und Sanny stand direkt neben mir, als das Mädchen *mir* um den Hals gefallen ist.»

«Das ist echt Pech ...»

«Pech?! Sanny hat sich umgedreht und ist gegangen!»

«Sanny hätte sowieso komisch reagiert, wenn sie gehört hätte, dass du einen Liebesbrief an ein fremdes Mädchen geschrieben hast, egal, ob sie dabei gewesen wäre oder nicht», versuchte ich ihn zu beruhigen.

Klappte aber nicht. Er sah noch wütender aus als zuvor.

Hubertus' Griff wurde fester. «Du bringst das wieder in Ordnung. Und zwar sofort!»

«Ich versuch's», sagte ich kleinlaut.

«Versprich es!»

Gut, okay, es war wirklich etwas doof gelaufen, aber dass er sich so aufregte, war echt übertrieben.

Eigentlich sollte er doch stolz darauf sein, dass jemand denkt, dass er einen so wundervollen Liebesbrief schreiben kann.

Aber das konnte ich ihm nicht klar machen. Ich musste ihm versprechen, die Sache noch heute aufzuklären. Erst dann zog Hubertus wieder ab.

Jetzt musste ich erst mal mit meinen hart umkämpften Vareniki zu Sarah. Wenigstens die Sache wieder ausbügeln.

Um Sanny und das Mädchen würde ich mich morgen kümmern. Auf einen Tag mehr oder weniger konnte es ja wohl nicht ankommen.

Kurz vor dem Kiosk schoss plötzlich ein Mädchen auf mich zu und verstellte mir den Weg.

«Na, endlich. Ich hab dich schon überall gesucht. Sag mal, findest du das witzig?» Oh, Murks, es war das Mädchen, dem ich den Liebesbrief gegeben hatte. Und die Art und Weise, wie sie diese Frage stellte, verriet ganz eindeutig, dass sie es nicht witzig fand.

«Was genau meinst du?»

«Dass du hier Liebesbriefe verteilst, von Jungs, die dann behaupten, nichts damit zu tun zu haben!»

«Aber der Brief war gut, stimmt's?» Ich wollte wenigstens noch einmal ein Lob für mein Meisterwerk hören.

Sie stemmte die Hände in die Hüften, und langsam konnte ich Hubertus verstehen, dass er das so schnell wie möglich aufgeklärt haben wollte.

«Gut, also, der Liebesbrief ... tja, da müssen wir nochmal reden», sagte ich und holte tief Luft.

Ausgerechnet in dem Moment kam Sarah aus dem Kiosk und sah mich auffordernd an. Das Mädchen hatte echt ein tolles Timing drauf.

Ich hielt das Päckchen hoch. «Vareniki» war erst mal alles, was ich rausbrachte.

«Ach, hat Kai die wieder gemacht?», wollte Sarah wissen.

Noch bevor ich empört widersprechen konnte, winkte Sarahs Großvater. Sie lief zu ihm.

Ich sah ihr hinterher.

Das Mädchen sah mich ungeduldig an. «Also, was ist jetzt?»

«Okay, die Sache ist die...» Ich überlegte fieberhaft. Was sollte ich ihr denn jetzt erzählen? Ich war nicht vorbereitet. Ich wollte sie doch erst morgen treffen und die Sache aufklären. Jetzt war Sarah dran. Das war viel dringender. Mein Blick fiel auf das Vareniki-Päckchen. Ob die von Kai wären?! Unverschämtheit. Hey, Moment mal. Kai! Genau, das war die Lösung.

«Also, ich hab da was durcheinander gebracht. Der Brief war von Kai», erklärte ich dem Mädchen fröhlich.

«Wie kann man denn so etwas durcheinander bringen?», maulte sie.

«Es tut mir auch echt leid. Und ich kann dir sagen, Kai hat mir schon ganz gehörig den Kopf gewaschen.»

«Und jetzt schickt er mir das?», erkundigte sie sich und deutet auf meine Vareniki.

«Was?»

«Deine Freundin meinte doch eben, die seien von diesem Kai.»

«Na ja, also eigentlich...» Ich fing an zu stammeln.

Sie nickte. «Verstehe schon. Das ist sozusagen als Wiedergutmachung. Und als Zeichen seiner Liebe.»

«Äh...» Mehr fiel mir nicht ein.

Sie nahm mir die Vareniki einfach aus der Hand,

drückte sie gegen ihr Herz und meinte allen Ernstes: «Wie romantisch. Ein Junge kocht für mich. Ist das nicht süß? Das ist ja fast noch süßer als dieser Liebesbrief.»

Ich sah entgeistert auf das Päckchen in ihrer Hand. So, wie sie aussah, war es wohl keine gute Idee, es ihr wieder wegnehmen zu wollen.

«Und wer war nochmal dieser Kai?», fragte sie plötzlich.

«Ein Kumpel von mir, mit dem ich immer angeln gehe», antwortete ich automatisch und starrte auf das Päckchen.

Sie überlegte. «Ja, ich hab euch hier schon mal gesehen mit Angelruten. Ist Kai der Kleinere, der immer hinter euch herläuft?»

Ich überlegte kurz, nickte dann. Stimmt, Kai trottete wirklich meistens hinterher.

«Also, der ist mir schon aufgefallen.» Sie kicherte. «Und, dass er sich so eine Mühe gibt, finde ich wirklich süß.»

Ich machte mir eine Gedankennotiz, dass ich Kai in der nächsten Zeit vom Weiher und Angeln fernhalten sollte. Das war ich ihm als guter Freund schließlich schuldig.

«Okay, ich treffe deinen Freund hier, nächsten Dienstag um drei, da bin ich von meiner Klassenfahrt wieder zurück. Und du bist dafür verantwortlich, dass diesmal der Richtige kommt!» Während sie das sagte, bohrte sie mir ihren Zeigefinger in die Brust. So, wie sich das anfühlte, brauchte sie für das Ding bestimmt einen Waffenschein.

Ich machte mir erneut eine Gedankennotiz, dass ich Kai nächste Woche hier zum Weiher und zum Angeln herschleppen würde. Das war ich meiner Gesundheit schuldig.

Außerdem war sie ja vielleicht ganz nett. Hey, ich hatte meinem Kumpel eine Freundin besorgt. Und zwar mit ziemlich viel Aufwand. Da sollte nochmal jemand sagen, ich wäre kein guter Freund.

Ich nickte ihr zu und ging schnell zu Sarah.

«Hey.»

Sie sah mich mit hochgezogenen Augenbrauen an. «Und? Alles in Ordnung gebracht?»

Ich nickte. «Natürlich. Du hattest Recht. So etwas kann man echt nicht machen, und Hubertus sollte so was auch nicht machen. Du hast mir da wirklich die Augen geöffnet.» Ja, das klang gut. Und war nicht unbedingt gelogen.

«Und?»

«Und?» Teufel, was wollte sie denn jetzt noch hören? «Oh, er wollte, dass ich das sofort wieder in Ordnung bringe. Und du hast es ja gesehen. Das hab ich gerade gemacht.» Auch wieder nichts als die Wahrheit. Ich war stolz auf mich.

«Das finde ich echt klasse von dir.» Sie küsste mich und lächelte mich an. «Wo hast du denn die Vareniki gelassen?»

Ich zuckte zusammen. «Das ist 'ne längere Geschichte. Ich würde sie lieber auslassen.»

«Okay. Hilfst du mir bei den Stühlen?»

Sarah war gerade dabei, sie neu anzustreichen. Ich schnappte mir einen Pinsel und half ihr.

Ich war ein bisschen geplättet, irgendwie ausgepowert und hatte mein Bond-Programm zurückgefahren.

«Macht Spaß, mit dir zu streichen», sagte ich, um irgendwas zu sagen.

Sarah lächelte. «Wirklich?»

«Ja, ehrlich.»

«Warum kannst du denn eigentlich nicht immer so sein?»

Was meinte sie denn jetzt schon wieder?

«Na ja, so viel zu streichen gibt es hier ja nicht», wagte ich eine Antwort.

«Und wieder muss er den Komiker spielen», teilte Sarah einem unsichtbaren Publikum mit.

«Wie meinst du das?»

«Na, spätestens wenn deine Kumpels hier auftauchen, machst du völlig den Affen.»

«Du hast ein Problem mit meinen Freunden?»

«Nein, überhaupt nicht. Die benehmen sich ja normal.»

«Also?»

«Du kapierst es echt nicht, was?»

Irgendwie war das sauunfair. Ich meine, ich hatte einen Liebesbrief geschrieben, russische Teigtaschen gemacht, die Sache mit Hubertus und dem Mädchen wieder in Ordnung gebracht und war noch keinen Schritt weiter.

«Sag mir doch einfach, was ich machen muss, okay?»

«Was du *nicht* machen musst.»

«Okay, dann das.»

«Spiel nicht immer den Coolen.»

«Sondern?»

«Sei einfach ganz normal, auch wenn andere Leute und vor allem deine Freunde dabei sind. Du musst nicht immer den Superhelden spielen. Kriegst du das hin?»

«Klar, kein Problem. Für dich tue ich doch alles.» Ich nahm sie in den Arm und küsste sie.

«Hey, Leute, wie geht's?»

Kai! Ich ließ Sarah los und machte einen Satz nach hinten. Sarah torkelte auch etwas nach hinten und sah mich böse an.

«Was willst du denn hier?» Ich sah mich hektisch um. Das Mädchen stand noch immer beim Minigolf-Platz. Zum Glück mit dem Rücken zu uns.

«Nichts weiter, ich dachte, ich treff dich vielleicht hier, und deshalb bin ich hierhergekommen.»

«Du kommst auf Ideen!» Ich schubste Kai schnell hinter den Kiosk.

«Hey, was soll das?», beschwerte sich Kai und wollte wieder nach vorne kommen.

Ich fing einen harmlosen Boxkampf an, um ihn aus der Sichtweite des Mädchens zu halten. Für heute hatte ich genug Chaos und Verwirrung. Auf ein Zusammentreffen von Kai und dem Mädchen war ich wirklich nicht scharf. Wer weiß, welchen Strick mir Sarah daraus wieder drehen würde. Ich lächelte Sarah zu, während ich Kai weiter in Schach hielt.

Sarah verdrehte die Augen und sah mich vorwurfsvoll an. «Genau das meine ich!», fauchte sie.

«So sind Jungs eben», sagte ich locker.

«Echt? Na, dann ist mein Bedarf für heute gedeckt.» Sie schnappte sich meinen Pinsel und ging ...

Ich seufzte. «Was hat sie denn jetzt schon wieder?»

Kai zuckte die Schultern. «Wahrscheinlich nervt sie dein Rumgehampel hier. Mich übrigens auch.»

«Was weißt du denn schon?!», fuhr ich ihn scharf an. Ich sah mich schnell nach dem Mädchen um. Sie sah in unsere Richtung.

«Los, wir müssen gehen», rief ich und zog Kai hinter mir her.

Als wir außer Sichtweite waren, wurde ich langsamer.

«Also, pass auf. Ich sehe ja, dass du extrem viel Freizeit hast, und dass du dauernd mit uns abhängst, finde ich ja echt klasse, aber ich denke, du solltest auch was Eigenes haben, so was wie ein Privatleben, okay?»

Kai sah mich verständnislos an. Ich nahm das als ein «Okay».

«Gut, also weiter, ich hab da was für dich arrangiert und denke, du wirst mir sehr dankbar sein, Kumpel.»

Jetzt schien der Groschen bei Kai gefallen zu sein. Seine Augen fingen an zu strahlen. «Hey, echt? Das hast du gemacht? Au Mann!»

Wow, dass er sich so freuen würde, hätte ich ja nicht gedacht. Aber hey, ich bin doch immer zu einer guten Tat bereit. Ich legte ihm kumpelhaft meinen Arm um die Schulter und schüttelte ihn. «Na, klar, Junge, für dich doch immer. Du weißt doch: Auf mich ist Verlass.»

Kai strahlte weiter und sah schwärmerisch in die Ferne. «Ein Hund.»

Ich lächelte ihn an und ... – Moment mal, was hatte der Typ gerade gesagt?! «Ein Hund?!»

Kai sah mich an. «Ja, mein größter Traum, aber du weißt ja, meine Mutter ...»

Ich verlor die Fassung. «Wer redet denn hier von einem Hund?»

Kai sah mich irritiert an. «Na, du doch.»

«NEIN!»

Kai schaffte es tatsächlich, noch irritierter auszusehen. «Wovon denn dann?»

«Na, von einem Mädchen, du Napfsülze. Ich hab dir ein Mädchen besorgt!»

«Ein Mädchen? Was soll ich denn mit 'nem Mädchen?»

«Die Frage meinst du ja wohl nicht ernst!»

«Doch! Ich mag Hunde. Wenn du was für mich tun willst, besorg mir einen Hund, mit dem ich spazieren gehen kann und so.»

Heute hatte sich wirklich alles gegen mich verschworen.

«Versuch es doch einfach mal. Triff dich mit ihr.» Ich muss gestehen, das klang fast flehentlich.

«Also, ich weiß nicht. Ein Hund ...»

«Okay, du triffst dich nächste Woche mit dem Mädchen. Und ich bringe einen Hund mit.»

«Echt?»

Ich nickte. Na toll, jetzt musste ich auch noch einen Hund organisieren.

Über die Sache mit dem Liebesbrief und den Vareniki würde ich lieber morgen mit Kai reden. Heute hatte ich dazu einfach keine Kraft mehr. Ich wollte nur noch nach Hause.

«Okay, Kumpel, wir sehen uns morgen in der Schule.»

«Okay, bis dann.»

Kai drehte sich um und ging in Richtung Kiosk.

Ich hielt ihn am Arm fest. «Wo willst du hin?»

«Ich wollte mir noch ein paar Gummifrösche am Kiosk kaufen.»

«Spinnst du?»

«Was?»

«Ich meine, weißt du eigentlich, wie ungesund die Dinger sind?»

«Seit wann das denn?»

«Seit eben, und jetzt versprich mir, dass du sofort nach Hause gehst und keine Umwege zu Kiosken und Ähnliches machst.»

«Konny, geht's dir gut?»

«Keine Ahnung. Versprich es mir einfach. Bitte!»

Ich muss wohl so elend dabei ausgesehen haben, dass Kai sofort nachgab. «Okay, ich verstehe zwar nicht warum, aber dann geh ich mal nach Hause.»

«Danke.»

Für diesen Tag schuldete mir irgendjemand definitiv einen neuen!

17. Kapitel, in dem Sanny mit Hamlet auf der Bühne steht

Das war ja ein Ding! Hubertus hatte eine Neue! Fassungslos tigerte ich durch die Straßen. Und ich hatte nichts davon gemerkt! Ich war richtig empört. Kein Wunder, dass ich nur ein olles Referat bekommen hatte, wahrscheinlich hatte er sich bei dem Liebesbrief für seine andere Freundin schon verausgabt. Wie kam er bloß darauf, diesem anderen Mädchen einen Liebesbrief zu schreiben?

Oh nein! Ich selbst hatte ihn auf die Idee gebracht! Nein, stimmt nicht – Liz! Liz hatte mit dem Liebesbrief angefangen. Ich werde mich bei ihr beschweren.

Ich lief zum Theater, stieß die Tür auf. Mein Blick fiel auf einen großen Zettel, der dort klebte: ‹Heute Generalprobe. Bitte nicht stören.›

Ich ging hinein. Es war ziemlich dunkel, und auf der Bühne stand schon jemand.

Ich hielt Ausschau nach Liz.

Ein zweiter Typ kam auf die Bühne. «Wer da?», wollte er wissen.

«Sanny. Tut mir leid, ich wollte euch nicht stören, aber ich suche meine Freundin Liz. Ist sie hier?»

Eine leichte Verwirrung machte sich breit, alles drehte sich zu mir und Gekicher setzte ein.

Liz tauchte neben mir auf und zog mich wieder zur Tür. «Sanny, was soll denn das? Was hältst du hier denn für Reden?»

«Entschuldige bitte, er hat gefragt», verteidigte ich mich.

«Aber doch nicht dich. So fängt das Stück an. Hamlet von Shakespeare, falls dir das was sagt.»

«Kann ich ja nicht ahnen», murmelte ich.

«Versprich mir, dass du nicht zur Premiere kommst», flüsterte sie und schubste mich aus dem Raum.

«Okay, gebongt.»

«Was gibt es denn so Wichtiges?», wollte sie wissen, als wir draußen waren.

«Hubertus schreibt Liebesbriefe.»

«Wie schön», freute sich Liz. «Das wolltest du doch.»

«An andere Mädchen!», antwortete ich finster.

«Oh. Das wolltest du sicher nicht.»

«Ich krieg 'ne Abhandlung über Fische und das andere Mädchen den Brief. Kannst du dir das vorstellen?!»

«Bis auf den Teil mit den Fischen...» Liz schüttelte den Kopf. «Woher weißt du das denn?»

«Ich war dabei!»

«Als er den Brief geschrieben hat?»

«Nein, natürlich nicht. Ich war dabei, als das Mädchen sich für den Brief bedankt hat und ihm auch ihre ewige Liebe erklärt hat.»

«Wow, das ist hart. Eine Verwechslung ist ausgeschlossen?»

«Wenn wir davon ausgehen, dass ich meinen Freund erkenne und meine Ohren durchaus in der Lage sind, einen Satz wie ‹Danke für den wunderschönen Liebesbrief, und, ja, ich liebe dich auch› korrekt zu identifizieren, dann ja. Eine Verwechslung ist ausgeschlossen.»

«Hm ... Dann hat er jetzt eine andere?»

«Na, wenn man jemandem einen Liebesbrief schreibt und derjenige die Liebesbekundungen erwidert, dann sieht wohl alles danach aus.» Mann, war ich wütend.

«Hubertus schreibt einen Liebesbrief an ein anderes Mädchen. Ich fass es nicht.»

«Ja, einfach so. Ohne mir etwas zu sagen!» Ich wurde richtig sauer. Das ließ ich mir nicht gefallen. «Na, dafür braucht er aber 'ne gute Erklärung.»

Ich wollte losstürmen und Hubertus suchen, aber Liz hielt mich fest.

«Warte doch mal. Du solltest nichts überstürzen.»

«Was gibt es denn da zu überstürzen. Hubertus schuldet mir eine Erklärung. Und was für eine!»

«Okay, da gebe ich dir ja völlig recht. Aber vielleicht solltest du erst mal darüber nachdenken.»

«Nein, er sollte darüber nachdenken. Und dann werde ich über seine Erklärung nachdenken. Jetzt muss ich über gar nichts nachdenken.»

Liz seufzte. «Ich meine ja nur, du bist so komisch.»

«Ich bin logisch.»

«Ja», gab Liz zu. «Aber das ist es ja gerade.»

Ich sah sie fragend an.

«Okay, vergiss das einfach wieder. Ich bringe dich jetzt nach Hause, und wir überlegen in Ruhe, wie wir in Sachen Hubertus vorgehen.»

«Ihn suchen und fragen?»

«Das wäre eine Möglichkeit. Wir werden sie im Auge behalten.» Liz hakte mich unter und zog mich mit sich.

Ich fand es ja völligen Blödsinn, darüber nachzudenken, aber wenn Liz so viel daran lag, wollte ich ihr den Gefallen tun. Schließlich sind wir Freundinnen. Ich ging mit ihr mit und ließ mich trösten. Auch Letzteres fand ich überflüssig. Aber auch daran schien Liz sehr viel zu liegen. Also ließ ich auch das über mich ergehen. Freundinnen sind dazu da.

Als wir bei mir zu Hause ankamen, stürmte uns als Erstes der kleine Konny mit Puschel entgegen. «Ergebt euch!», rief er.

«Wie wäre es mit einem Hallo?», fragte ich schlecht gelaunt.

«Hallo, ergebt euch!»

«Wir sind ja noch nicht mal richtig drin», beschwerte ich mich bei unserem kleinen Piraten.

«Ja, tut mir leid, aber ich hab nicht so viel Zeit. Ich hab nur meine Mittagspause zum Entern.»

«Du hast Mittagspause?»

Er nickte. «Ja, ich muss Papi doch helfen mit dem Geschäft. Aber irgendwann muss ich auch noch meine Arbeit machen und Leute überfallen und entern. Also, was ist jetzt? Ergebt ihr euch?»

Liz lachte und hob die Arme. «Okay, ich ergebe mich. Aber ich möchte mich auch gleich wieder freikaufen. Ich hab noch 'ne halbe Tüte Gummibärchen in der Tasche. Reicht das?»

Der Kleine jubelte, und die beiden besiegelten ihr Geschäft mit dem feierlichen Überreichen der Tüte Gummibärchen.

«Dein Freund war da», teilte mir der Kleine kauend mit.

«Welcher?», wollte ich wissen.

«Sanny, du hast nur einen», erinnerte mich Liz.

Ich wandte mich an den Kleinen. «Du hast ihm hoffentlich gesagt, dass ich nicht da bin.» Das war eine Schwachstelle in unserer häuslichen Kommunikation. Es war schon vorgekommen, dass Leute bis zum Einbruch der Dunkelheit bei uns im Wohnzimmer saßen, weil Konny ihnen weder gesagt hatte, dass derjenige, den sie besuchen wollten, nicht da war, noch hatte er uns beim Nach-Hause-Kommen erzählt, dass jemand im Wohnzimmer sitzt.

«Ja.»

«Sehr gut.»

«Du warst doch auch nicht da.»

«Stimmt. Und dann ist er wieder gegangen?»

«Nein.» Der Kleine schüttelte den Kopf.

«Ist er noch hier?»

«Nein.»

«Also ist er doch wieder gegangen.»

«Nein.»

«Versteh ich nicht. Wartet er noch auf mich?»

«Er wollte zu Konny.»

Ich sah ihn misstrauisch an. «Redest du von dir oder von unserem großen Bruder.»

«Ja», nickte er.

Ich seufzte. Man sollte einem Fünfjährigen nie «Oder-Fragen» stellen.

«Okay, redest du von dir?»

Konny schüttelte den Kopf.

«Also von unserem Bruder.»

Konny nickte.

«Und was wollte er von ihm?»

«Ihn anschreien.»

«Was?»

«Hubertus hat Konny angeschrien, und der Mann mit der Ritterburg wäre fast gegangen, aber Papi hat ihn zurückgehalten. Der hat sich übrigens nicht gut überfallen lassen.»

Ich warf Liz einen völlig verzweifelten Blick zu. Die nickte mir beruhigend zu und wandte sich an Konny: «Okay, also mal der Reihe nach. Hubertus war hier und irgendwie sauer auf Konny?»

«Ja.»

«Hast du eine Ahnung, warum Hubertus so sauer auf deinen Bruder war?»

«Ja.»

«Und würdest du es mir sagen?»

«Klar», strahlte Konny.

«Und?»

«Es ging um einen Liebesbrief. Konny hat ihn einem Mädchen gegeben, und Hubertus fand das nicht gut.»

«Okay, also, was genau hat Hubertus denn daran nicht gefallen?»

Der Kleine überlegte. «Ich glaube, er mochte es nicht, dass Konny den Brief einem Mädchen gegeben hat und Hubertus gar nichts davon wusste.»

«Wusste Hubertus nichts von dem Mädchen oder wusste er nichts von dem Brief?»

Jetzt wurde es spannend. Liz und ich beugten uns ganz automatisch vor.

Der Kleine nickte wieder.

Liz sah mich verwirrt an.

«Keine Oder-Fragen», flüsterte ich ihr zu.

Sie verstand. «Wusste Hubertus nichts von dem Mädchen?»

Konny dachte nach. «Das weiß ich nicht. Aber er wusste nichts von dem Brief.»

«Wer hat denn den Brief geschrieben?»

«Konny.»

«Bist du sicher?»

«Ja.»

«Wieso?»

«Weil er's zugegeben hat, als Hubertus ihn angeschrien hat.»

«Na bitte!», strahlte ich Liz an. «Wenn das mal nicht eine gute Erklärung ist! Der Brief ist gar nicht von Hubertus gewesen. Er hat dem Mädchen keinen Liebesbrief geschrieben.»

«So viel zum Thema: Eine Verwechslung ist ausgeschlossen», meinte Liz.

«Ich wusste ja nicht, dass Konstantin etwas damit zu tun hat. In diesem Fall ist alles möglich.»

«Brüllst du Konny jetzt auch an?», wollte der Kleine wissen.

«Aber ganz sicher!»

«Ich will dabei sein», bettelte er.

«Mal sehen. Jetzt überfall erst mal woanders weiter, okay? Oder ist deine Mittagspause schon vorbei?»

Er zuckte die Schultern. «Ich kann die Uhr noch nicht lesen.»

«Dann frag mal deinen Chef.»

Er sah mich fragend an.

«Ich meine Papi.»

«Papi ist mein Mitarbeiter, nicht mein Chef», klärte er mich noch auf und ging dann.

Ich war wirklich froh über diese Erklärung. Das rettete mich nämlich auch vor weiteren Tröstversuchen von Liz. So konnten wir uns jetzt einfach einen schönen Nachmittag machen und unsere Liebesbrieferfahrungen austauschen. Auch wenn sich meine Erfahrung lediglich auf ein Fisch-Referat bezog.

Mit einem Ohr lauschte ich jedoch auf die Haustür. Denn sobald Konny heimkommen würde, würde ich ein Gespräch mit ihm führen, das sein James-Bond-Lächeln zum Erlahmen bringen würde.

18. Kapitel, in dem Konny einer Rachegöttin begegnet

Ich war völlig erschöpft nach Hause gekommen und wollte eigentlich nur meine Ruhe.

Aber keine Chance bei dieser Familie. Kaum war ich zur Tür drin, da erschien meine Schwester Sanny wie die Rachegöttin persönlich im Flur.

Sehr beunruhigend war, dass sie lächelte.

«Wie geht's denn so?», fragte sie.

Ich zuckte die Schultern.

«Gibt's irgendwas Neues, was Aufregendes, was Ungewöhnliches oder vielleicht ...» Plötzlich fing sie an zu brüllen: «... was absolut hirnrissig Gemeines, Oberdämliches und Unverschämtes, was du mir gerne beichten möchtest?»

Ich brauchte nicht lange nachzudenken, worauf sie hinauswollte. Ich winkte müde ab: «Sanny, es tut mir leid. Das war alles eine Kette von Missverständnissen.»

Sanny wirkte verblüfft, sie hatte wohl mit stärkerem Widerstand gerechnet, den ich auch unter anderen Umständen gerne geleistet hätte, aber ich war einfach zu fertig.

Sie schnappte nach Luft und brüllte dann etwas konfus: «Du musst dafür bestraft werden, du musst irgend 'ne Lektion erteilt bekommen, du musst dafür büßen, du musst irgendwas tun ...»

Ich wollte das Ganze abkürzen und fiel ihr ins Wort: «Weißt du was, Sanny, denk dir in Ruhe was aus und teil es mir bei Gelegenheit mit. Ich hab jetzt keine Nerven abzuwarten, bis du hier zu Ende gestammelt und gebrüllt hast.»

Damit ließ ich sie im Flur stehen und ging in mein Zimmer.

«Idiot!», brüllte sie mir hinterher. Und nochmal: «König der Idioten!»

Keine fünf Minuten später klopfte es an meine Tür.

«Nein!», brüllte ich. «Jetzt nicht!» Dann hielt ich inne – Sanny würde nie klopfen, sie stürmt einfach immer in mein Zimmer rein. Ich öffnete die Tür.

Sarah stand davor.

Ich panikte. «Was machst du denn hier?», fragte ich entsetzt.

«Na, was ist denn das für eine Begrüßung?»

«Äh, sorry.»

Sarah grinste: «Ich würde gerne riesige gigantische hässliche Autos sehen, die über andere Autos drüberfahren.»

Ich war völlig verwirrt. «Wie bitte?»

Sarah schüttelte den Kopf: «Nicht dein bester Tag heute, was?»

Ich schwieg und blickte sie hilflos an.

Sarah erklärte: «Ich dachte, nachdem du jetzt all das Durcheinander, das du angestellt hast, wieder in Ordnung gebracht hast, könnten wir doch noch zu deiner Monster-Truck-Show gehen. Ist zwar nicht unbedingt mein Geschmack, aber bitte.»

Jetzt kapierte ich es endlich, aber ich war nicht mehr in der Lage, Begeisterung zu verspüren.

«Wieso?», fragte ich etwas lahm.

Sarah schaute etwas verwundert. «Mein Großvater hat mir freigegeben, und ich wollte Zeit mit dir verbringen.»

«Ach so, ja. Ja klar.» Ich versuchte mich zusammenzureißen und glücklich auszusehen, aber gleichzeitig hatte ich Angst, dass jetzt Hubertus oder Sanny oder Kai oder gar dieses Mädchen hier auftauchten und dumme Fragen stellten oder sonst was. Womöglich bekam ich schon Verfolgungswahn.

Sarah betrachtete mich kritisch. «Was ist denn los?»

Ich zuckte die Schultern.

«Wegen vorhin, das ist okay, ich war halt etwas genervt von deinem Rumgeaffe. Aber wir können uns doch trotzdem noch 'nen schönen Abend machen.»

«Oh, nein, das ist es nicht.»

«Hat das noch was mit dem Liebesbrief zu tun?», fragte sie nun argwöhnisch.

Ich versuchte, nicht zu sehr nach Panik auszusehen.

«Nein! Ich hab alles geklärt.»

«Ach? Erzähl mal», forderte Sarah misstrauisch.

Jetzt musste ich mich konzentrieren, damit nichts schief ging. «Ich sollte Hubertus doch die ganze Sache ausreden. Hab ich getan. Und da hat mir das Mädchen dann leid getan. Und deshalb habe ich ihr von Kai erzählt, und nun wollen die beiden sich treffen.» Ich wartete ab. Keine Reaktion. «Kai ist einverstanden! Er freut sich», fügte ich noch schnell hinzu.

Ich hielt die Luft an. Inzwischen war ich mit diesem ganzen Liebesbrief-Hin-und-Her so durcheinander, dass ich selbst kaum noch wusste, was ich mir glauben sollte.

«Das hast du gemacht?!»

Ich hielt die Luft an und zog instinktiv den Kopf ein. Ob Puschel mich wohl gegen Sarah verteidigen würde? Und wenn ja, war er denn überhaupt in der Nähe?

«Hey, du bist ja gar nicht so ein Egoist, wie ich immer dachte. Du machst dir sehr wohl Gedanken um die Gefühle anderer. Ich finde das total süß von dir.» Sie gab mir einen dicken Kuss. «Tut mir leid, dass ich dir vorgeworfen habe, dass du dich immer nur aufspielen würdest.»

Ich lächelte schief. Irgendwie fühlte ich mich nicht so doll.

«Na los, dann lass uns jetzt zu den hässlichen Autos gehen», sagte Sarah und zog mich mit sich.

«Klar, machen wir», meinte ich und trottete hinterher.

Ich fühlte mich mies. Bestimmt bekam ich eine Grippe.

Als ich nach der Show wieder zu Hause war, fühlte ich mich immer noch schlecht. Fiebermessen hatte nichts gebracht, mein Hals war auch nicht rot, und sämtliche Hustenversuche klangen nicht nach einer nahenden Erkältung. Es musste also einen anderen Grund geben.

Wieso war eigentlich alles so kompliziert? Ich wollte nur meiner Freundin eine Freude machen und habe ihr einen Liebesbrief geschrieben, und plötzlich war alles völlig außer Kontrolle geraten, und jedes Mal, wenn ich sie sah, musste ich ihr eine neue Geschichte vom Pferd erzählen, um mich aus der Situation zu winden.

Ich brauchte einen Rat. Dringend.

Ich sah mich unschlüssig um. Es war schon spät. Aber im Arbeitszimmer meines Vaters brannte noch Licht. Hm, warum nicht? Einen Versuch war es wert.

Mein Vater saß konzentriert über ein paar Zeichnungen. Bestimmt würde er sich freuen, wenn er am Leben seines Sohnes teilhaben durfte. «Hey, Paps.»

Er schrak zusammen, sah panisch hoch und lehnte sich dann sofort über seine Zeichnungen. «Was machst du denn hier?»

Ich versuchte einen Blick auf die Zeichnung zu erhaschen. Das Haus, an dem er gerade zeichnete, sah aus, als würden die Schlümpfe dort demnächst einziehen wollen. Ich beschloss, auf einen Spruch zu verzichten. Auch wenn es mir sehr schwer fiel.

«Oh, ich war zufällig in der Nähe und dachte, es wäre Zeit für ein Gespräch von Mann zu Mann.»

«Danke, mir geht es gut, ich habe keine Probleme.»

Was war denn mit dem los? «Gut, schön, aber ich. Sag mal, hast du jemals einen Liebesbrief geschrieben?»

«Warst du auf dem Dachboden?», fragte er schnell.

«Was? Nein, wieso? Egal. Ich muss dich mal was fragen. Also, da gibt es ein Mädchen, und das hat einen Liebesbrief von mir bekommen ...»

«Hey, das finde ich ja schön, dass ihr euch heutzutage noch Liebesbriefe schreibt. Da hat sich Sarah bestimmt sehr gefreut. Schön, Junge, weiter so.» Mein Vater wandte sich wieder seinen Papieren zu.

Ich räusperte mich.

Er sah auf. «War noch was?»

«Ja, Sarah freut sich nämlich nicht, weil sie den Brief nicht bekommen hat.»

«Also, mit der Post wird das auch immer schlimmer. Schreib einen neuen.»

«Geht nicht, ein anderes Mädchen hat den Brief bekommen. Und mit der Post hat das nichts zu tun», setzte ich noch schnell hinzu.

«Aha.» Mein Vater sah ziemlich verwirrt aus. «Und warum hat ein anderes Mädchen den Brief?»

Das sah nicht danach aus, als würde ich hier heute noch einen brauchbaren Ratschlag bekommen.

«Du blickst nicht durch, was?»

Mein Vater nickte, dann schüttelte er den Kopf.

«Ich auch kaum noch. Soll ich warten, bis Mam kommt, und mit ihr reden?»

«Macht's dir was aus? Ich bin hier gerade mittendrin in dieser Sache und ...»

«Schon okay. Irgendwer muss Schlumpfhausen ja neu aufbauen», entgegnete ich großzügig und ging wieder.

«Aber wann immer du was auf dem Herzen hast, komm ruhig zu mir», rief mir mein Vater noch hinterher. Dann stutzte er. «Schlumpfhausen?!»

Am nächsten Morgen wachte ich wieder mit diesem seltsamen Gefühl auf. Eigentlich war alles so weit gut gelaufen. Warum hatte ich bloß ein schlechtes Gewissen und fühlte mich mies? Sarah hatte mich gestern Abend doch sogar gelobt. Aber genau das schien mein schlechtes Gewissen auszulösen.

Ich ging nach unten. Ludmilla war schon in der Küche zugange. «Was du machen? Haben genug geguckt Löcher in die Luft? Dann du mir helfen.»

Kai schwörte ja auf Ludmilla als Ratgeberin in allen Lebenslagen. Und genau genommen war sie an dem ganzen Schlamassel ja auch nicht unbeteiligt. Schließlich hatte sie mir bei dem Brief geholfen. Also war sie für die Verwicklungen mitverantwortlich.

«Kennen Sie das Gefühl, alles falsch gemacht zu haben?»

Ludmilla schüttelte ohne zu zögern den Kopf. «Njet.»

Okay, war ja eigentlich klar gewesen.

«Was du haben gemacht falsch?»

«Irgendwie alles», seufzte ich.

Ludmilla nickte. «Da, das, warum ich dich nennen auch große Dummkopf. Du schälen Kartoffel, dann du können reden.»

Ich folgte ihren Anweisungen. «Also, da war doch dieser Brief. Sie wissen schon, dieser Liebesbrief.»

Sie nickte. «Da, Brief, den du nicht können schreiben allein.»

Ich versuchte das zu überhören. «Um den geht's. Den hat jetzt ein anderes Mädchen.»

«Wie können haben anderes Mädchen Brief, den du geschrieben an Freundin?»

«Da ist was schief gegangen.»

«Du haben geschickt mit Post. Du sein noch größerer Dummkopf, als ich gedacht. Ich dich missen nennen von jetzt an Riesen-Dummkopf.»

«Danke. Aber das Ganze geht noch weiter. Die Einzelheiten lass ich mal aus. Auf alle Fälle denkt Sarah jetzt, ich bin unheimlich nett, weil ich dem Mädchen Kai als Liebesbriefschreiber-Ersatz angeboten habe und ...»

«Du haben was?!» Ludmilla drehte sich zu mir um und steckte drohend die Hände in die Seiten. «Du haben gekuppelt meine Kai.»

Murks, vielleicht hätte ich diesen Teil lieber auslassen sollen. «Also, das Mädchen ist sehr nett ...»

«Woher du kennen diese Mädchen? Sie sein gut?»

«Ich, äh, ich hab sie zufällig getroffen und ...»

«Wie lange du kennen Mädchen?»

«Na, ein paar Tage ...»

«Du schicken Kai zu Mädchen, die nicht kennen?! Was, wenn sie brechen Herz von Kai.»

Oh, Mann, das wurde ja immer verzwickter. Ich hatte ganz vergessen, dass Kai Ludmillas Sonnenschein war. Da konnte wohl kein Mädchen gut genug sein.

«Ich passe schon auf Kai auf ...»

«Du verschwinden aus meine Kieche. Jetzt. Am besten aus ganze Haus.»

Ich war in Rekordzeit in meinem Zimmer und schloss die Tür.

Na prima, jetzt hatte ich noch ein weiteres Problem. Kai. Und das fühlte sich völlig absurd an.

Die Tür flog auf, und der kleine Konny stand da. Er machte ein wichtiges Gesicht und räusperte sich.

Puschel setzte sich neben ihn und machte irgendwie ebenfalls ein wichtiges Gesicht. Zumindest sah es so aus.

Er nickte. «Kannst du mir deine Jacke leihen?»

«Ist dir kalt? Zieh doch einen Pulli an.»

«Nein, ich brauche die Jacke, bei der Mami immer sagt, du kannst richtig ordentlich und vernünftig aussehen.»

«Mein Jackett? Was willst du denn damit?»

«Ich habe eine wichtige Verabredung.»

«Mit wem?»

«Mit einem Architekten.»

Ich sah ihn fragend an.

«Papi», erklärte er. «Er will mit mir geschäftlich reden, sagt er.»

Ich nahm mein Jackett aus dem Schrank, zog es ihm an und krempelte ihm die Ärmel hoch. Jetzt hatte er zwar mehr Ähnlichkeit mit einem Pinguin als mit einem Piratenschiffsbau-Auftraggeber, aber er schien zufrieden zu sein.

«Prima, danke.» Er stolperte aus meinem Zimmer und zog die viel zu lange Jacke wie eine Schleppe hinter sich her. Puschel trat aus Versehen ein paarmal darauf und kam dabei ebenfalls leicht ins Stolpern.

19. Kapitel, in dem Sanny für ein blaues Auge bei Hubertus sorgt

Gestern Abend kam Hubertus nochmal vorbei. Er wollte die ganze Sache aufklären.

«Sanny, wir müssen reden.» Er sah sehr ernst aus.

Im ersten Moment erschrak ich und dachte, es sei etwas Schlimmes passiert. Ich schluckte und setzte mich erst mal. «Okay.»

«Die Sache mit dem Liebesbrief und dem Kuss...»

»Ach, das meinst du.» Ich war erleichtert. «Schon gut, das ist doch schon Schnee von gestern.»

«Na ja, eigentlich von heute Mittag», korrigierte mich Hubertus. «Und ich wollte dir versichern, dass...»

«Hey, brauchst du echt nicht.» Wozu über was reden, was sich schon längst erledigt hatte.

Hubertus sah das anders. «Ich würde echt nie...»

«Weiß ich doch.»

«Sag mal, darf ich vielleicht endlich mal einen Satz zu Ende reden?!»

«Klar, aber du brauchst dich echt nicht zu entschuldigen.»

«Also, entschuldigen wollte ich mich ja eigentlich auch nicht. Ich wollte es dir nur erklären.»

«Ich weiß aber schon Bescheid. Mein hirnamputierter Bruder hatte leider mal wieder Freigang. Da muss man mit so was wohl rechnen.»

«Du nimmst das aber sehr leicht», beschwerte sich Hubertus. «Ich meine, immerhin hat dieses Mädchen ...»

»Ach, vergiss es!»

Jetzt sah Hubertus fast beleidigt aus.

«Noch was?»

Er schien irritiert, aber dann fiel ihm wirklich etwas ein. «Wenn du schon so fragst. Ja, irgendwie schon. Du bist in letzter Zeit manchmal so merkwürdig. Ist irgendwas los?»

«Was meinst du?»

«Na ja, so darauf bedacht, immer zu demonstrieren, dass ..., ja, genau das ist die Frage, was eigentlich?»

Ich seufzte. Wahrscheinlich war es nicht die schlechteste Idee, Hubertus von meinen Bemühungen in Kenntnis zu setzen. Ich erklärte ihm, dass mich dieser Psychotest und dessen Aussage über unsere fehlenden Gemeinsamkeiten irgendwie nervte.

«Ah.» Hubertus nickte. «Deshalb die Sache mit dem Piratenbecher und der Kirsche. Und der Besuch bei meiner Großtante auch?»

Ich nickte.

«Vielleicht finden wir eine weniger aufreibende Aktion?»

«Wir brauchen einfach nur ein paar Gemeinsamkeiten.»

«Du meinst so was wie Hobbys?»

«Hey, das ist 'ne super Idee. Wir suchen uns ein gemeinsames Hobby. Das wäre doch ein prima Anfang.»

«Anfang?», fragte Hubertus fast etwas ängstlich.

«Na, wir werden ja sehen, was passiert. An was hast du denn so gedacht?»

Hubertus überlegte, dann zuckte er die Schultern. «Keine Ahnung, weißt du was, such du einfach was aus. Es wird mir schon gefallen, okay?»

«Ich weiß nicht ... also bisher hatten wir ja nicht gerade dieselben ...»

Hubertus unterbrach mich: «Ich verspreche dir, es wird mir gefallen, okay?»

Ich nickte. «Okay.» Ich würde die Sache wissenschaftlich angehen.

Nachdem Hubertus gegangen war, fing ich an, ein wenig über Hobbys nachzuforschen. Ich wollte, dass Hubertus es mögen würde. Also laut Statistiken im Internet mochten Jungs Kampfsportarten. Ich überlegte. Hubertus und ich waren neulich in einem Kinofilm mit einer Kickbox-Szene. Das hatte ihm gefallen. Gut, dann würde ich uns für einen Kickbox-Kurs anmelden.

Ich besprach das nochmal mit meinen Orakelfischen. Es war gar nicht so einfach gewesen. Ich glaube, Fische haben keine Hobbys und sehen auch keinen Sinn darin.

Ich hatte ein Bild von Hubertus ins Aquarium gehalten, als Inspiration. Pixi ist zweimal dagegen geschwommen und hat sich dann hinter einer Wasserpflanze verkrochen. Brauchen Fische eigentlich auch Brillen?

Ich habe dann mit Dixi weitergearbeitet, und wir haben uns darauf geeinigt, dass ich es mit Kickboxen probieren sollte.

Und heute Nachmittag habe ich dann vor dem Sportstudio auf Hubertus gewartet.

Er küsste mich. «Kickboxen also. Wie bist du denn darauf gekommen?» Er sah mich etwas gequält an.

«Erinnerst du dich an den Film, den wir neulich gesehen haben? An der Kickbox-Stelle hast du gesagt, das würdest du auch gerne mal machen.»

«Oh. Hab ich das gesagt?»

Ich sah ihn unsicher an. «Du findest es nicht gut, was? Ich dachte, es gefällt dir.»

Er nahm mich in den Arm. «Nein, ich finde das total super. Du hast dir da ja echt Gedanken gemacht.»

Dann gingen wir rein.

Es war ein kurzes Vergnügen. Punkt 15 Uhr gingen wir rein und um 15:07 Uhr wieder raus.

Ich ging danach zu Liz, Hubertus ging nach Hause.

«Wie kommt's, dass du Zeit hast?», fragte Liz, nahm ihre Jacke vom Haken, und wir verließen das Haus. Ich begleitete sie zum Theater, wo sie sich mit David treffen wollte. «Ich dachte, du und Hubertus hättet heute euren Hobby-Tag.»

«Er musste nach Hause.»

«Hausaufgaben machen?»

«Nein, sein blaues Auge kühlen.»

«Ihr habt euch gestritten? Sanny, wirklich! Es ist sicher nicht leicht, ein gemeinsames Hobby zu finden, aber ...»

«Ich war das nicht», fiel ich ihr empört ins Wort. «Na ja, also nicht direkt, also zumindest nicht mit Absicht.»

Liz sah mich fragend an.

«Wir sollten uns warm machen, und zwar mit Seilspringen. Das hatte ich noch nie im Griff. Ich bin über das Seil gestolpert, das hat sich irgendwie um meine Füße gewickelt, ich bin gegen Hubertus gefallen, er hat die Balance verloren und ist auf einen dieser Schutzhelme geknallt. Mit dem Auge.»

Liz sah mich an und grinste: «Also, an einem *Schutz*helm hat er sich ein blaues Auge geholt?!»

«Er hatte den Helm ja nicht auf, der Helm lag auf dem Boden. Wir sind doch nur seilgesprungen, da braucht man ja wohl keinen Schutzhelm!»

«Offensichtlich doch!», kicherte Liz. «Zumindest, wenn du in derselben Gruppe bist!»

Ich seufzte: «Ich glaube, das war kein gutes gemeinsames Hobby, es hat ihm auch keinen Spaß gemacht.»

Liz lachte: «Wie denn auch, wenn er ...»

Ich stoppte sie: «Liz! Hör auf damit, es war ein Versehen.»

Ich seufzte erneut: «Irgendwie bezweifle ich ja, dass das unsere neue tolle Gemeinsamkeit werden wird.»

«Vielleicht ist die ganze Idee mit dieser zwanghaften Suche nach Gemeinsamkeiten einfach nicht so brillant.»

Ich dachte angestrengt nach.

«Aber ich denke, Gemeinsamkeiten sind ein eindeutiges Zeichen dafür, dass man prima zusammenpasst!», beharrte ich.

Liz zuckte die Schultern.

«Nehmen wir mal dich und David. Ihr habt doch auch Gemeinsamkeiten. Ihr liebt beide das Theater.»

Liz schaute mich groß an. «Theater ist mir total egal.»

«Was? Und wieso rennen wir dann jetzt dahin?»

«Na, weil David da ist. Ich will ihn sehen.»

«Und was habt ihr für Gemeinsamkeiten?»

Liz zuckte die Schultern und überlegte kurz. «Keine. Außer, dass wir uns beide mögen.»

«Na, hör mal ...», begann ich, doch Liz unterbrach mich sofort.

«Fang jetzt bloß nicht damit an. Du kannst gerne Stress in deine Beziehungen bringen, aber nicht in meine. Ich bin happy mit David, er mit mir, und alles andere ist mir egal.»

«Du machst es dir aber wirklich leicht!», schnaubte ich.

Wir liefen eine Zeit lang schweigend nebeneinanderher.

«Und was wollt ihr jetzt machen?», wollte Liz schließlich wissen.

«Was?»

«Na, mit den Gemeinsamkeiten und dem Hobby.»

«Oh, Hubertus holt mich morgen wieder ab. Zur nächsten Kickbox-Stunde.»

20. Kapitel, in dem Konny eine Schlechtes-Gewissen-Grippe hat

Mein Gesundheitszustand wurde nicht besser. Nach der Schule schleppte ich mich nur noch mühsam nach Hause. Ich fühlte mich total mies, so richtig krank.

«Was du haben gestellt an?», empfing mich Ludmilla.

«Ich glaube, ich hab Grippe oder so was. Ich habe keinen Appetit, mir ist schlecht und ich fühl mich ganz wackelig. Ich habe zu nichts Lust, noch nicht mal dazu, Sarah zu sehen.»

Ludmilla sah mich eindringlich an. «Du nix haben Grippe. Du haben schlächte Gewissen.»

«Gibt es da irgendeine Medizin oder so was?»

«Einzig Medizin sein Wahrheit. Du sagen Wahrheit.»

Damit schob sie mich zur Tür.

Okay, ich musste Sarah die Wahrheit sagen.

Ich trottete zum Kiosk. Sarah würde dort sein, weil sie ihren Großvater wieder vertreten sollte.

Das Problem war nur, dass ich so verwirrt von meinen eigenen Geschichten war, dass ich mir die Wahrheit erst wieder selbst zusammenreimen musste.

Ich war noch keine zwei Minuten unterwegs, da kam mir Kai entgegen.

«Hey, Konny, ich brauche einen Plan.»

«Wofür?»

«Ich muss doch irgendwas tun, wenn ich das Mädchen treffe.»

«Junge, lass es lieber, Mädchen bringen nur Ärger. Vergiss die ganze Sache.»

«Das kann ich nicht.» Er überlegte kurz. «Was, wenn ich sie echt mag? Vielleicht könnte ich ihr dann ja einen Liebesbrief schreiben.»

«Das hast du schon», seufzte ich.

«Was?!»

«Und wenn du auf die Idee kommen solltest, ihr was zu kochen oder zu backen, um sie zu gewinnen – das hast du auch schon versucht.»

«Das kapier ich nicht.»

Okay, ich würde Sarah *und* Kai die Wahrheit erzählen müssen.

Ich seufzte. «Komm einfach mit, wahrscheinlich kapierst du es gleich.»

Sarah freute sich, mich zu sehen. «Hey, wie geht's? Du siehst aber gar nicht so gut aus.»

«Dafür gibt's 'nen Grund.» Ich atmete tief durch. «Setzt euch doch mal, ich muss euch was erklären.»

Kai und Sarah sahen sich verwundert an.

«Kann ich vorher noch ein paar Gummifrösche haben?», fragte Kai.

«Klar, ich bring dir welche...»

«Jetzt vergiss doch mal diese blöden Gummifrösche und hör einfach nur zu. Meint ihr vielleicht, das fällt mir hier leicht?»

«'tschuldige.» Kai setzte sich. Sarah ebenfalls. «Der ist die ganze Zeit schon so komisch», flüsterte Kai Sarah zu.

Ich sah ihn scharf an, und er war ruhig.

«Okay.» Ich holte tief Luft. «Okay, es geht um einen Liebesbrief und Vareniki und...», fing ich an.

«Hey, hab ich dir eigentlich schon das Rezept für die Vareniki gegeben?», fragte Kai Sarah.

«Vielleicht kannst du endlich mal die Klappe halten und mir zuhören?», schnauzte ich ihn an. Und bevor er weitere Haushaltstipps zum Besten geben konnte, erzählte ich von den ganzen Verwicklungen, die mein Liebesbrief verursacht hatte.

«Sarah, dein Genörgel, dass ich alles falsch mache, hat genervt. Außerdem hast du so getan, als wüsstest du nicht, dass ich dich ... ähm ... irgendwie ganz gut finde.» Sarah wollte was sagen, aber ich hob abwehrend die Hand und sprach schnell weiter.

»Also hab ich dir einen Liebesbrief geschrieben. Ich hab mir unendlich viel Mühe gegeben, mir das Hirn zermartert und die ganze Nacht durchgeschrieben, bis ich schließlich einen Brief hatte, der deiner würdig war.»

Kai sah so aus, als würde er den Namen «Ludmilla» einwerfen wollen, also stoppte ich ihn schnell mit einem deutlichen «Schnauze!».

Kai blieb still.

«Okay, und den Rest kennt ihr ja.» Irgendwie verließ mich der Mut.

Die beiden sahen mich fragend an.

«Nein? Na gut, ich mach weiter. Mit dem Brief ist es dann echt dumm gelaufen. Dieses Mädchen hatte irgendwie durch ein blödes Missverständnis den Eindruck bekommen, dass der Brief für sie sei, und zwar von Hubertus. Mann, ihr hättet sehen sollen, wie happy sie war. Ich konnte sie einfach nicht enttäuschen. Das hätte ihr das Herz gebrochen. Ich musste ihr den Brief überlassen. Erst hinterher wurde mir dann klar – durch Sarahs Hilfe –, dass das aber auch keine Lösung sein kann, und ich habe die Sache wieder in Ordnung gebracht.»

Keiner sagte was, aber ich fand, dass alles gar nicht mehr so schlimm klang. Mein Blick fiel auf Kai. «Ach ja, und du bist nächste Woche mit diesem Mädchen verabredet.» Viel mehr brauchte er ja nicht zu wissen.

Immer noch keine Reaktion.

«Okay, jetzt wisst ihr es.» Ich atmete tief ein, dann grinste ich. «Hey, Ludmilla hatte Recht. Das befreit wirklich. Mir geht's viel besser. Mann, bin ich froh, dass ich mich durchgerungen habe, euch das alles zu erzählen.»

«Aha, du hast uns die Wahrheit gesagt, damit es dir besser geht?!» Sarah sah für meinen Geschmack etwas zu ernst aus, als sie das sagte.

«Hör mal, es tut mir echt leid, aber es geschah alles aus bester Absicht. Ich meine, ich habe dir einen wundervollen Liebesbrief geschrieben, aber leider ist dann alles schief gegangen. Manchmal passiert so was einfach.»

«So so, manchmal passiert so was einfach», wiederholte Sarah. Irgendwie gefiel mir ihr Ton nicht so richtig.

«Moment mal», überlegte Kai. «Und was genau denkt das Mädchen jetzt? Was habe ich damit zu tun?»

«Keine Angst, da ist alles im grünen Bereich. Sie denkt einfach, du bist nett. Du bist der weiße Ritter», beruhigte ich ihn. «Vor eurem Treffen werde ich noch ein bisschen mit dir üben, was den Umgang mit Mädels anbelangt.»

«Wow», machte Sarah ironisch, «du hast ja wirklich an alles gedacht.»

Ich nickte strahlend.

«Und darauf bist du auch noch stolz?», fuhr Sarah mich nun an.

«Was denn?», wunderte ich mich. «Du hast doch eben selbst gesagt...»

«Du kapierst es einfach nicht!», schimpfte Sarah.

Ich war jetzt doch etwas verwirrt. Ich hatte die Wahrheit gesagt, und nun war Sarah wieder sauer auf mich.

«Hey, warum fährst du mich denn so an? Ich hab dir doch schließlich die Wahrheit gesagt», sagte ich ärgerlich.

«Und damit ist alles in Ordnung für dich, was?»

«Klar!» Aber dann wurde ich doch etwas unsicher. «Oder nicht?»

«Nichts ist in Ordnung. Genau darum ging es doch die ganze Zeit. Dein blödes Gehabe, immer diese Geschichten zu erzählen, statt einfach mal die Wahrheit zu sagen. Du reitest dich in Sachen rein, und statt reinen Tisch zu machen, erzählst du irgendwelche Geschichten, um dich da wieder rauszuwinden. Und zwar ohne Rücksicht darauf zu nehmen, wen du dabei mit reinziehst. Ich hab echt genug von deinen Geschichten. Stimmt diese denn jetzt überhaupt?»

«Kann sich denn jemand so was ausdenken?», schimpfte ich. Das Ganze geriet schon wieder außer Kontrolle. Es sollte eigentlich anders laufen.

«Du schon», meinte Kai ernsthaft.

«Du hast dich allen gegenüber echt schuftig verhalten», meinte Sarah sehr ernst. «Und solange du nicht den Eindruck machst, dass es dir wirklich leid tut – und zwar nicht nur, weil du dich damit nicht wohl fühlst, sondern weil es dir wirklich wegen der anderen leid tut –, kannst du nicht erwarten, dass man dir verzeiht.» Sie stand auf und ging.

«Aber Sarah. Es tut mir leid. Ehrlich. Ich hab sogar gedacht, ich hab 'ne Grippe», rief ich ihr hinterher.

«Dann kurier dich mal ordentlich aus!»

Ich sah zu Kai. Der zuckte die Schultern.

Dann fragte er neugierig: «Denkt sie jetzt, ich habe den Brief geschrieben?»

Ich wollte gerade ansetzen, wie toll der Brief war, aber irgendwie konnte ich nicht.

«Vergiss es», sagte ich nur und ging.

21. Kapitel, in dem Sanny ein gutes Wort für Konny einlegt

Ich wartete auf Hubertus. Er wollte mich zu unserer nächsten Kickboxing-Stunde abholen. Ich hatte mich immer noch nicht überwinden können, ihm zu sagen, dass es mir keinen Spaß machte. Es klingelte. Ich seufzte und ging zur Tür. Hubertus stand davor.

«Hey, dein Auge sieht besser aus», begrüßte ich ihn.

«Ja, ich krieg es jetzt auch fast wieder ganz auf.»

«Gut, dann wollen wir mal.» Ich drehte mich nach hinten und rief: «Paps, ich gehe.»

«Moment!» Mein Vater kam angestürmt. «Ich brauch dich. Du musst dich um den kleinen Konny kümmern. Schaff ihn mir zwei Stunden aus dem Haus. Du weißt schon, die Einweihung ist doch heute.»

Ich sah zu Hubertus. «Aber wir haben heute Kickboxing.»

«Für 'nen guten Zweck können wir es ja auch ausfallen lassen», meinte Hubertus ziemlich schnell. «Ich meine, wenn dein Vater deine Hilfe braucht.»

«Prima», freute sich mein Vater. «Ich schick euch den Kleinen.» Er sah sich etwas hilflos um. «Ihr wisst nicht zufällig, wo er steckt?»

«Ich glaube, er überfällt gerade den Postboten.» Hubertus deutete über seine Schulter.

«Oh, wie kommt er denn da nur wieder hin?», wunderte sich mein Vater.

«Ich sammle ihn ein», seufzte ich, und wir gingen.

«Danke und viel Spaß», rief mir mein Vater noch hinterher.

Der kleine Konny bedrohte den Postboten mit einem Kochlöffel, während der versuchte, ihm zu erklären, dass es sowohl gegen das Postgeheimnis als auch gegen seinen Arbeitsvertrag verstoßen würde, wenn er ihm jetzt die Briefe mit den schönen Briefmarken geben würde.

Wir lösten den Postboten gegen das Versprechen aus, mit Konny etwas Tolles zu unternehmen.

Konny stimmte zu, und der Postbote ging schnell.

«Okay, wie wäre es denn mit Minigolf?», fragte Hubertus.

«Au ja!», riefen der kleine Konny und ich im Chor. Puschel bellte fröhlich dazu.

«Na, dann los!»

Wir gingen zu dem Minigolf-Platz am Weiher. Hubertus besorgte uns Schläger und musste nochmal zurück, weil er den Schläger für Puschel vergessen hatte.

«Puschel liebt Minigolf», erklärte der Kleine. «Wir spielen immer gemeinsam.»

Puschel nahm den Schläger quer ins Maul und trottete vergnügt neben uns her.

Der kleine Konny hatte jede Menge Spaß, und wann

immer er den Ball ins Loch befördert hatte, jubelte er; Puschel ließ kurz den Schläger los, bellte und nahm den Schläger dann wieder auf.

«Tut mir leid, dass du auf unser neues gemeinsames Hobby verzichten musst», meinte Hubertus.

«Hm.» Ich nickte, dann fasste ich mir aber ein Herz. «Weißt du, um ganz ehrlich zu sein, so richtig schlimm finde ich es nicht, dass wir heute nicht zum Kickboxing gehen.»

Hubertus sah mich an. «Nicht so das Wahre, was?»

«Nein, ehrlich gesagt ... irgendwie ... ich finde es ...»

Hubertus grinste. «Also ganz ehrlich gesagt, ich auch. Mal ganz abgesehen von meinem blauen Auge.»

Wir sahen uns an und lachten.

Ich wurde plötzlich ernst. «Das heißt aber, wir haben wieder keine Gemeinsamkeiten.»

Hubertus überlegte. «Wir können doch weiter suchen. Und außerdem stimmt das so auch nicht. Wir haben die Gemeinsamkeit, dass wir beide kein Kickboxen mögen. Das ist doch schon mal ein Anfang.» Er nahm mich in den Arm und küsste mich.

«Stimmt», nickte ich. «Und außerdem haben wir hier doch auch 'ne Menge Spaß. Ich finde, das spricht für uns.»

«Mit dem kleinen Bruder Minigolf spielen gehen, gilt vielleicht nicht als Hobby, aber bestimmt zumindest ansatzweise als Gemeinsamkeit, oder?»

«Ja, und es ist weniger gefährlich», grinste ich.

In dem Moment lief Puschel an uns vorbei und haute mir mit seinem quer im Maul steckenden Schläger die Beine weg.

«Na gut, was die Gefährlichkeit anbelangt, sollten wir unser Hobby nochmal überprüfen», meinte ich, als ich versuchte, wieder aufzustehen.

Hubertus lachte, als er mir hochhalf. «Ich denke, wir passen zusammen, egal, was deine Tests sagen. Und wir können ja trotzdem weiter nach Gemeinsamkeiten suchen.»

«Okay, ich mach 'ne Liste», stimmte ich begeistert zu. Und dann küssten wir uns und vergaßen alles um uns herum.

«Seid ihr endlich fertig?», meldete sich der Kleine. Er saß im Schneidersitz vor uns im Gras, neben ihm Puschel, und beide sahen uns an. «Ich hab gewonnen, und ihr schuldet mir ein Eis», erklärte er.

Hubertus gab die Schläger zurück, wobei es einiger Überredungskünste bedurfte, bis sich Puschel wieder von seinem Schläger trennte. Dann gingen wir zum Kiosk. Sarah war da und setzte sich zu uns.

«Wie geht es Konstantin?», wollte sie wissen.

«Er hängt zu Hause rum wie ein Schluck Wasser in der Kurve.»

«Dieser Idiot, wieso muss er sich denn auch immer so aufführen?! Cool bis zum Erfrieren!»

Ich zuckte die Schultern. «Keine Ahnung, so war er

schon immer. Aber wenn es dir hilft, er mag dich wirklich total gerne. Ehrlich, so wie für dich hat er sich noch nie für jemanden ins Zeug gelegt.»

«Kann schon sein. Aber immer diese Geschichten. Ich kann sie nicht mehr hören.»

«Ich glaube ja nicht, was ich jetzt tue, dass ich tatsächlich eine Lanze für meinen völlig hirnamputierten Bruder breche. Aber das Absurde ist, dass ich denke, diesmal hat er das alles wirklich für dich getan. Nicht diese Lügenmärchen, aber der Liebesbrief und die Teigklopse. Er wollte dich mit etwas ganz Besonderem überraschen. Er war sogar in der Küche, und das lässt sein James-Bond-Coolness-Ich-bin-ein-Mann-Wahn eigentlich nicht zu. Wie üblich hat er es dann wieder total vermasselt, aber ich glaube, es tut ihm echt total leid.»

Sarah sah unsicher vor sich hin. «Du meinst, ich war zu hart?»

«Oh, sicher nicht. Bei dem Torfkopf kann man nicht hart genug sein. Aber vielleicht solltest du ihm noch 'ne Chance geben.»

Ich sah kurz zum kleinen Konny, der saß mit Puschel ein paar Stühle weiter, teilte sein Eis mit ihm und erklärte ihm, wie sie in Zukunft bei ihren Beutezügen vorgehen wollten. Darüber hinaus überlegte er, wenn er jetzt mit den Hundehütten ein reicher Geschäftsmann werden würde, ob er sich dann eigentlich selbst überfallen musste.

«Komm doch einfach nachher mal vorbei. Wir haben

so 'ne Art Einweihungsparty für Puschels Hundehütte als Überraschung für Konny. Also den Kleinen», setzte ich noch schnell hinzu.

Sarah nickte. «Ja, vielleicht sollte ich das machen.»

Während Konny noch weiter mit Puschel Pläne schmiedete, wie sie die Herrschaft über die Weltmeere erringen wollten, fingen Hubertus und ich schon mal an, Dinge zusammenzutragen, die wir beide gemeinsam nicht mochten. Da gab es doch auch eine ganze Menge, und Hubertus hatte Recht, das war ja auch eine Form von Gemeinsamkeit, wenn auch eine etwas merkwürdige.

22. Kapitel, in dem Konny sich eine Küchenschürze umbinden lässt

Ich war derart geknickt, als ich wieder zu Hause war, dass ich sogar Ludmilla half, das Büfett aufzubauen. Die Einzelteile der Hundehütte für Puschel waren heute Morgen geliefert worden, und mein Vater hatte für heute Nachmittag ein Einweihungsfest organisiert. Kleine Überraschung für Konny und Puschel.

«Puschel, guck mal!» Der Kleine kam mit Sanny und Hubertus. Er war ganz aufgeregt und konnte es gar nicht fassen. Er und Puschel liefen begeistert um das Haus herum. Mein Vater hatte sich echt Mühe gegeben. Puschels Hundehütte sah wirklich aus wie ein kleines Piratenschiff. Mein Vater hatte großartige Arbeit geleistet.

Felix und Kai kamen, und wir standen am Büfett herum. Ludmilla brachte einen großen Teller, auf dem ein Lebkuchenhaus stand, das dem Piratenschiff sehr ähnlich sah.

«Wo sein kleine Pirat? Ich chaben Chaus für ihn.»

Kai deutete auf die Hundehütte: «Er ist gerade darin verschwunden.»

Ludmilla lächelte Kai freundlich zu, ignorierte mich

auffallend und schaute dann Felix misstrauisch an. «Du haben auch Mädchen für Kai?»

Felix war völlig verwirrt. «Nein, sollte ich?»

«Njet!»

Mir warf sie dann noch einen bösen Blick zu und ging.

Die Sache mit diesem Mädchen für Kai hatte sie mir wohl wirklich sehr übel genommen.

Dann ging sie zur Hütte, beugte sich runter und klopfte an die Wand. Gleich streckten Kornelius und Puschel ihre Köpfe aus der Tür. Ludmilla zeigte ihm stolz das Lebkuchenschiff. Kornelius war ganz begeistert, Puschel auch, denn er fraß es mit einem Schwupp auf. Kornelius wollte gerade anfangen zu heulen, doch Ludmilla sagte: «Nix weinen. Das sein gut. Bringen Glück. In Minsk wir machen immer so.»

Der Kleine strahlte wieder, und Ludmilla ging.

Dann sah ich Sarah in unseren Garten kommen. Mein Herz machte einen Sprung, und gleichzeitig wurden meine Knie weich.

Sie sah sich suchend um und kam dann auf mich zu.

«Hallo», brachte ich gerade noch raus. Ich musste mich räuspern. «Schön, dass du da bist.»

«Sanny hat mich eingeladen», lächelte sie.

«Ich wollte dich auch einladen, aber ich dachte, du bist sauer auf mich und hast keine Lust, Zeit mit mir zu verbringen. Was ich auch irgendwie verstehen kann.» Und in diesem Moment meinte ich das wirklich ernst.

Sarah lächelte kurz: «Deine Schwester meinte, ich sollte dir nochmal eine Chance geben.»

«Sanny hat ein gutes Wort für mich eingelegt?»

Sarah nickte.

Ich sah zu Sanny, sie zuckte die Schultern und verdrehte die Augen.

«Jetzt hab ich aber Hunger. Ist das Büfett nur zum Anschauen, oder darf man auch was essen?», fragte Sarah.

«Klar gibt's schon was. Konny hat es vorhin eröffnet. Genau genommen hat Puschel es eröffnet, als er sich bei den Würstchen bedient hat. Die würde ich übrigens lieber auslassen.»

«Gibt's auch Vareniki?», fragte Sarah.

«Nein, tut mir leid.»

«Schade.»

«Hey, wenn du willst, mach ich welche, dauert zwar ein bisschen, aber ich mach's wirklich gerne für dich. Ludmilla hat mir gezeigt, wie das geht.»

«Hey, Mann, du willst jetzt echt in die Küche gehen und kochen, so richtig mit Schürze und so? Voll cool!», fing Felix an zu spotten.

Ich zuckte zusammen. Gott, wie peinlich, ich hatte ganz vergessen, dass Felix und Kai auch da standen. Ich kam ja rüber wie ein Weichei.

Sarah sah mich abwartend an. Und ich wusste, was ich zu tun hatte. Ich sah Felix herausfordernd an. «Allerdings, genau das hab ich vor. Hast du ein Problem damit?»

Felix sah mich groß an. «Was hat dich denn in ein Weichei verwandelt?»

Ich atmete tief durch und sagte: «Ich mag Sarah!»

Sarah nahm meine Hand und schmiegte sich an mich.

«Danke», flüsterte sie mir ins Ohr.

«Kommst du mit?», fragte ich sie.

«Klar, jemand muss dir doch die Schürze umbinden.»

Doch zuvor wollte Sarah noch meine Eltern begrüßen.

Auf dem Weg zu ihnen flüsterte sie: «Weißt du was, das eben fand ich richtig cool, viel cooler als jeden deiner typischen Konny-Sprüche.»

«Im Ernst?» Ich freute mich. Ich überlegte, ob ich es in mein Repertoire aufnehmen sollte. Wenn kochende Jungs Mädels beeindruckten ...

Auf der anderen Seite – nee, so cool ist es wohl doch nicht. Ich sah Sarah an. «Tust du mir einen Gefallen? Erzählst du es trotzdem niemand? Es muss sich ja nicht unbedingt rumsprechen.»

Sie lachte und nickte. «Ich fürchte allerdings, dafür wird Felix schon sorgen.»

Der kleine Konny umarmte meinen Vater immer wieder und strahlte. «Danke, Papi! Du bist der weltbeste Architekt für Hundehütten. Ich sag das jetzt allen Leuten, und dann wirst du ganz berühmt!»

Dann lief er mit Puschel zur Hundehütte.

Mein Vater sah sehr gequält aus.

Meine Mutter sah ihn an und grinste: «Hundehütten ... der Traum eines jeden Architekten ...»

Mein Vater schwieg. Meine Mutter schmiegte sich an ihn und meinte: «Na, komm, nimm's mit Humor. Du hast dem Kleinen wirklich eine Riesenfreude gemacht, du bist ein toller Papi!»

Er sah gequält zur Seite.

«Hey, Paps, vielleicht kannst du ja Reihen-Hundehütten anbieten», schlug ich vor.

Sarah stieß mir heftig ihren Ellbogen in die Seite und zog mich weg. «Ich finde es toll, dass er das für deinen kleinen Bruder macht!», raunte sie mir zu.

In der Küche trafen wir Sanny und Hubertus.

«Na endlich», begrüßte mich Sanny. Sie deutete auf eine Flasche Apfelsaft, die direkt vor ihnen stand. «Hubertus und ich haben Durst!»

Ich seufzte und schenkte den beiden jeweils ein Glas ein.

Hubertus und Sarah sahen mich erstaunt an.

«Frondienst», erklärte ich und deutete mit dem Kopf auf meine Schwester. «Ich bin für die nächsten zwei Wochen ihr persönlicher Sklave. Hat sie sich als Strafe für mich ausgedacht.»

Hubertus schaute Sanny an: «Im Ernst?»

Sanny zuckte die Schultern und meinte: «Er ist noch gut dabei weggekommen.»

Sarah lachte: «Gute Idee, muss ich mir merken.»

«Sorry noch mal wegen dieser Liebesbriefgeschichte», meinte ich zu Hubertus.

Er nickte.

«Wie bist du eigentlich darauf gekommen, mir einen Liebesbrief zu schreiben?», wollte Sarah von mir wissen.

«Intuition. Ich weiß doch, worauf die Mädels stehen», grinste ich.

Sarah schaute mich an.

«Okay, ja, ich hab es in einer Zeitschrift gelesen, dass das wieder ganz groß in Mode kommen soll», korrigierte ich.

«War das die Zeitschrift, in der dieser Psychotest drin war, ob man zusammenpasst oder nicht?», wollte Hubertus von Sanny wissen.

Sanny nickte.

«Psychotest?», fragte Sarah und schaute mich an. «Das klingt interessant. Vielleicht sollten wir den mal machen.»

«Bloß nicht!», riefen Hubertus und Sanny im Chor.

ENDE

Die Autorin

Wenn man Hortense Ullrichs Familie kennt (zwei Teenager-Töchter, zwei unzähmbare Hunde, ein unerschütterlicher Ehemann), dann wundert man sich nicht, dass es in ihren Büchern drunter und drüber geht. Eventuelle Ähnlichkeiten mit lebenden Personen, besonders Teenagern, sind also nicht «rein zufällig», sondern chaotische Realität.

Bevor Hortense Ullrich begann, Bücher für Kinder und Jugendliche zu schreiben, arbeitete sie als Journalistin und Drehbuchautorin. Acht Jahre verbrachte sie mit ihrer Familie in New York, inzwischen lebt sie in Bremen.

Außerdem bei rotfuchs von ihr erschienen:
«1000 Gründe, sich nicht zu verlieben» (21236),
«1000 Gründe, nicht zu küssen» (21279),
«1000 Gründe, nicht Amor zu spielen» (21406) und
«1000 Gründe, nicht mit den Kornblums zu verreisen» (21443).

Chaos*Küsse*Katastrophen – die Reihe zum Verlieben

Hortense Ullrich bei rotfuchs:
1000 Gründe, ~~nicht~~ das Glück zu suchen

1000 Gründe,
sich ~~nicht~~ zu verlieben
rotfuchs 21236

1000 Gründe, ~~nicht~~ zu küssen
Sanna fragt sich, wie sie den süßen Theo dazu bringt, sie endlich zu küssen. Im Gegensatz zu Sanna will ihr Zwillingsbruder Konny nie wieder etwas mit Verlieben und Küssen am Hut haben. Schließlich gibt es doch 1000 gute Gründe, warum man nicht küssen sollte. Allerdings fällt ihm plötzlich kein einziger mehr ein, als er Sarah trifft ...
rotfuchs 21279

1000 Gründe, ~~keinen~~
Liebeskummer zu haben
rotfuchs 21322

1000 Gründe, ~~keine~~
Liebesbriefe zu schreiben
rotfuchs 21379

1000 Gründe,
~~nicht~~ Amor zu spielen
rotfuchs 21406

1000 Gründe, sich ~~nicht~~ zu
verlieben/~~nicht~~ zu küssen
Chaos, Küsse, Katastrophen XXL
rotfuchs 21421/August 2008

1000 Gründe, ~~nicht~~ mit den
Kornblums zu verreisen

rotfuchs 21443, April 2008

Mehr Infos im rotfuchs-Magazin *fuxx!* und unter *www.fuxx-online.de*

Chaos, Küsse, Katastrophen bei rotfuchs

Die Reihe für Mädchen ab 12 Jahre zum Taschengeldpreis

Angela Gerrits
- ☐ **Ich trau mich, ich trau mich nicht**
rororo 21256
- ☐ **Lisa & Lucia – verliebt hoch zwei**
rororo 21273
- ☐ **Kusswechsel**
rororo 21347
- ☐ **Liebeskummer auf Italienisch**
rororo 21368

Renée Karthee
- ☐ **Herzflüstern**
rororo 21304
- ☐ **Herz auf Trab**
rororo 21335
- ☐ **Herzsprünge im Galopp**
rororo 21363

Ulrike Kuckero
- ☐ **Paulas Tage Buch**
rororo 21255
- ☐ **Paulas Sorgenbuch**
rororo 21309
- ☐ **Paulas New York Buch**
rororo 21350

Hortense Ullrich
- ☐ **1000 Gründe, ~~keinen~~ Liebeskummer zu haben**
rororo 21322
- ☐ **1000 Gründe, sich ~~nicht~~ zu verlieben**
rororo 21236
- ☐ **1000 Gründe, ~~nicht~~ zu küssen**

rororo 21279

Mehr Infos im rotfuchs-Magazin *fuxx!* und unter *www.fuxx-online.de*

1, 2, 3, 4 oder 5 Sterne?

Wie hat Ihnen dieses Buch gefallen?

Bewerten Sie es auf

Die Online-Community für alle, die Bücher lieben.

Klicken Sie sich rein und
bewerten Sie Bücher,
finden Sie Buchempfehlungen,
schreiben Sie Rezensionen,
unterhalten Sie sich mit Freunden
und entdecken Sie vieles mehr.